ANDREA SCHACHT

MacTiger – Ein Highlander auf Samtpfoten

Buch

1744, im schottischen Hochland: Auf Drumnadruid Castle findet eine erbitterte Clan-Fehde ihr blutiges Ende. Auch Schlosskater MacTiger wird, ehe er sichs versieht, hinterrücks gemeuchelt. Die einzigen Überlebenden des Gemetzels sind eine Kinderfrau und ihr Schützling, die kleine Mary McIain. Völlig verstört, sieht Mary den entleibten Kater neben ihrer Schwester liegen und will ihn ein letztes Mal streicheln, doch die Kinderfrau zerrt sie fort. Während die beiden aus dem zerstörten Gemäuer fliehen, bleibt MacTiger, die arme Katzenseele, zurück – dazu verdammt, dort in Einsamkeit umzugehen …

Autorin

Andrea Schacht war lange Jahre als Wirtschaftsingenieurin und Unternehmensberaterin tätig, hat dann jedoch ihren seit Jugendtagen gehegten Traum verwirklicht, Schriftstellerin zu werden. Ihre historischen Romane um die aufmüpfige Kölner Begine Almut Bossart haben auf Anhieb die Herzen von Lesern und Buchhändlern erobert. Andrea Schacht lebt mit ihrem Mann und ihren Musen – zwei Katzen – in der Nähe von Bonn. Einer ihrer Samtpfoten stand u. a. Patin für »Teufelchen«, dem wir in »Das Werk der Teufelin« begegnen. Und auch sonst lässt sich Andrea Schacht gerne von den geschmeidigen Vierbeinern inspirieren: Die Idee für die »Ring-Trilogie« lieferte der Abdruck einer Katzenpfote in einem 1900 Jahre alten römischen Lehmziegel, zu besichtigen in der »Römervilla« bei Ahrweiler.

Bei Blanvalet lieferbar:

Die Lauscherin im Beichtstuhl. Eine Klosterkatze ermittelt (36263)
Göttertrank (geb. Ausgabe, 0273)
Kreuzblume (geb. Ausgabe, 0220)
Rheines Gold (Tb 36262)

Die Beginen-Romane:
Der dunkle Spiegel (36774)
Das Werk der Teufelin (36466)
Die Sünde aber gebiert den Tod (36628)
Die elfte Jungfrau (36780)

Die Ring-Trilogie:
Der Siegelring (35990)
Der Bernsteinring (36033)
Der Lilienring (36034)

Andrea Schacht

MacTiger – Ein Highlander auf Samtpfoten

Roman

blanvalet

FSC
Mix
Produktgruppe aus vorbildlich
bewirtschafteten Wäldern und
anderen kontrollierten Herkünften

Zert.-Nr. SGS-COC-1940
www.fsc.org
© 1996 Forest Stewardship Council

Verlagsgruppe Random House FSC-DEU-0100
Das für dieses Buch verwendete FSC-zertifizierte Papier
Holmen Book Cream liefert Holmen Paper, Hallstavik, Schweden.

3. Auflage
Taschenbuchausgabe April 2008 bei Blanvalet,
einem Unternehmen der Verlagsgruppe
Random House GmbH, München.

Umschlaggestaltung: Hilden Design
Umschlagcollage: mauritius images/SuperStock;
Countryroad/Shutterstock
lf · Herstellung: Heidrun Nawrot
Satz: Uhl + Massopust, Aalen
Druck und Einband: GGP Media GmbH, Pößneck
Printed in Germany
ISBN 978-3-442-36810-5

www.blanvalet.de

Vorwort

Das Ihnen vorliegende Werk ist ein Gruselroman – so schaurig, wie es nur eine Geschichte sein kann, die von einem Kater handelt, der vor gut zweihundertfünfzig Jahren eher zufällig entleibt wurde und dessen umtriebige Seele es nicht geschafft hat, in den Katzenhimmel zu gelangen.

Da es sich bei MacTiger um einen gebildeten Geist handelt, greift er, um seine beklagenswerte Situation dem geneigten Leser deutlich zu machen, dann und wann auf Zitate von Edgar Allan Poe zurück, der wohl das gruseligste und schaurigste Gedicht der Weltliteratur verfasst hat: The Raven – Der Rabe.

Dieses elende Geschöpf, das nur ein einziges Wort krächzen kann, nämlich »Nevermore« – Nimmermehr, treibt den armen Dichter mit seiner trost- und hoffnungslosen Mahnung an den Rand des Wahnsinns.

So, wie es auch der trost- und hoffnungslose Gespensterkater mit seiner Umwelt tut. Sehen Sie ihm seine literarischen Anwandlungen also nach und gönnen Sie sich, wenn es Ihnen einmal richtig zu gut gehen sollte, die Lektüre jenes Gänsehaut erregenden Gedichtes aus dem neunzehnten Jahrhundert. Hier zum Vorgeschmack eine Strophe daraus.

»Be that word our sign of parting, bird or fiend!«
I shrieked, upstarting –
»Get thee back into the tempest and the Night's
Plutonian shore!
Leave no black plume as a token of that lie thy
soul hath spoken!
Leave my loneliness unbroken! Quit the bust above
my door!
Take thy beak from out my heart, and take thy
form from of my door!«
Quoth the raven: »Nevermore.«

(Es gibt, und da spürt man eben die Hand des Meisters, keine adäquate Übersetzung dieses unheimlichen Gedichtes.)

Selbstredend spielt auch der Rabe Nevermore eine tragende und tragische Rolle in diesem Roman.

Besonderen Dank möchte ich an dieser Stelle Petra Roggentin-Haag aussprechen, der Schottland- und Katzenkennerin, die wesentlich zur Gestaltung des Werkes beigetragen hat.

Unruhige Nächte wünscht Ihnen die Autorin!

Ein grauenvolles Ende

Sommer 1744

Ich saß vor dem Mauseloch und wartete. Geduldig, wie es so meine Art ist. Es war ein sehr lohnenswertes Mauseloch, denn die Bewohnerin hatte sich Zugang zu den Kornsäcken verschafft und war fett und rund geworden. Leise hörte ich sie hinter den Holzbohlen knispern und knuspern. Nur ganz von ferne drang das Gelärm aus der Halle an meine gespitzten Ohren – das Pfeifen des Dudelsacks, trunkenes Gelächter und Gegröle der Menschen dort unten. Das ging mich nichts an. Da, eine Bewegung, ein schwarzes Näschen bebend am Ausgang des Mauselochs. Ganz ruhig bleiben, nicht rühren. Ich konzentrierte mich völlig auf die leisen Geräusche, die fast unmerklichen Bewegungen. Nichts anderes nahm ich mehr wahr.

Und so geschah es. Plötzlich ein Poltern, ein Schrei, ein Krachen – ich bemerkte nur noch das stählerne Blitzen über meinem Kopf, dann war es aus.

Verblüfft schwebte ich nach oben und sah mich entleibt vor dem Mauseloch liegen. Eine Blutlache breitete sich um mich herum aus, und die Maus tanzte schadenfroh vor meiner Nase. Ich kochte vor Zorn!

Aber weitere Schreie und ohrenbetäubendes Klirren lenkten mich ab. Ein hünenhafter Greis in braunem

Tartan-Kilt schwang ein blutbeflecktes Breitschwert, einer von Rory MacIains Mannen brach auf der schmalen Treppe zusammen. Was war denn hier los? Ich wollte mich, wie ich es zur Unterstützung meiner Denkprozesse normalerweise halte, mit der rechten Hinterpfote am Ohr kratzen, als ich voller Entsetzen merkte, dass da weder Pfote noch Ohr war. Es dauerte eine geraume Zeit, bis ich mich wieder fassen konnte. Doch schließlich wurde mir klar, dass ich mich offensichtlich in einem körper-, doch nicht geistlosen Zustand befand. Seltsamerweise konnte ich mich bewegen, wenn auch nicht wie gewohnt auf meinen Pfoten. Ich schwebte sozusagen über den Dingen. Und die sahen nicht besonders gut aus.

Mein Heim, Drumnadruid Castle, befand sich im Zustand des reinsten Chaos. Überall lagen Menschen in ihrem Blute, Whisky-Lachen breiteten sich vor den geborstenen Fässern aus, Tische und Bänke zersplittert, von Schwerthieben zerhauen, versperrten den Weg ins Freie, und im Gebälk knisterte bereits das Feuer.

Und dann fand ich sie, meine sanfte Menschenfreundin. Sie lag vor dem großen Kamin in der Halle. Wie eine bleiche, gebrochene Blume ruhte sie inmitten der Trümmer. Rotgolden schimmerte ihr gelöstes Haar, rötlich schimmerte die helle Bluse ihres Festtagskleides im Feuerschein – und rot schimmerte das Blut an ihrer Kehle. Als ich neben ihr weilte, erschüttert von ihrem Anblick, da öffnete sie noch einmal ihre Lider, und es schien mir, als sähe sie mich an. Dann brachen ihre wundervollen blauen Augen, blau wie der Loch Naw im Sommersonnenschein, und das Leben wich aus ihr.

Eine golden leuchtende Gestalt entfloh mit dem letzten Atem von ihren zarten Lippen. Und diese Gestalt streckte die Hand nach mir aus, lud mich ein, ihr zu folgen. Aber ich war wie betäubt, unfähig zu reagieren, hilflos blieb ich zurück. Und die geliebte Freundin entschwand meinen Blicken und erhob sich himmelwärts.

Ich weiß nicht mehr, wie viel Zeit verging. Lange verharrte ich bei ihrem leblosen Körper, hörte nichts, sah nichts, wollte nichts mehr wissen. Erst sehr viel später merkte ich, dass die Geräusche verstummt waren, die Feuer erloschen und die Morgendämmerung grau durch das geborstene Tor gekrochen kam. Zerstört und trostlos lag die Halle vor mir, Totenstille herrschte in der gesamten Burg. Oder? Da war doch ein Kratzen zu hören? Ein feines Scharren, ein Seufzen? Hatte doch noch eine Seele das Gemetzel überlebt?

Ich konzentrierte meine Aufmerksamkeit auf dieses Geräusch. Tatsächlich, dort am Kamin, hinter dem umgestürzten Tisch, bewegte sich etwas. Lugte ein verschmiertes Gesicht vorsichtig über den Rand. Dann ein zweites, ein Kindergesichtchen. Mary MacIain und die treue Morri krabbelten unter den Trümmern hervor und sahen sich um. Dann stürzte die kleine Mary zu ihrer Schwester, fiel wimmernd an ihrer Seite auf die Knie. Morri versuchte sie wegzuziehen, aber das kleine Mädchen hielt sich an dem blutigen Stoff des Kleides fest.

»Mary, wir müssen fliehen, keine Zeit jetzt. Mary, Honigkind, komm!«

»Meine Schwester soll mitkommen.«

»Sie kann nicht mitkommen, Mary, sie schläft.«

»Sie schläft so tief, Morri.«

»Ja, meine Kleine, ganz tief.«

Morri bückte sich, strich sanft über die Augen der Toten und erhob sich wieder. Dann beugte sie sich noch einmal hinunter und nahm vorsichtig die Gewandnadel aus dem Kleid und verbarg die silberne Distel in ihrem Brusttuch.

»Komm, Mary. Wir wollen dieses Haus verlassen.«

»Gleich, Morri. Ich will noch einmal den Kater streicheln.«

»Kater?«

»Siehst du ihn nicht? Er sitzt bei Margaret.«

Mary mit den Kinderhänden berührte das, was ich nun war, und wie ein wundersamer Energiestrom durchfuhr es mich. Dann drehte sie sich um und lief hinter ihrem Kindermädchen Morri her, hinaus in den trüben Hochlandmorgen.

Und ich hing hier, gefangen zwischen Himmel und Erde, unfähig zu schlafen, unfähig zu ruhen. Das ist das Grausamste, was man einem Kater antun kann. Was ist schon ein Kater, der nicht mehr schlafen kann. Rastlos irrte ich durch die Gänge, voll Wut auf alle die, die mir dieses Leid beschert hatten.

And my soul from out this shadow that lies floating on the floor
Shall be lifted – nevermore![1]

---

1 Und aus dem Schatten, der am Boden treibend schwebt, wird meine Seele sich erheben – nimmermehr!

Geister der Vergangenheit

Heute im Schlosshotel Drumnadruid Castle

Das Frühlingslicht fällt strahlend durch das Tor und verleiht der Eingangshalle ein heiteres Gesicht. Wie jeden Morgen schlüpfe ich hinter die Theke an der Rezeption und sehe mir die Zimmerbelegung an. Wir sind ausgebucht. Zufrieden streichle ich den Schlosskater, der wie üblich auf meinem Schreibtischstuhl vor dem Bildschirm hingestreckt liegt.

»Auf, auf, wir müssen Mäuse machen«, sage ich zu ihm und schubse ihn sanft zur Seite, um mich an den Computer zu setzen. Er räumt mir gnädig zweieinhalb Zentimeter der Sitzfläche ein. Zum Glück habe ich eine zierliche Figur und kann damit zufrieden sein.

Ich bin es auch – zufrieden nämlich. Eigentlich sogar glücklich. Aber dieses Glück ist mir nicht in den Schoß gefallen. Ganz bestimmt nicht.

Vor einem Jahr haben wir dieses Hotel übernommen, das Schlosshotel Drumnadruid Castle in den schottischen Highlands. Dass es dazu kam, hätte ich mir allerdings vor zwei Jahren, als ich das erste Mal das alte Gemäuer betrat, niemals träumen lassen.

Wenn man es recht betrachtet, begann alles mit einer Tragödie, die sich vor langer Zeit abgespielt hatte. Dann nahm die Geschichte allerdings in der Gegenwart stellenweise die Züge einer Komödie an, die sich zu einem absurden Horrorszenario steigerte. Andererseits, wenn ich so meinen Mann sehe, der gerade durch die Halle geht und mir zuwinkert, muss ich gestehen, es hatte auch einige hübsche Elemente eines burlesken Lustspiels darin gegeben.

Von draußen klingt Motorengeräusch herein. Wie es das Schicksal so will, soll heute der grün-weiße Bus der *History Tours* mit einer Gruppe bildungshungriger Reisender eintreffen.

Und schon höre ich eine mir bekannte Stimme, die nörgelnd bemerkt: »Als ich das letzte Mal hier war, hatten sie noch einen Dudelsackpfeifer. Aber wahrscheinlich müssen sie sparen.«

Hilde Liebmann betritt das Hotel und sieht sich missbilligend um. Dann entdeckt sie mich.

»Ach, Maggi. Du bist noch immer hier?«

»Ja, Frau Liebmann.«

Sie platziert ihre umfangreiche Figur vor der Rezeption und nimmt damit allen anderen die Möglichkeit, sich von Morrigan die Zimmerschlüssel aushändigen zu lassen. In höchster Lautstärke kommentiert sie meine Anwesenheit und die Veränderungen, die wir im Schloss vorgenommen haben.

»Der schöne Teppich mit dem Tartarenmuster ist fort.«

»Ja, Frau Liebmann.«

»Und der nette Hotelbesitzer mit dem hübschen Rock ist auch nicht mehr da.«

»Nein, Frau Liebmann.«

In diesem Moment scheint ihr zu dämmern, dass ich wohl nicht zu den Gästen gehörte.

»Was machst du eigentlich in diesem Hotel?«

»Ich empfange die Besucher.«

In ihrer Verblüffung lässt sie sich kommentarlos von

der Reiseleiterin zur Seite schieben. Morrigan und ich können endlich mit der Schlüsselausgabe beginnen.

Als die Gäste in ihren Zimmern verschwunden sind, lehne ich in Gedanken versunken am Tor. Arthur geht vorbei, sieht mich und fragt: »Was ist geschehen, Margita?«

»Oh, Arthur. Ich bin gerade einem Geist aus der Vergangenheit begegnet.«

Er bemerkt den Reisebus und lächelt.

Eine Bildungsreise

Im Juni vor zwei Jahren

Diesmal schien mit unserem Urlaub alles schiefzugehen. Dabei hatte ich mich auf die Reise ins schottische Hochland besonders gefreut. In meiner verträumten Art versorgten mich die alten Geschichten und Sagen von einsamen Mooren, düsteren Burgen, Barden und Druiden, geheimnisvollen Steinkreisen und wundersamen Wesen, die fern vom menschlichen Getriebe noch in der ungezähmten Natur existierten, mit sehnsüchtigen Fantasien.

Seit zwei Tagen waren wir unterwegs, und der heutige war für mich ungewöhnlich anstrengend gewesen, denn Tante Henrietta hatte sich eine Magenverstimmung zugezogen.

Tante Henrietta, die ältere Schwester meiner Mutter, kümmert sich seit deren Tod vor zwölf Jahren um mich. Inzwischen hatte ich zwar mein sechsundzwanzigstes Jahr erreicht, aber sie fühlte sich noch immer für mich verantwortlich. Vor allem, was meine Urlaube anbelangte. Sie war eine äußerst disziplinierte Frau, die die Aufgabe sehr ernst nahm, mir Haltung und Weltkenntnis mitzugeben. Darum machten wir jedes Jahr gemeinsam eine Bildungsreise. Nach meinen Wünschen selbstverständlich. Und auf ihre Kosten.

Das Unglück begann beim Mittagessen. Meine Tante machte es sich immer zur Pflicht, in jedem Land die typischen Gerichte zu essen, koste es sie, was es wolle. In Schottland musste es daher das *Scotch Haggis* sein, ein mit Innereien gefüllter Schafsmagen. Ich bin eigentlich auch ganz aufgeschlossen, was landestypisches Essen betrifft, aber hier war die Grenze des Erträglichen erreicht. Ich bestellte gedünsteten Lachs für mich. Tante Henrietta hatte mich missbilligend angesehen und todesmutig eine üppige Portion Schaf verspeist.

Das anschließende Geschaukel des Busses auf den schmalen, gewundenen Straßen war keine gute Kombination im Zusammenspiel mit diesem Gericht. Sie begann blasser und blasser zu werden und drückte sich verzweifelt ein Taschentuch an den Mund. Über das Tuch hinweg schenkte sie mir einen Blick, als ob ich schuld an dem Zustand der Straße sei.

Unsere Gruppe setzte sich überwiegend aus älteren Damen ohne Anhang zusammen. Sie waren uns fremd, bis auf eine Dame. Es war reiner Zufall, dass Hilde Liebmann, die mit Tante Henrietta seit vielen Jahren lose befreundet war, ebenfalls diese Reise gebucht hatte. Über die klebrige Art und Weise, wie sie sich uns sofort anschloss, war ich nicht sehr glücklich. Aber Tante

Henrietta hatte mich nur warnend angesehen, als ich leise protestieren wollte. Trotzdem hatte sie sich nicht besonders intensiv mit ihr unterhalten. Frau Liebmanns Redeschwall versiegte denn auch bald in Tante Henriettas zugeknöpftem Schweigen.

Sie würde uns während der nächsten zwei Wochen erhalten bleiben, und bei dem Gedanken musste ich einen leichten Überdruss unterdrücken. Auch mich kannte sie schon seit meiner Kindheit, darum war ich für sie immer noch die kleine »Maggi«, obwohl ich es inzwischen vorzog, Margita genannt zu werden.

Als wir am Schlosshotel Drumnadruid Castle gegen vier Uhr aus dem Bus kletterten, grummelte Tante Henrietta leise vor sich hin. Ihr Missfallen galt dem Dudelsackspieler, der vor dem Tor des Hotels posierte und ziemlich schräg »Amazing Grace« pfiff. Wenn sie das Taschentuch nicht an die Lippen gepresst hätte, hätte sie es sich wahrscheinlich in die Ohren gestopft. Das zumindest konnte ich verstehen, wenngleich unsere anderen Mitreisenden mit verklärten Augen stehen blieben und zuhörten.

»Ach, Henrietta, ist das nicht originell, uns mit diesem alten Brauchtum zu empfangen. Ich bin sicher, wir werden uns hier sehr, sehr wohlfühlen«, säuselte Frau Liebmann neben uns.

»Urrgh!«, antwortete meine Tante vielsagend.

»Hach, dieses bezaubernde alte Schloss mit den trutzigen Türmen. Hoffentlich bekommen wir ein Zimmerchen da oben. Nicht, Maggi, dir würde das doch auch gefallen?«

Ich war unhöflich, aber Hilde Liebmann ging mir mehr und mehr auf die Nerven. Alles und jedes musste sie kommentieren, das war ihre hervorstechendste Eigenschaft. Den gesamten Nachmittag hatte sie schon ihre verbalen Schwallduschen über uns ergossen. Darum antwortete ich nun mit einem ähnlich erstickten Laut wie zuvor Tante Henrietta.

»Oh, und da ist auch schon unser Gastgeber, der Schlossherr. Seht mal, sogar im Kilt! Welchem Clan er wohl angehört? Ich habe schon sooo viel über diese Tartarenmuster gelesen. Er muss uns alles, alles erzählen!«

Ich sehnte mich inzwischen auch nach einem Taschentuch, aber nicht, um es mir an die Lippen zu pressen, sondern um Frau Liebmann damit zu knebeln. Manchmal habe ich solche gesellschaftlich nicht akzeptablen Sehnsüchte. Ich lasse es allerdings nicht zu, dass sie mich überwältigen, und zum Glück hatte der Busfahrer mittlerweile das Gepäck ausgeladen. Die hektische Sicherung des Eigentums begann. Zwanzig erfahrene Busreisende stürzten sich auf die Koffer und Taschen. Im unbekümmerten Leichtsinn meiner Jugend wartete ich einfach, bis alle ihre Besitztümer an sich genommen hatten und nur noch meine Tasche und Tante Henriettas Schalenkoffer neben dem Bus standen. Aber dieses Vorgehen ersparte mir ein paar blaue Flecke.

Allerdings nicht die Vorhaltungen von Tante Henrietta.

»Worauf wartest du so lange? Willst du, dass sich Hilde Liebmann an meinem Gepäck vergreift? Siehst du nicht, dass ich mich zu schwach fühle, mich um die Sachen zu kümmern?«

»Doch, Tante, das sehe ich.«

Ich wuchtete meine Tasche mit dem Riemen über die Schulter und versuchte, auch den sperrigen Koffer zu bewegen. Vorn, vor dem Eingang, bildeten unsere Mitreisenden schon einen Pulk, und ich schleppte mich mühsam die Auffahrt hoch, als ein Jeep mit einer Staubwolke an mir vorbeischoss und mich fast zu Fall brachte. Die Türen öffneten sich, und drei junge Männer sprangen heraus. Ihnen folgte langsamer, aber erheblich graziöser, eine Dame. Weißblondes, kinnlanges Haar glänzte wie ein Helm in der Sonne, die Seidenbluse und die grauen Flanellhosen saßen faltenlos und untadelig. Sie legte ihrem schwarzhaarigen Begleiter die Hand vertraulich auf die Schulter.

»Was ist das denn? Bustouristen? Wie absolut grässlich. Kenneth! Ken!? Ich dachte, ihr hättet ein einigermaßen stilvolles Haus ausgesucht, wenn es schon abseits in der Wildnis liegen muss. Und dann Kegelklubs in ganzen Busladungen – das ist doch unmöglich!«

Die Dame betrachtete uns über ihre aristokratische Nase hinweg, als wären wir aus der Köderdose der beiden Angler gekrochen, die sich ebenfalls dazugesellten.

»Das hat John-Tom geregelt. Wo ist der?«

»Kommt mit dem nächsten Jeep.«

Der dunkelhaarige junge Mann sah zu mir hin, und mich durchzuckte einen winzigen Augenblick der Gedanke, ich müsse ihn schon mal gesehen haben. Aber das konnte unmöglich sein, und er machte sich auch gleich bei mir unbeliebt, als er mit dem Finger auf mich zeigte und rief: »Hey, Sie da! Gehören Sie auch zu dem Klub da vorn?«

»Sie da« kann ich noch weniger leiden, als Maggi genannt zu werden. Dieser Mann, dem Aussehen und Benehmen nach eindeutig aus der Gattung karrierefixierter Jungmanager, weckte das Schlimmste in mir. Ich betrachtete mich gewöhnlich als eine graue Maus, aber in Momenten, in denen man mich derart herablassend behandelt, kriecht etwas Urtümliches meinen Rücken empor. Ich fühlte, wie meine Augen sich verengten und die Luft um mich herum kühler wurde.

»Ja, ich gehöre auch zu den Bildungsreisenden, die hier gebucht haben«, antwortete ich mit einer feinen Betonung auf dem Wort »Bildung«.

Es war ein glatter Schuss ins Knie.

»Ach ja, Bildung. Die wollen Sie sich auch noch aneignen? Dann achten Sie nur darauf, die passenden blauen Strümpfe anzuziehen, wenn's dann so weit ist.«

Der Mensch drehte sich um, und ich wurde von einer zweiten Staubwolke umhüllt, denn der nächste Jeep preschte heran. Kaum war der Fahrer ausgestiegen, wurde er mit den Worten »John-Tom, was ist denn das für eine Pleite?« empfangen.

Knurrend zerrte ich das Gepäck Richtung Eingang. Ich fand mich leise schnaufend – Tante Henrietta pflegte offenbar Bleibarren in ihrem Koffer zu transportieren – in der Halle wieder, wo man sich um die Rezeption drängelte. Wenigstens hatte der Dudelsackspieler sein Ständchen beendet, und endlich bestand die Geräuschkulisse nur noch aus den lautstarken Anweisungen, mit denen sich die leicht Schwerhörigen über die Zimmerverteilung verständigten. Im Grunde konnte ich die Empörung der jungen Manager nachfühlen. Unsere Gruppe benahm sich nicht eben kultiviert.

Da es noch eine geraume Zeit dauern konnte, bis ich an die Reihe kam, hatte ich Muße, mich umzusehen. Im Gegensatz zum äußeren Erscheinungsbild von Drumnadruid Castle, das zu einem großen Teil aus Anbauten aus dem späten neunzehnten Jahrhundert bestand, schien die Halle zur ursprünglich mittelalterlichen Bausubstanz zu gehören. Sie wirkte recht anheimelnd. In einem riesigen Kamin brannte ein mächtiges Torffeuer, denn der Frühsommer war noch kühl und vor allem feucht. Vor dem Kamin gruppierten sich Sessel und Sofas, was einen gemütlichen Aufenthalt versprach, vorausgesetzt, man war gänzlich farbenblind. Denn der begnadete Innenarchitekt hatte leider den Boden der Halle mit einem Spannteppich in einem – wie Frau Liebmann so passend bemerkte – »Tartarenmuster« ausgelegt, das jede Clan-Fehde rechtfertigte. Der Tartan des MacColourful war lilagrundig mit rosa, gelben und weißen Querfäden. Ich musste bei seinem schwindelerregenden Anblick befürchten, Tante Henriettas Zustand könne langsam in die kritische Phase treten. Und wirklich, sie lehnte kraftlos an der unverputzten Granitsteinwand, noch immer das Taschentuch an den Mund gepresst, die Augen geschlossen und gespenstisch blass.

Ich hatte Mitleid mit ihr. Darum drängelte ich mich an die Rezeption vor und erhob meine Stimme zu einem vernehmlichen »Excuse me, please«.

Der Mann hinter der Theke sah zunächst durch mich hindurch, wie das viele machen, wenn ich mich um Aufmerksamkeit bemühe. Ich räusperte mich und sagte noch etwas lauter: »Könnten Sie mich bitte vorlassen, meiner Tante geht es nicht gut.«

Gleichzeitig schob ich Frau Liebmann rigoros zur Seite, was sie von mir nicht erwartet hatte und daher verdutzt Platz machte. Dann sah ich mich plötzlich dem Chef des Hotels gegenüber, der Nämliche, der die Gruppe vor dem Haus so malerisch im Kilt empfangen hatte. Über dem Tartan-Rock trug er eine Tweedjacke, dunkles Lila mit Rosa durchschossen. Das biss sich schmerzlich mit seiner rötlichen Gesichtsfarbe, die entweder auf einen ausgedehnten Aufenthalt in der frischen Hochland-Luft oder den ebenso ausgedehnten Genuss des Highland-Whiskys schließen ließ. Aber vielleicht tat ich ihm unrecht, wenn ich daraus meine unbotmäßigen Schlüsse zog. Er zumindest schien meine missliche Lage zu erkennen, stellte sich als Jonathan MacDuffnet vor und fragte nach meinem Begehr. Nachdem ich ihm kurz Tante Henriettas Leid geschildert hatte, reichte er mir zwei Schlüssel und beschrieb mir den Weg zu unseren Zimmern.

Ich legte mich wieder ins Geschirr, um das Gepäck aufzunehmen, und fand noch eine freie Hand, um meine Tante von der Wand zu lösen.

»Komm, Tante Henrietta, gleich kannst du dich etwas hinlegen.«

»Urrgh!«, wiederholte sie und stützte sich auf meinen Arm. Ich ging fast in die Knie, aber mit einiger Anstrengung schafften wir es, durch zwei unübersichtliche Fluchten zu wanken und Wunder über Wunder vor den angegebenen Zimmertüren zu stehen. Ich bugsierte Tante Henrietta in den erstbesten Raum, öffnete die Badezimmertür und schob sie in diese Richtung.

Dann ließ ich sie erst einmal mit ihrem Elend allein und suchte das andere Zimmer auf.

Es passiert zwar nicht oft, aber hin und wieder habe auch ich ein klein wenig Glück im Leben. Es war das Zimmer mit der schöneren Aussicht. Der Blick aus dem zweiten Stock war einmalig. Zu Füßen das Hotels schmiegte sich der See, der Loch Naw genannt wurde, lang hingezogen in ein enges Tal, eingerahmt von Hügeln, die mal mit frühlingsgrünem Wald, mal mit trockenem braunem Heidekraut bewachsen waren. Um den Loch leuchteten die Wiesen tiefgrün, im leicht bewegten Wasser des Sees spiegelten sich die Gipfel der kahlen Felsen und die schnell dahinziehenden Wolken. Es verursachte mir das Gefühl großer Vertrautheit, obwohl ich noch nie in meinem Leben in Schottland gewesen war. Die kargen Berghänge, das Fehlen jeder zivilisatorischen Merkmale, die Weite des Himmels, das Glitzern des vermutlich eiskalten Wassers rührten mich tief an. Auf den Weiden standen einige weiße Flecken, wahrscheinlich Schafe. Die eine oder andere Feldsteinhütte, halb zerfallen zwischen dem Heidekraut, mochte vor Zeiten den rauen Hochland-Bauern als Heim gedient haben. Fast vermeinte ich das glosende Torffeuer zu riechen, die rauen Wollstoffe zu fühlen, mit denen sie sich kleideten, den Duft ihrer kargen Mahlzeiten wahrzunehmen …

»Margita, es geht mir schlecht. Und du träumst wieder vor dich hin.«

Tante Henrietta lehnte schwach an dem Türrahmen.

»Ja, Tante Henrietta.«

»Was heißt ›Ja‹?«

»Ja, ich träume vor mich hin, und ja, es geht dir schlecht.«

»Sei nicht unverschämt, Margita. Ich lege mich etwas hin, häng meine Sachen weg.«

»Ja, Tante Henrietta.«

Ich riss mich endgültig von dem Blick in die große Freiheit los und kehrte zurück in meinen Kerker familiärer Verpflichtungen. Gehorsam folgte ich meiner Tante in ihr Zimmer, reichte ihr wie eine brave Zofe den Morgenmantel, legte das Nachthemd heraus, hängte ihr solides Reisekostüm auf Bügel und faltete Pullover und Bluse sorgfältig zusammen. Dann schlug ich ihr Bett zurück, schüttelte das Kopfkissen auf und fragte vorsichtig durch die geschlossene Badezimmertür, ob sie noch etwas wünsche. Dann zog ich mich mit dem trüben Gedanken zurück, dass ich diese Reise mit der Pflege einer ungnädigen Patientin verbringen durfte.

Ein trauriges Gespenst

Ich saß auf einem meiner Lieblingsplätze und hing meinen Gedanken nach. Dieser Kaminsims weckte Erinnerungen, unsäglich traurige Erinnerungen. Unter meinen Pfoten blühte, in Stein gemeißelt, eine Silberdistel, und immer, wenn ich sie sah, musste ich an die eine denken.

Hätte ich doch nur die ausgestreckte Hand ergriffen,

die mich mit emporgezogen hätte in die himmlischen Regionen!

Aber man gewöhnt sich sogar an die Hoffnungslosigkeit.

Wenn es auch einige Zeit gedauert hat, bis ich mich mit meinem unglücklichen Dasein abgefunden hatte. Immer wieder wollte ich mein Fell putzen, und genauso oft musste ich feststellen, dass von dem schönen getigerten Mantel nichts mehr da war. Ein durchsichtiger Schatten war ich geworden, unfähig, auch nur einer halb verhungerten Maus die Kralle zu zeigen. Und einsam war ich in den ersten Jahren. Die Balken der Burg vermoderten, der Turm stürzte ein, Plünderer kamen und nahmen alles mit, was sich bewegen ließ. Ich war machtlos, nichts konnte ich tun.

Irgendwann blieb ich einfach unter dem morschen Gebälk sitzen und haderte mit meinem Schicksal. Bis ich dann ganz allmählich meine neuen Fähigkeiten entdeckte. Ich konnte spuken! Das stellte ich fest, als die Leute sich daranmachten, das alte Gemäuer wieder herzurichten.

Es war einer der MacDuffnets, aber keiner aus den Highlands, sondern ein Nachkomme eines alten Clans, von denen viele ausgewandert waren. Dieser hier kam aus Kanada zurück. Als er mit Frau, Kindern und Dienern eingezogen war, merkte ich, wie ich mich bei den schlichten Gemütern mit ein bisschen Willenskraft meinerseits bemerkbar machen konnte. Ich lernte, sensiblen Menschen in unterschiedlichster Gestalt zu erscheinen, fürchterliche Geräusche zu produzieren – ja, ich bin stolz darauf, ein geradezu markerschütterndes Fauchen hervorbringen zu können. Es erschreckte sie sehr. Und mir versüßte es ein bisschen die Einsamkeit.

Aber heutzutage! Lange dauerte diese Form der Belustigung nämlich nicht. Seit das Hotel nicht mehr von Reisenden mit Zeit und Muße bewohnt wurde, wie es noch Anfang des Jahrhunderts üblich war, sondern moderne Touristen aufnahm, blieb mir die kultivierte Form des Spukens verwehrt. Alle zwei, drei Wochen kommen andere aus der Gattung Mensch vorbei. Und in den letzten Jahren gar bleiben sie sowieso manchmal nur für eine Nacht. Aber das Schlimmste ist, keiner nimmt mich mehr wahr, geschweige denn ernst. Sie sitzen vor den komischen Kribbelkästen, die sie Fernseher nennen, starren auf die kleinen Geister, die sich darin bewegen, und kriegen nicht einmal mehr mit, wenn man um sie herum geistert wie verrückt.

Und nun ist in das Zimmer mit meinem Lieblingskaminsims eine spillerige Rothaarige eingezogen. Nirgendwo hat man mehr seine Ruhe.

So streif ich einsam übers Moor – Nameless here for evermore.[2]

Ein niederschmetterndes Abendessen

Nachdem ich Tante Henrietta versorgt und mich selbst frisch gemacht hatte, war endlich die Zeit zum Abendessen gekommen. Doch ich war nicht die Erste im Spei-

2 Namenlos für immerdar.

sesaal. Unsere Reisegruppe hatte bereits ihre Plätze an den weiß gedeckten Tischen eingenommen. Mir blieb nur die Wahl, mich zu Frau Liebmann zu setzen oder einen Tisch allein neben der Gruppe großspuriger Jungmanager zu belegen. Beides unterschiedliche, aber in ihrer Art gleichwertige Übel. Ich nahm die Nähe der jungen Damen und Herren in Kauf und vertiefte mich in die Speisekarte. Doch der lautstarken Unterhaltung konnte ich mich nicht entziehen.

»… und ihnen einen absoluten Topseller gemanagt …«

»… natürlich das Lean Management eingeführt …«

»… drei Charts mit einem Overview auf den Tisch gelegt, und schon lief die Sache …«

»… und endlich den Turn-around hingekriegt …«

»… klar, dass die mit dem Network keinen Deal …«

»… sauber getimt und dann das Downsizing …«

Die Elite berichtete sich gegenseitig von ihren Erfolgen. Ich schrumpfte noch ein bisschen mehr zusammen. Wann immer ich mit solch selbstbewussten Menschen zusammenkam, wurde ich zur grauesten aller Mäuse. Darum musste der Ober auch dreimal nachfragen, bis ich laut genug meine Bestellung aufgeben konnte.

Anschließend erfuhr ich, dass sich die sechs Herren und zwei Damen zu einem einwöchigen Treffen zusammengefunden hatten. Sie waren Absolventen einer der elitären *Business Schools,* deren Studenten sich vornehm Alumni nannten. Nach dem Abschluss hatten sie vereinbart, alle zwei Jahre bei einem gemeinsamen Urlaub ihre Erfahrungen auszutauschen. Ich fand ihr Gebaren hochgradig arrogant und selbstgefällig. Obwohl, wenn man den Gesprächen an dem anderen Tisch lauschte – ob das besser war?

»... mit der Arthritis in den Gelenken werde ich ...«

»... heute wieder keine Verdauung gehabt, ich muss doch mal ...«

»... Irma, du hast deine Tabletten wieder nicht ...«

»... ihr den Magen ausgepumpt ...«

»... eine Blasensenkung und dann auch noch offene Beine ...«

»... schon die dritte Operation an der Galle ...«

Kritisch beäugte ich meine geräucherte Forelle. Ob ich daraufhin auch über Verdauungsbeschwerden zu klagen hatte? Allein das Zuhören konnte einen schon krank machen. Aber dann nahm ich den ersten Bissen und verlor meine Bedenken. Der Fisch war wirklich gut. Darum war ich in der Lage, den Ober anzulächeln, als er mir mit ernster Miene die Lammkoteletts servierte. Außerdem konnte es um die Gesundheit meiner Mitreisenden so schlimm nicht bestellt sein, denn die Gallen- und Magenkranken schaufelten mit großer Geschwindigkeit und fraglos großem Genuss riesige Portionen der deftigen Gerichte in sich hinein.

Hingegen hielten sich die figurbewussten Jungmanager an diätetischere Lebensmittel, dafür war der Konsum von Lager, Porter und Brown Ale kräftiger. Je mehr sie davon zu sich nahmen, desto größer wurden ihre Erfolge, und desto unfähiger agierten ihre Kontrahenten. Ob ich es auch mit einer *pint of Lager* versuchen sollte? Vielleicht würde dann mein Chef auch zu seiner richtigen Größe zusammenschrumpfen. Oder ich zu der richtigen Größe auswachsen?

»Maggi, wie geht es deiner Tante?«

Frau Liebmann hatte mich entdeckt und stand an meinem Tisch.

»Sie hat sich hingelegt.«

»Du musst ihr unbedingt etwas von diesen köstlichen *Scottish Eggs* und den *Kippers* hinaufbringen.«

»Ich fürchte, sie wird nichts essen wollen. Ihr Magen ist noch etwas empfindlich nach der Busfahrt.«

Die hart gekochten Eier und der Räucherhering würden ihr vermutlich den Todesstoß versetzen.

»Ach, papperlapapp. Sie hätte heute Mittag nicht so schwer essen sollen. Das drückt nur auf die Galle in unserem Alter.«

Über derartige unappetitliche Details wollte ich mich nicht auslassen, aber eine andere mitfühlende Seele fragte gleich darauf: »Hat sie denn gebrochen?«

»Jetzt kriegen wir auch noch das Gesundheitsbulletin der gesamten Mannschaft verlesen«, tönte es aus der Manager-Ecke.

»Na dann Mahlzeit.«

»Na, wie geht's denn nun der Tante? Hat sie gebrochen?«, fragte der Typ lauthals, den sie John-Tom genannt hatten. Ich merkte, wie meine Ohren röter wurden als meine Haare. Und das will schon was heißen.

»Und vor allem, was? Und wohin?«

»Haben Sie auch unter solchen Beschwerden zu leiden?«

»Sie leidet nur unter Bildung, John-Tom.«

Das kam von dem grässlichen Menschen namens Ken, der mich schon beim Eintreffen schief von der Seite angesprochen hatte.

»Bildung von was? Von Lippenbläschen? Dann sollte sie beim Küssen aufpassen.«

Darauf mischte sich auch noch eine aristokratische Walküre ein.

»Jungs, haltet ein. Seht ihr nicht – dem Mädel kommen gleich die Tränen.«

»Nanu, Gina, seit wann hast du denn Mitleid mit deinen Schwestern?«

»Immer, Ken, solange sie keine Konkurrenz sind.«

Ein Blick milder Verachtung streifte mich, und in meinen Augen wurde es heiß durch die aufsteigenden Tränen. Wie entsetzlich. Nur kein Schauspiel bieten. Unter Anspannung nahm ich einen Bissen von meiner Gabel, aber ich hatte Mühe, ihn hinunterzuwürgen. Diese herzlosen Affen hatten ihr Opfer gefunden. Sie amüsierten sich prächtig über die gebrochene Tante und überschütteten mich mit spöttischen Bemerkungen. Ich hielt es einfach nicht mehr aus, warf die Serviette auf den Tisch und verließ den Raum.

In den kühlen Gängen spürte ich, wie mein Gesicht glühte. Warum konnte ich mich in solchen Momenten nie wehren? Warum fiel mir nie etwas Schlagfertiges ein? Und wenn doch, dann fiel es immer auf mich zurück.

Ich schlich zurück in mein Zimmer und lehnte meine Stirn an das kalte Fenster. Ein wenig zog es durch den altmodischen Holzrahmen. Hunger hatte ich gar keinen mehr. Dafür zwickte mich mein Magen zu sehr vor lauter Ärger. Das wiederum erinnerte mich an Tante Henrietta. Vielleicht sollte ich noch einmal zu ihr gehen?

Auf mein Klopfen antwortete sie nicht, also öffnete ich leise die Tür zu ihrem Zimmer. Sie lag im Bett und warf mir einen ungnädigen Blick zu. Mit einer Hand schob sie etwas unter die Bettdecke.

»Was willst du denn hier? Ich war gerade ein wenig eingedöst.«

»Entschuldige. Ich wollte nur sehen, ob du noch etwas brauchst.«

»Das fällt dir reichlich spät ein. Mir hätte in den letzten Stunden wer weiß was passieren können.«

»Vorhin wolltest du etwas schlafen. Darum habe ich gedacht, ich könne schnell essen gehen.«

»Und ich? Soll ich verhungern?«

»Hat sich dein Magen denn wieder beruhigt?«

»Mein Magen ist immer ruhig.«

»Ja, Tante Henrietta.«

Sie rutschte in eine halb aufgerichtete Position und grollte: »Geh in die Küche und schau, ob die ein Tablett für mich richten können. Und dann bringst du es selbst her. In diesem Zustand soll mich keiner von diesen Ausländern sehen.«

»Ja, Tante Henrietta.«

Durch die düsteren Gänge suchte ich meinen Weg zur Rezeption. Ich wollte vermeiden, noch einmal den anderen Gästen in die Quere zu kommen. Die junge Frau dort war erstaunlich hilfsbereit, und anschließend wankte ich mit einem schweren Tablett, beladen mit einer Tasse Brühe, Brot, etwas kaltem Hühnerfleisch und einer Kanne Tee, in Richtung Zimmer. Dank erhielt ich keinen dafür, nur noch ein paar grantige Bemerkungen, und das brachte das Fass zum Überlaufen.

Als ich meine Blutsverwandte verließ, hatte mich der Fluchtgedanke gepackt.

Wege in der Dämmerung

Kurz darauf war ich auf einem steinigen Pfad unterwegs. Er führte vom Hotel aus neben der Straße entlang, die wir heute Nachmittag hinuntergefahren waren. Eine furchtbare Strecke für einen Bus. Eng und kurvenreich. Aber das hatte ich alles noch einigermaßen ertragen. Erst als wir diese schmale Steinbrücke überquerten, zwischen deren Brüstungen der Bus gerade je einen Zentimeter Platz hatte, hatte ich es mit der Angst zu tun bekommen. Ich sah uns schon in den schäumenden Fluss stürzen, der sich darunter zum Loch Naw hin ergoss. Eine Vorstellung, die mich schon immer erschauern ließ.

Auf dem rauen Feldweg jedoch sah das alles viel weniger bedrohlich aus. Und vor allem der wunderbar frische, saubere Wind, der von den Bergen jenseits des Loch Naw hinunterwehte, füllte meine Stadtluft gewöhnten Lungen mit prickelndem Atem. Es war bewölkt, aber am Horizont leuchteten dennoch die Ränder der grauen Wolken in glühendem Abendrot auf. Es war lange hell hier im Norden, vor allem Anfang Juni.

Ich drehte mich noch einmal zum Schloss um. Es lag vor dieser gewaltigen Gebirgskulisse auf einer Felsplatte, die halb in den Loch Naw hineinragte. Aus grauem Granit gebaut, trotzte es dem wilden Land, das es umgab. Dahinter spiegelte der lang gestreckte See die feurigen Wolken wider, und die hoch aufragenden Berge verdunkelten den Horizont.

Der Pfad wandte sich von dem Verlauf der Straße ab und führte zum Fluss hinunter. Heidekraut säumte seine Ufer, braun noch vom Vorjahr, doch schon mit einzelnen grünen Trieben durchsetzt. Der Boden war steinig, unter der mageren Erdschicht brach immer wieder das nackte Felsgestein hervor. Eine flache Gesteinsscholle verführte mich zum Hinaufklettern. Sie war einigermaßen eben und bescherte mir einen herrlichen Blick über die Mündung des Uykel auf der einen und den schäumenden Flusslauf auf der anderen Seite. Der Stein war noch warm vom Sonnenschein, darum faltete ich die Jacke zusammen, die ich mitgenommen hatte, setzte mich darauf und genoss die Einsamkeit.

Die Wolken hatten sich aufgelöst, und die ersten Sterne wurden am dunkler werdenden Himmel sichtbar und spiegelten sich in dem lang gestreckten See vor mir. Die Vögel stellten nach und nach ihren Gesang ein, und nur das Rauschen des Wassers war zu hören, das in schnellem, schäumendem Lauf von den Bergen strömte. Das Schlosshotel erschien nur noch als eine graue Silhouette, in der ein Fenster nach dem anderen golden aufleuchtete.

Die Mitglieder der Reisegesellschaft würden allmählich zu Bett gehen, nahm ich an. Morgen stand ein hartes Besichtigungsprogramm auf dem Plan.

Mich fröstelte ein wenig, aber ich war zu träge, mir die Jacke anzuziehen. Das Geräusch von sich nähernden Schritten schreckte mich jedoch auf.

»Keine Angst, junge Frrrau, ich tue Euch nichts.«

Eine seltsame Gestalt stand an dem Felsenrand und sah zu mir herauf. Ein Mann, alt, soweit ich es erkennen konnte, mit grauem Haar und einem weißen Bart. Das Erstaunliche an ihm war sein Gewand. Er trug einen langen, dunklen Umhang, der in der Mitte mit einem Ledergürtel zusammengehalten war. Im ersten Moment dachte ich an einen Mönch, aber mit einer kleinen Verneigung an die alte schottische Kultur deklarierte ich ihn zu einem Abkömmling der letzten Druiden. Eindeutig aber war er ein Bewohner der hiesigen Gegend, denn so ein prächtig rollendes Rrrr bekamen nur die Highlander über die Lippen. Ein Original zumindest. Ich nickte ihm freundlich zu, er lehnte weiter an den Felsen und schaute wie ich über den See hinaus. Dann lächelte er mich an.

»Ihr seid zu Gast in Drumnadruid Castle?«

»Ja, heute eingetroffen.«

»Und schon habt Ihr die Stelle gefunden, wo in manchen Nächten das Schöne Volk tanzt.«

Ein Original, tatsächlich, schloss ich.

»Das schöne Volk?«

»Die Elfen und Feen, junge Frau. Hat man Euch das nicht gesagt?«

Ich schmunzelte in mich hinein. Genau das hatte ich mir gewünscht, obwohl mein Glaube daran nicht sehr fest war.

»Nein, darüber hat man nicht mit uns gesprochen. Aber unsere Reiseleiterin hat uns von einem Schlossgespenst berichtet.«

Ich hörte noch die belehrende Stimme von Ms. Bertrand, die uns durch die Schönheiten des Hochlandes führen sollte.

»Meine sehr verehrten Damen. *History Tours* freut sich, Ihnen auf dieser zweiten Station unserer Rundreise ›Geschichtliches Schottland‹ ein überwältigendes Erlebnis zuteilwerden zu lassen. Wir erreichen in kurzer Zeit unsere wirklich einmalige Unterkunft für heute Abend. Ein original schottisches Castle, das erst vor wenigen Jahren zu einem höchst komfortablen Hotel umgebaut wurde.«

Ich hatte mich den gequälten Lauten meiner Tante angeschlossen, doch nicht wegen vergleichbarer Magenschmerzen. Meist gelang es mir, mich weitgehend der monotonen Stimme zu verschließen, doch als die sich schauspielerisch begnadet dünkende Cicerone mit schicksalsschwangerer Stimme von dem unheimlichen Schlossgeist zu sprechen begann, konnte ich mich nicht mehr entziehen. »... so heißt es, das Erscheinen der rot glühenden Augen des Ungeheuers kündige einen blutigen Tod in den Mauern des Schlosses an.«

»Quatsch!«, murmelte Tante Henrietta zwischen zweimal Aufstoßen.

»Dieser Fluch liegt über dem Schloss, seit vor vielen, vielen Jahren einmal ein junges Mädchen vor dem Kamin in der Halle meuchlings ermordet worden sein soll. Sein Geist, sagt man, sei es, der in den Vollmondnächten unruhig durch die alten Gemäuer streift und einen kalten Hauch hinterlässt, der die Bewohner zitternd zusammenrücken lässt.«

»Blödsinn! Zieht immer wie Hechtsuppe in diesen alten Kästen.«

Sie ist erschreckend realistisch, aber wo sie recht hat, hat sie recht, meine Tante.

Der alte Mann hatte sich erstaunlich behände auf den Felsen geschwungen und fragte: »Darf ich mich eine Weile zu Euch setzen? Es ist einer meiner Lieblingsplätze in diesen sternklaren Nächten.«

Was sollte ich tun? Beleidigt aufstehen und weggehen? Das wäre kein sonderlich höfliches Verhalten. Schließlich war ich der Eindringling. Außerdem verspürte ich auch keine Angst vor ihm, so seltsam das klingen mag. Ja, ich fand ihn sogar ein wenig faszinierend.

»Werdet Ihr länger bleiben, junge Frau?«

»Nein, leider nicht. Morgen reisen wir weiter. Eigentlich schade, denn das Hotel liegt unglaublich schön. Außerdem habe ich nun weder die Chance, den Schlossgeist noch die Elfen zu sehen.«

»Ihr nehmt das nicht ernst, nicht wahr?«

»Das mit dem Geist? Also, es ist sicher nicht so, wie die Reiseleiterin es beschrieben hat. Und die Elfen …«

Der Alte neben mir lachte leise, als wüsste er viel mehr, als er sagen wollte.

»Hat Euch Eure Mutter nie von den tanzenden Feen erzählt, von den Elfen, die in jeder Blüte wohnen, von den Geistern, die am fließenden Wasser hausen und in mondhellen Nächten betörend singen?«

Er konnte es nicht wissen, der seltsame alte Mann. Er konnte nicht wissen, wie sehr er mit seiner Frage eine der schmerzhaftesten Wunden berührte, eine Wunde, die in zwölf Jahren nicht verheilt war. Aber er mochte von größerer Empfindsamkeit sein als viele andere Menschen. Denn er sah mich mitfühlend an, als ich ihm antwortete: »Doch, früher hat meine Mutter mir von ihnen erzählt.«

»Dann fragt sie nach Eurer Rückkehr noch einmal nach den Elfen, Kind.«

Ich schüttelte stumm den Kopf. »Ich kann sie nicht mehr fragen, sie ist seit Jahren tot.«

»Armes Kind. Was ist ihr geschehen?«

Warum? Warum erzählte ich es einem völlig Fremden, was ich sonst keinem Menschen anvertraute? Lag es an der Stille der Nacht, dem Bann der Sterne?

»Sie war mit Freunden ausgegangen, das hat sie oft gemacht. Mutter hatte viele Freunde, es war immer lustig bei uns. Aber in dieser Nacht kam sie nicht nach Hause. Sie hatte auch nicht angerufen. Ich war ganz allein im Haus, die Nachbarn waren im Urlaub. Auch am nächsten Tag kam sie nicht. Ich wartete lange, entsetzlich lange. Bis dann ... bis dann Tante Henrietta eintraf. Und mich holte. Der Fahrer war betrunken gewesen. Sie war zu ihm ins Auto gestiegen. Er kam von einer Brücke ab, und sie stürzten in den Fluss. Man hat mir gesagt, sie sei gleich tot gewesen ...«

»Kind«, sagte der Alte und legte seine Hand auf meine. Es war mehr Trost, als ich je zuvor von einem Menschen erhalten hatte.

Wir saßen eine Weile schweigend nebeneinander, und er teilte das Leid, das noch immer nicht aus meiner Seele gewichen war. Schließlich aber schüttelte ich die Trauer und den sanften Trost ab und bemerkte, wie die nächtliche Kälte langsam in meine Glieder stieg. Ich begann mich zu bewegen. Er nickte und sagte mit seiner tiefen, klingenden Stimme: »Ja, es wird kalt, auch in den Sommernächten. Kommt, ich helfe Euch aufstehen. Wir wollen gemeinsam zurückgehen.«

»Ja, und … danke. Ich heiße übrigens Margita May.«

»Ich bin Arthur Dougal. Und ich freue mich, Euch kennengelernt zu haben. Vielleicht nur für diese kurze Weile. Aber manchmal geht das Schicksal eigenartige Wege, um uns zum Ziel zu führen.«

Wir wanderten die kurze Strecke zum Hotel nebeneinander her. Vor der Einfahrt zum Hof verabschiedete er sich von mir mit den Worten: »Glaubt mir, Kind, wenn diese Nacht auch dunkel ist, so wird sich doch in zwei Wochen der Mond wieder runden, und sein silbernes Licht wird auch Eure Seele erhellen.«

»Manchmal, Mr. Dougal, manchmal bezweifle ich das.«

»Geht zu Bett, schlaft und träumt, Kind.«

Es war ein freundlicher Wunsch gewesen, aber leider keiner, der in Erfüllung ging. Ich litt seit vielen Jahren unter Schlaflosigkeit. Aber daran hatte ich mich inzwischen gewöhnt. Ich ging zwar zu Bett, aber statt in einen Traum zu gleiten, drängten sich mir die Szenen des Tages noch einmal auf.

Eine halbe Stunde vor Mitternacht war ich noch immer hellwach, darum versuchte ich es mit Schäfchenzählen. Ich versuchte es auch mit der Vorstellung eines sanft rauschenden Meeres, ich versuchte es damit, die Wurzel aus 74 569 zu ziehen. Und wurde immer wacher. Das Laken verdrehte sich knotig, die Matratze schien mit steinharten Erbsen gefüllt zu sein, das Kopfkissen verwandelte sich in matschige Kleie.

Dagegen gab es nur ein Mittel – wach bleiben, wenn nötig bis zum nächsten Morgen. Also stand ich auf und zog mich warm an, um meine Karriere als Schlossgespenst zu beginnen. Um diese Stunde würde ich zumindest niemandem mehr begegnen, hoffte ich. Ich streifte durch die kaum erleuchteten Gänge, fand ein paar abgelegene Salons, vermied es, dem Hinweis auf die Bar im alten Turm zu folgen, denn von dort klangen noch Geräusche herüber, warf einen Blick in die leere Küche und landete schließlich in der Halle, wo im Kamin noch immer das Torffeuer gloste.

Dort setzte ich mich in einen Sessel und starrte eine Weile in die Glut. Ohne das künstliche Licht verschwammen die grellen Farben der Einrichtung in mildernde Grautöne, und das Ganze machte einen sehr urtümlichen Eindruck. So ähnlich musste das alte Castle gewirkt haben, als weder viktorianische noch moderne Elemente ihren Weg hinein gefunden hatten.

Wie ich so dasaß und vor mich hin sinnierte, passierte es. Nein, es erschien kein Gespenst, sondern ich hatte, wie schon am Nachmittag, den seltsamen Eindruck, ungeheuer vertraut mit der Umgebung zu sein. Intensiver als zuvor sah ich die alte, düstere Schlosshalle. Nicht Teppich lag mehr auf dem Boden, sondern Stroh, rohe Holzbänke und Tische standen dort. Manche umgeworfen, wie nach einem heftigen Gelage. Meine Fantasie ging so weit mit mir durch, dass ich beinahe meinte, Gestalten in altertümlichen Kilts, mit Schwertern bewaffnet, wahrzunehmen.

Doch bevor meine Einbildung überhandnehmen konnte, weckte mich ein seltsamer Laut aus meiner Träumerei. Es klang wie ein Surren und kam von der Wand neben mir. Ich zuckte zusammen und sah auf. Irritiert erkannte ich eine komische, reich verschnörkelte Kuckucksuhr, die, wie ich gerade erst bemerkte, über einer schweren, alten Kommode hing. Wie dieses geschmacklose Exemplar seinen Weg in die Highlands gefunden hatte, mag ein anderer erraten. Doch obwohl sie eine Ausgeburt der Scheußlichkeit war, musste ich wie gebannt auf das Zifferblatt schauen, auf dem sich die Zeiger soeben auf der Zwölf deckten.

Das Törchen öffnete sich, und heraustrat – und das gab mir beinahe den Rest – nicht der erwartete Kuckuck, sondern ein Rabe.

»Ja, spinn ich denn?«, stieß ich hervor.

Quoth the raven: »Nevermore!«[3]

Mich schüttelte ein fast hysterisches Kichern, und ich hing hilflos in meinem Sessel. Als ich mich wieder einigermaßen im Griff hatte, war der Rabe verschwunden. Aber mir war trotzdem so leicht zumute wie schon lange nicht mehr. Es ist irgendwie beruhigend, zu erkennen, dass man ganz einfach wahnsinnig ist.

Ich stand auf und kehrte in mein Zimmer zurück, wo ich nach kurzer Zeit in einen ungemein erholsamen Schlaf sank.

---

3 Sprach der Rabe: »Nimmermehr!« (refrainartige Zeile aus E. A. Poes Gedicht »The Raven«).

Ein hoffnungsloser Spuk

Dieser Rabe! Dieser Rabe! Irgendwann haue ich ihm eins auf den Schnabel.

Frustriert klapperten meine nicht vorhandenen Zähne, wie mir das früher auch immer passiert war, wenn mich ein Vogel gefoppt hatte. Die Krallen in ihn schlagen, das würde ich zu gerne. Aber wenn ich nur wüsste, wie. So machtlos, so hilflos, so körperlos zu sein. Ich wünschte mir so sehr, wieder einen Leib zu haben. Und dann erinnert der blöde Vogel mich jede Nacht daran, dass es nimmermehr geschehen wird.

Heute lungerte auch noch das spillerige Mädchen in meiner Halle herum und kicherte wie schwachsinnig. Manchmal gehen diese Menschen einem Geist ganz schön auf den Geist. Wie üblich war heute wieder eine Ladung Zweibeiner eingetroffen, sie rumpelten durch die Gänge, redeten wild durcheinander, ließen sich aus der Küche auffahren, was das Zeug hielt.

Und keiner nahm mich wahr.

Was hatte ich es zu meinen Lebzeiten genossen, bei einem Essen unter die Tische zu schleichen. Immer fanden sich ein paar sanfte Mädchenfinger, die mir einen Leckerbissen zusteckten. Ein wenig gebratenen Fasan, ein Stückchen gesottenes Wildschwein, ein Häppchen geräucherten Lachs oder einen Bissen Forelle.

Vorbei, vorüber, vergessen.

Geister können nicht essen. Geister haben noch nicht einmal Hunger.

Nur Appetit.

Und Erinnerungen an fette Sahne, milden Käse, würzigen Schinken, frische Maus.

Ahh, frische Maus. Selbst gefangen.

Ich schüttelte diese Gedanken rigoros ab, hängte mich übellaunig in den Kristallleuchter und beobachtete die magere Rothaarige, die sich endlich ausreichend vergnügt hatte und zum Treppenaufgang zockelte. Einen kurzen Moment flog mich die Idee an, ihr einen kleinen Horrortrip zu verpassen. Solche kümmerlichen Existenzen können manchmal noch recht anfällig für einen anständigen Spuk sein. Aber dann war mir das doch zu viel Aufwand.

Außerdem schwebten diese leisen Klänge durch das Fenster herein. Ich mochte die nicht, sie versprachen etwas, was nicht geschehen würde. Drum verschloss ich mein Gehör davor – 'tis the wind, and nothing more.[4]

Beherbergung der Leidenden

Ich wachte vom Weckerklingeln auf. Natürlich, wir mussten heute weiterreisen. Der Ablauf der Besichtigungen war streng geregelt: Theater und Museen in Edinburgh, eine Whisky-Brennerei, Steinkreise, Kirchen, *Bagpipes and Drums* … Müde gähnte ich und sah mich im Zimmer um. Das Sonnenlicht beleuchtete die leicht verblasste Blümchentapete, die dunkelgrünen Portieren an den Fenstern waren an manchen Stellen

4 Es ist der Wind, und sonst nichts.

verschossen, doch die Holztäfelung glänzte dunkelseidig, das Bett mit den geschnitzten Säulen war ein königliches Lager mit einer erstaunlich harten Matratze. Gestern hatte ich nach einigem Suchen einen Wandschrank versteckt hinter den Tapetentüren gefunden, in den ich zunächst einfach meine Tasche stellte. Sie auszupacken, fand ich, lohnte sich nicht. Wir würden doch nur eine Nacht bleiben, heute. Seufzend sah ich zum Fenster und bedauerte diesen Umstand zutiefst.

Die Erinnerung an die Begegnung mit dem wunderlichen Alten schlich sich in meine Gedanken. Wie gerne hätte ich mich noch etwas mehr mit ihm über Feen und Elfen, Schlossgeister und die Geschichten der Vergangenheit unterhalten. Nicht die geschichtlichen Daten, sondern die Geschichten von Menschen, so, wie sie einst hier gelebt hatten.

Aber das war nun mal nicht möglich. Ich musste mich erneut einem Tag stellen, erneut den Menschen entgegentreten, denen ich gestern Abend ausgewichen war. Meine Stimmung verdüsterte sich, als ich ins Bad ging. Vielleicht war es doch ganz gut, von hier abzureisen. So, wie die anderen Gäste mich gestern Abend verspottet hatten, war Flucht für mich eine wünschenswerte Lösung.

Nach der Dusche dachte ich kurz darüber nach, was ich anziehen sollte. Aber wen interessierte schon, was ich trug? Ich sah in den Spiegel des altmodischen Frisiertisches. Ich sah langweilig wie immer aus. Dunkelbrauner halblanger Rock, beigefarbener Pulli, braunweiß gemustertes Tüchlein. Jeans verabscheute Tante Henrietta an Frauen. An Männern auch. Aber in einem

Anfall von Aufbegehren hatte ich trotzdem welche eingepackt. Ich erwog, sie auszupacken, aber dann kam ich doch davon ab und setzte mich vor den mit einem rosa Blümchenvolant verkleideten Frisiertisch, um meine kurzen Locken zu bürsten. Sie sind mit Abstand das Extravaganteste an mir, denn sie sind schimmernd rot und umrahmten an diesem Morgen völlig unpassend mein blasses, müdes Gesicht. Ich hasse Busreisen.

Nachdem ich meine widerspenstigen Haare mit einer Menge Spray zu damenhafter Ordnung gerufen hatte, fiel mein Blick auf den Kamin im Zimmer. Er war natürlich lange nicht so groß wie der in der Halle, und er war offensichtlich auch in der letzten Zeit nie genutzt worden. Wärme spendete, wenn nötig, eine verschnörkelte Dampfheizung, die altersgrau vor der Täfelung weilte. Der Kamin war gemauert und gekrönt von einem schmalen Fries, der aus alten Mauerresten bestand. In der Mitte entdeckte ich eine hübsche Steinmetzarbeit. Es war die Blüte einer Silberdistel inmitten ihres stacheligen Blätterkranzes. Gedankenverloren fuhr ich die Konturen mit den Fingern nach.

»Tante Henrietta?«

Ich stand vor der Tür, bereit für das Frühstück, und klopfte.

»Tante Henrietta!«

Es war verdächtig still in ihrem Zimmer. Ich hatte mehrere Möglichkeiten – entweder ich weckte sie und zog ihren Zorn damit auf mich, oder ich erwischte sie beim Anziehen, was sie nicht mochte, oder ihr ging es schlechter, was ebenfalls unangenehm wäre.

»Tante Henrietta!«, rief ich etwas lauter und klopfte energischer. War da nicht ein leises Stöhnen zu hören? Vorsichtig öffnete ich die Türe und trat ein. Es war dunkel im Zimmer, und als Erstes zog ich die dichten Vorhänge beiseite.

Mir bot sich ein Bild des Jammers. Völlig apathisch lag meine Tante in den Kissen. Noch nicht einmal ein zorniges Funkeln kam aus ihren Augen.

»Wie geht es dir?«

»Dreckig.«

Diese Wortwahl sagte mehr als alle Beschreibungen.

»Ich werde versuchen, einen Arzt zu …«

»Vergiss es. Keinen Arzt.«

»Aber wenn du etwas Schlimmes hast …?«

»Magen verdorben.«

»Aber Tante Henrietta, woher willst du das denn wissen? Es könnte doch auch eine Salmonellenvergiftung sein.«

»Krieg ich nicht. Geh endlich.«

Leicht ist es wirklich nicht mit ihr. Aber in diesem desolaten Zustand war sie noch schwieriger als sonst. Ein wenig ratlos gab ich zu bedenken: »Hör mal, wir fahren doch heute weiter. Kannst du denn überhaupt aufstehen?«

»Bleibe hier. Du auch.« Ein verhaltener Rülpser. »Jetzt geh.«

Ach du liebe Zeit. Zwei Wochen an diesem abgelegenen Ende der Highlands? In Gesellschaft einer Horde hochnäsiger Jungmanager, die jeden Schritt von mir mit treffsicherer Verachtung kommentieren würden?

Ich überlegte, was ich machen sollte. Eines konnte

ich bestimmt nicht – allein mit der Gruppe weiterfahren. Tante Henrietta würde mir das nie verzeihen. Andererseits war Hierbleiben so schlecht vielleicht doch nicht. Ich erinnerte mich an die sehnsüchtigen Gefühle, die mich vor Kurzem überkommen hatten. Also sollte ich den Hotelmanager aufsuchen und ihn bitten, uns die beiden kommenden Wochen zu beherbergen, bis die Bustour uns auf dem Rückweg wieder aufnahm.

Wenn ich schon mal eine Entscheidung treffe, dann zögere ich selten, sie in die Tat umzusetzen. Ich ging nach unten in die Halle, umrundete unauffällig meine frühstückenden Mitreisenden. Man konnte sie nur bewundern. Ich hätte auf gar keinen Fall fettige Würstchen, Nieren und Berge von gebackenen Bohnen essen können. Das ließ auf eine Schwäche der Konstitution schließen, wie sie offensichtlich meiner Familie eigen war. Denn Tante Henriettas Leiden war weitgehend auf ihren Stolz zurückzuführen, sich vor Frau Liebmann und den anderen keine Blöße geben zu wollen.

MacDuffnet fand ich wieder an der Rezeption, zusammen mit einer Dame aus unserer Reisegruppe. Ich blieb, wie üblich, unbemerkt und hörte den beiden zu.

»Aber selbstverständlich wechsle ich Ihnen das Geld. Wir rechnen einen besonderen Kurs aus … Schauen wir mal.«

MacDuffnet klapperte auf seiner altmodischen Rechenmaschine und gab dann einen Wechselkurs für Euro an, der mir ungewöhnlich günstig erschien. Sollte das Gerücht vom geizigen Schotten vielleicht doch nur ein Gerücht sein?

»Nehmen Sie auch Kreditkarten, Mr. MacDuffnet?«

»Aber natürlich. Wir sind ein internationales Haus, Madam.«

Die beiden wickelten ihre Geschäfte ab, und zwei weitere Damen gesellten sich zu uns. Sie geruhten, mich wahrzunehmen.

»Oh, guten Morgen, Margita. Ich habe Sie beim Frühstück gar nicht gesehen. Sie müssen etwas essen, bevor wir losfahren.«

»Ja, Ms. Bertrand.«

»Das ist brav. So, und jetzt lassen Sie mich mal mit dem Herrn an der Rezeption reden.«

Resolut drückte mich die prächtige Matrone an die Wand. Vermutlich machen geräucherte Heringe am frühen Morgen so durchsetzungsfähig. Ich ließ sie gewähren, aber als auch Frau Liebmann dann mit ihrer Kreditkarte winkte, atmete ich tief durch und erhob meine Stimme, um mir bei Mr. MacDuffnet Gehör zu verschaffen. Er sah mich etwas irritiert an, vielleicht weil mein Englisch etwas fließender war als das meiner Mitreisenden. Aber immerhin stammte meine Großmutter aus England und hatte großen Wert darauf gelegt, dass ich zweisprachig erzogen wurde.

»Mr. MacDuffnet, es tut mir sehr leid, aber ich muss Sie bitten, meiner Tante und mir die beiden Zimmer für die nächsten zwei Wochen zu vermieten. Der Zustand meiner Tante hat sich so weit verschlechtert, dass an ein Weiterreisen nicht zu denken ist. Ich werde bei ihr bleiben, um sie zu pflegen.«

Der Hotelier, heute in einem konventionellen Anzug, an dem lediglich die rot karierte Krawatte an die schottische Nationalität erinnerte, sah mich ausdruckslos an und räusperte sich dann.

»Ähem, das ist ein Problem. Äh…, würden Sie mir bitte in mein Büro folgen?« Dann drehte er sich um und rief: »Morrigan, übernimmst du bitte die Abwicklung? Zahl den Damen bitte aus der Wechselkasse die gewünschten Beträge aus.«

Er hob die Klappe hoch, durch die man hinter die Rezeption treten konnte, und dirigierte mich mit einer Bewegung seiner fleischigen Hand in ein kleines, unaufgeräumtes Büro.

Ich kam nicht umhin, seinen stattlichen Bauch zu streifen, als ich in den Raum trat. Mir war beklommen zumute. Würde er uns auf die Straße setzen wollen? Ich vermeinte mich erinnern zu können, wie ungern Hotels sich mit kranken Gästen herumplagten. Ich sah mich, die leidende Tante stützend, schon obdachlos durch die Moore irren.

Bedauerlicherweise ist meine Fantasie sehr farbig. Aber manchmal hilft mir das, den Rest von Humor aufzubringen, der mich am Leben hält. Also sah ich gefasst dem Urteilsspruch entgegen.

»Ich sehe Ihre schwierige Lage, Miss May. Und ich will auch nicht so erscheinen, als wolle ich Ihnen die Hilfe versagen.«

Ich atmete auf.

»Dann brauchen wir die Zimmer vorerst nicht zu räumen?«

MacDuffnet zog seine Stirn in drei bedenkliche Querfalten und strich sich über die graubraunen Haare.

»Nun, es ist nicht so, dass wir Ihnen keine Zimmer

zur Verfügung stellen können, Miss May. Aber selbstverständlich haben auch andere Gäste für die nächsten Wochen gebucht. Ich werde Absagen machen müssen …«

Daran hatte ich in meiner Einfalt natürlich nicht gedacht.

»Nun, lassen Sie mich sehen …«

Er schlug einen Terminkalender auf und blätterte vor, blätterte zurück, blätterte vor. Die Stirnfalten vertieften sich, glätteten sich ein wenig, vertieften sich wieder.

»Ja, nun …«

»Mr. MacDuffnet, ist es wenigstens möglich, noch zwei, drei Tage zu bleiben, bis meine Tante sich zumindest so weit erholt hat, dass wir uns etwas anderes suchen können?«

»Aber, aber, Miss May. Ich bin doch kein Unmensch. Selbstverständlich können Sie die zwei Wochen bleiben. Es ist nur so, den Pauschalpreis, den wir mit Ihrer Reisegruppe gemacht haben, … also … den kann ich Ihnen leider nicht in der Form weitergeben.«

Mir fiel ein Stein vom Herzen. Es ging nur um Geld.

»Selbstverständlich werden wir für die Übernachtung zahlen, was Ihre üblichen Tarife sind. Wie ich vorhin mitbekommen habe, sind Sie bereit, Schecks und Kreditkarten zu akzeptieren.«

»Sicher, sicher. Wollen Sie in den jetzigen Zimmern bleiben? Bitte sehr, das ist unsere Preisliste.«

Er reichte mir ein Blatt, und ich bekam eine Vorstellung davon, wie saftig die Preise waren. Dennoch –

Henrietta ist zwar eine nörgelige Tante, aber sie hat einen Hang zum Großzügigen, wenn sie sich damit Bequemlichkeit erkaufen kann. Und die Reise hatte sie mir ebenfalls bezahlt.

MacDuffnet und ich wickelten das Geschäft zur beiderseitigen Zufriedenheit ab, und ich verließ einigermaßen beruhigt das Büro.

In der Empfangshalle türmte sich das Gepäck, und die Reiseleiterin umrundete aufmerksam ihre Herde.

»Es fehlen die Damen May. Hat sie jemand gesehen?«

»Henrietta ging es gestern Abend schlecht. Zu viel Schaffleisch gegessen. Wahrscheinlich BSE.«

Ich sah Frau Liebmann giftig an, holte tief Luft und sprudelte hervor: »Meiner Tante geht es in der Tat nicht besonders gut. Sie hat sich den Magen verdorben. Wir werden die nächsten zwei Wochen hier im Hotel bleiben und auf der Rückreise wieder zusteigen. Ich habe mit dem Besitzer schon alles geklärt.«

Die Reiseleiterin sah mich an, als ob eine Spitzmaus sie gerade wütend angebellt hätte. Ich war gut in Fahrt. Ich ließ sie gar nicht zu Wort kommen.

»Sie brauchen sich wegen der Haftung keine Gedanken zu machen. Wenn ich etwas unterschreiben soll, dann geben Sie es nur her.«

Schließlich bin ich dank Tante Henrietta eine erfahrene Bildungsreisende.

Hilde Liebmann zeigte zumindest jetzt einen Hauch Mitgefühl. Sie bot sich an, ebenfalls dazubleiben und mir bei der Pflege der Patientin zu helfen.

»Ich werde eben bei ihr hereinschauen und fragen, wie es ihr geht.«

»Tun Sie das, Frau Liebmann. Aber möglicherweise ist sie nicht sehr gesprächig«, antwortete ich ihr. Ich hoffte allerdings, Tante Henrietta möge jegliche Unterstützung durch Frau Liebmann ablehnen. Was sie auch erwartungsgemäß tat. Frau Liebmann war zwar deswegen beleidigt, aber da konnte ich ihr auch nicht helfen.

Endlich war der Bus hinter der ersten Kurve verschwunden, und ich wünschte allen eine angenehme Verdauung.

Ein böser Geist geht um

Es ist ganz besonders langweilig, wenn alle Gäste schlafen. Erst lange nach der Morgendämmerung machte ich meinen täglichen Rundgang im Schloss. Diesmal hegte ich eine vage Hoffnung. Vielleicht war bei der Gruppe älterer Damen eine spiritistisch gebildete dabei, die ich ein wenig in Hysterie versetzen konnte. Manchmal findet man solche Exemplare auch heutzutage noch. Dann heißt es endlich wieder, ein böser Geist gehe um in Drumnadruid Castle. Hah!

Ich bin richtig böse geworden. Ein böser Geist mit rot glühenden Augen – so bezeichnen sie mich. Kein Wunder also, dass man mir die schlimmsten Dinge zuschreibt. Krankheit und Siechtum, plötzlichen Kindstod, Mord und Wahnsinn. In Ermangelung anderer Freuden genieße ich es, böse zu sein. Richtig böse, böse, böse!

Ich durchdrang mühelos die geschlossene Tür zu

dem ersten Zimmer im Erdgeschoss und sah mich interessiert nach dem Bewohner um.

Eine richtige Pleite war das. Genau der Typ Mensch, der mit mir überhaupt nichts anfangen kann. Ein junger Mann, mittelgroß, schwarzhaarig, hatte sich einen Arbeitsplatz auf dem Tisch eingerichtet und spielte auf der Tastatur seines kleinen Computers herum. Auf dem Bildschirm kämpfte sich ein Ritter durch ein Burgverlies. Wie albern.

Ich machte einen weiten Bogen um dieses moderne Gerät. Die Abstrahlung macht mich so kribbelig. Laptop nennen sie diese Dinger. Oder Fax und Handy. Ich sah mich weiter um. Auf dem Nachttisch lag ein Buch mit einer Pistole auf dem Titelblatt – auch noch Mord und Totschlag zur Entspannung. Den schreckte gar nichts mehr. Er würde überhaupt keine Augen für mich haben. Murrend schwebte ich über ihn hinweg, verspürte dieses hässliche Kribbeln an der linken Hinterpfote und nahm den Weg durch die Wand zum Nachbarzimmer.

Ich blieb mittendrin stecken, denn der junge Mann gab ziemlich unflätige Worte von sich. Eine nähere Überprüfung allerdings zeigte, dass er nicht mich meinte, sondern das Gerät auf dem Tisch, das ein komisches Flimmern aufwies. Na gut, das war sein Problem.

In den Nebenzimmern hielten sich weitere Exemplare dieser Spezies auf. Sechs Stück gab es davon. Richtig smart, die Kerlchen. Die früheren Bewohner des Schlosses hätten diese Jungchen vermutlich zum Frühstück verspeist. Total verweichlicht, keine Schwielen, keine rauen Hände, keine Muskeln. Die beiden Frauen, die zu ihnen gehörten, waren auch keine dankbaren Opfer. Besonders nicht die Blonde. Die hatte so einen kühlen, berechnenden Blick. Sie war gerade dabei, ihre Haare zu frisieren, und wenn ich etwas noch mehr hasse als Computer und Handy, dann ist es ein Föhn. Der macht mich schier verrückt.

Ich schwebte durch die Decke nach oben. Leider waren auch die älteren Damen keine Treffer. Keine Einzige war an Geistern interessiert. Außerdem packten sie schon wieder ihre Koffer. Erst als ich den letzten Wandschrank durchquerte, fand ich eine magere Alte noch im Bett liegen, die einen abgegriffenen Brief las und dabei herzerweichend seufzte. Die hatte andere Probleme.

Aus dem Zimmer gegenüber schlüpfte gerade das spillerige Mädchen, das mit einem hungrigen Blick Richtung Halle schlich. Von dieser Gruppe Besucher war aber auch gar keiner aufnahmebereit für eine derart feinsinnige Geistererscheinung wie mich. Ich levitierte unter die Zimmerdecke und starrte gelangweilt zu den Sparren empor.

Darkness there, and nothing more![5]

5 Nur Dunkelheit, und sonst nichts.

Alte Geschichten

Es wurde leer im Hotel. Unsere Busladung war fort und hoffentlich auch bald die Smarties von der *Business School.* Letztere wollten eigentlich geschlossen auf den Golfplatz eilen. Nachdem das Schicksal uns dazu bestimmt hatte, die nächsten zwei Wochen in diesem Hotel zu verbringen, musste ich eine Möglichkeit finden, mich auch mit diesen Gästen zu arrangieren. Wenn ich doch nur eine dickere Haut besäße. Wenn ich die Menschen doch immer nur mit einem amüsierten Abstand betrachten könnte wie in diesem Moment. Ich hatte mich, vor ihren Blicken verborgen, in einen der hochlehnigen Sessel gesetzt, sodass sie nicht bemerkten, wie ich sie belauschte.

Es herrschte nämlich nicht nur erfolgsorientierte Harmonie zwischen den aufstrebenden Führungskräften, sondern auch Konkurrenz. In diesem Fall war offensichtlich die blonde Walküre, deren Name Gina lautete, die treibende Kraft.

Ich setzte mich ein wenig auf, um sie zu beobachten, und wurde von einem leichten Neidgefühl gepackt. So energisch, wie diese Frau auftrat, würde ich es auch gerne tun. So selbstbewusst, so ganz Herrin der Situation. Sogar unser Hotelbesitzer machte eine devote Verbeugung vor ihr, wenn er mit ihr sprach. Mich hingegen übersah er mit Leichtigkeit. Gina trug eine karierte Golfhose und ein Poloshirt, eine Aufmachung, die an mir verboten gewirkt hätte, bei ihr jedoch selbstverständlich und sogar noch elegant erschien. Sie wandte sich an den schwarzhaarigen Mann, anscheinend nicht nur ihr Kollege, sondern auch ihr Freund.

»Ken, ich habe Dr. von Ermesmühle angerufen. Du sollst dich unbedingt heute noch melden.«

»Gina, warum hast du ihn denn angerufen? Ich denke, wir wollten Urlaub machen.«

»Ich für meinen Teil lasse ihn trotzdem wissen, wo ich erreichbar bin. Er ist schließlich mein Chef. Aber wenn du das anders siehst …«

»Schon gut, was wollte er von mir?«

»Hat ein paar Planungsdaten, die du überprüfen sollst.«

»Ich werde erst eine Runde Golf spielen und ihn dann zurückrufen.«

»Tu das. Aber du kannst mir inzwischen sagen, wo du die Unterlagen hast, ich rufe dann von Ermesmühle selbst zurück.«

»Pass auf, Ken. Gina ist hinter deinem Chef her.«

»Nein, John-Tom, hinter meinem Job. Komm, Gina, sei ein bisschen lockerer.«

»Du kannst dir das vielleicht leisten, ich nicht.«

Sie ließ die Herren stehen, und die Gruppe löste sich auf.

Schön, wenn man solch einen Ehrgeiz hatte. Wahrscheinlich war es das, was mir fehlte. Ich zuckte mit den Schultern, erhob mich aus meinem Sessel, ließ mir eine Kanne Tee und etwas trockenen Toast für Tante Henrietta geben und trug das Tablett eigenhändig in ihr Zimmer.

Manchmal frage ich mich, ob sie sich der Diskrepanz zwischen ihrem Handeln und Denken eigentlich bewusst ist. Sie fährt mit großer Beständigkeit in aller Herren Länder, aber sie hat eine abgrundtiefe Abneigung gegen alles Ausländische. Wo hat sie mich nur schon überall mit hingeschleift. Seit ich sechzehn bin, darf – oder muss – ich sie begleiten. Ich segelte mit ihr den Nil hoch und runter, besichtigte Rom über- und unterirdisch, umrundete die kanadischen Seen, krabbelte Ayers Rock hinauf und wieder bergab und durchwachte die lange Nacht von Hammerfest. Mit dem Bus reisten wir von Bagdad nach Stambul, durchs wilde Kurdistan und ins Land der Skipetaren, immer klimatisiert, selbst unter Geiern und im Tal des Todes.

Eines muss man ihr lassen, unpässlich war sie noch nie gewesen. Glücklicherweise war ihr dieses erste Mal in einer vergleichsweise zivilisierten Umgebung passiert.

»Ich habe dir Tee und Toast gebracht.«

»Mh.«

»Ich habe die beiden Zimmer für zwei Wochen gebucht.«

»Mh.«

»Brauchst du noch was?«

»Meine Ruhe!«, blaffte Tante Henrietta. Ich verzog mich.

Der Ausblick auf den See, den ich von meinem Zimmer hatte, bezauberte mich aufs Neue. Heute trieb der Wind riesige weiße Wolkenberge vor sich her, und schwarze Schatten eilten über Wiesen und Moore. Dazwischen füllte immer wieder klar und gleißend die Sonne die frische, reine Luft mit ihrem Glanz. Ein bezaubernder Tag. Ich beschloss, mir einen Plan von der

Umgebung zu holen und einen langen Spaziergang zu machen.

Doch hatte ich nicht mit der Sprunghaftigkeit des schottischen Wetters gerechnet. Kaum war ich umgezogen und wollte die Halle verlassen, als ein gewaltiger Platzregen losbrach.

»Der geht bei uns schnell vorbei«, rumpelte eine tiefe Stimme neben mir, als ich entsetzt das Tor zuschlug.

Ich drehte mich um und sah mich wieder dem weißbärtigen Hünen gegenüber, der mir am Abend zuvor begegnet war. Nur wiesen heute seine ausgebeulten Cordhosen und lehmigen Schuhe auf eine ausgiebige Gartenarbeit hin. Ich war überrascht, dass er zum Hotel gehören sollte. Aber es war natürlich nur wieder meine überzogene Fantasie gewesen, die ihn zu einem geheimnisvollen Eremiten gemacht hatte. Ich lächelte über mich selbst und meinte: »Eben schien doch noch die Sonne?«

»Der Himmel weint, der Himmel lacht. Wie die Menschen. Setzt Euch vor den Kamin, Ihr findet dort ein paar Bücher. Lest eine Ballade, dann ist es vorbei.«

Er nickte und stapfte dann nach draußen, ohne auf die Wasserfluten zu achten, die soeben auf sein struppiges graues Haar niederstürzten.

Der Alte benahm sich schon eigenartig, aber irgendwie war er bei Weitem das freundlichste Geschöpf, das mir auf dieser Reise bisher begegnet war. Ich nahm seinen Rat an und ging in die fehlfarbene Halle. Mein Blick blieb an der Kuckucksuhr hängen, und die Heiterkeit der Nacht überkam mich wieder. Ob sich auch am Tag zu den vollen Stunden das Türchen öffnen würde? Ich glaube, ich wäre enttäuscht, wenn ja.

Auf den Tischen lagen Reiseführer und Prospekte über das Schloss und die Umgebung. Ich wählte irgendein Bändchen aus und blätterte darin.

Ursprünglich war Drumnadruid Castle im vierzehnten Jahrhundert von Duncan MacIain erbaut worden. Er hatte das Land von König Robert the Bruce erhalten, weil er und seine Mannen sich in einer Schlacht gegen die Eindringlinge aus dem Norden besonders tapfer geschlagen hatten.

Es gab eine alte Zeichnung, die die Burg aus der Zeit ihrer Erbauung darstellte. Sie war damals zunächst nur ein großer, grauer, viereckiger, mit Zinnen bewehrter Klotz gewesen. Später wurde zusätzlich ein runder Wohnturm an der rechten Seite angebaut. Er war im Falle einer Belagerung als letzte Zuflucht nur durch eine Tür vom Hauptbau zu erreichen.

Ich blätterte weiter, die architektonischen Einzelheiten langweilten mich. Irgendwann um 1740 herum war das Gebäude zerstört, im neunzehnten Jahrhundert als Hotel wieder aufgebaut und schließlich vor wenigen Jahren modernisiert worden.

Dann kam ein Abriss schottischer Geschichte, deren trüber Höhepunkt die *Highland Clearence* nach dem Sieg der Engländer war. So viel Wissen hatte ich auch zuvor schon gehabt. Viel mehr als die Daten interessierten mich eigentlich die Menschen, ihre Schicksale und Geschichten. Dazu fand ich in einem anderen Blättchen mehr. Es gab sogar einen Hinweis auf das Schlossgespenst. Von glühenden roten Augen wurde zwar nichts gesagt, aber man schrieb ihm zu, es ließe das alte Schwert über dem Kamin regelmäßig einmal im Jahr zu

Boden fallen. Keiner hatte indes das Gespenst je gesehen. Auch ging nicht daraus hervor, ob es mit dem von der Reiseleiterin erwähnten dahingemeuchelten Mädchen identisch war.

Weiter berichtete man von einer furchtbaren Clan-Fehde, die zur Auslöschung der rechtmäßigen Schlossherren, der MacIains, geführt hatte, aber geschichtlich belegt war das nicht. Clan-Fehden waren damals ohnehin das Tagesgeschäft der Schotten, weshalb der Verfasser der Werbeschrift ohne Hemmungen darüber schreiben konnte. Angeblich gab es sogar eine alte Ballade, die von diesem historischen Ereignis erzählte.

Kurz und gut, der Leser konnte sich anhand der spärlichen Fakten und der Vermutungen ein beliebiges Bild des Spuks im Schloss machen. Wahrscheinlich war das sehr praktisch.

Die Technik des Spukens

Zur Vormittagszeit hing ich in der Küche herum und beobachtete das geschäftige Treiben. Mich bemerkte natürlich wieder niemand. Darum begab ich mich in die Halle und überlegte, ob ich an dem Schwert über dem Kamin rütteln sollte. Einfach nur, um endlich jemanden quietschen zu hören. Das spillerige Mädchen zum Beispiel, das da saß und in den Schriften blätterte. Hoffentlich las sie gerade von dem grauenvollen Geist, der hier umging.

Es hatte schließlich über hundert Jahre gedauert, bis

ich dahinterkam, was ich alles trotz meines körperlosen Zustands noch bewegen konnte. Wie es funktioniert, weiß ich bis heute nicht, aber wenn ich einen Gegenstand finde, den ich zu meinen Lebzeiten schon einmal berührt hatte, dann kann ich ihn in Bewegung versetzen. Das Schwert ist eines dieser Dinge – obwohl, eigentlich hatte es eher mich berührt. Aber mein Spuk wirkt sehr nachhaltig auf dieses Mordinstrument.

Mir half diese Erkenntnis, mein trauriges Schicksal ein bisschen leichter zu tragen. Nein, glücklicher wurde ich dadurch nicht, aber diese grauenvolle Langeweile konnte ich mir damit wenigstens etwas vertreiben. Schwups, da fliegt ein rostiger Bratenspieß durch die Luft, klappern ein paar alte Ketten aus dem Kamin, knarren die morschen Dielen und knirschen die Fensterläden in ihren Scharnieren.

Meine Lieblingsrolle in Sachen Geistererscheinung hingegen ist die eines luchsgroßen Wildkaters mit glühenden Augen. Aber das ist anstrengend, und danach kann ich mindestens drei Tage nicht ordentlich spuken. Darum trete ich meistens in meiner ursprünglichen Gestalt auf: grau-schwarz getigert mit weißer Schnauze und vier – ich betone: vier – schneeig weißen Pfoten. Diese und mein unnachahmliches Lächeln sind das, was den Menschen immer am nachhaltigsten in Erinnerung blieb. Ich hörte sogar mal jemanden ehrfurchtsvoll sagen: »Ich habe zwar schon oft eine Katze ohne Grinsen gesehen, aber noch nie ein Grinsen ohne Katze.« Dabei stamme ich gar nicht aus Cheshire.[6]

---

6 Aus: »Alice im Wunderland«.

In der Halle sitzt noch immer das Mädchen und blättert herum, statt sich vor mir zu fürchten. Dabei hat es so was ... Wenn ich sie mir genau ansehe, hat sie so was, als könnte sie vielleicht ein klein bisschen sensibler sein als die anderen. Sie wird zwei Wochen lang bleiben, mal sehen, was man da anrichten kann.

Aber wahrscheinlich darf man von solch mageren Hühnern nichts Besonderes erwarten, das kannte ich von dem Geflügel aus meinem Leben zuvor – perched, and sat, and nothing more.[7]

Zeugen der Vergangenheit

Es war sehr ruhig in dem Hotel. Solange ich in der Halle gesessen hatte, war außer dem Klappern des Geschirrs im Speisesaal nichts zu hören gewesen. Aber da man dort reger Tätigkeit nachging, vermutete ich das baldige Eintreffen weiterer Gäste. Weil ich keine Lust verspürte, mich zusammen mit ihnen verköstigen zu lassen, stand ich auf, um die nette Dame an der Rezeption zu fragen, ob sie mir nicht ein Tablett auf das Zimmer bringen lassen könnte. Sie versprach es, und ich ging nach oben.

Sonnenlicht flutete wieder durch die Fenster. Wahrscheinlich würde ich nach dem Essen meinen geplanten Spaziergang machen können, und da ich gewarnt war, würde ich meine Regenjacke anziehen – Sonnenschein hin oder her.

---

7 Auf der Stange sitzen, sonst nichts.

Eine halbe Stunde später machte ich mich auf den Weg. Hinter dem Schloss führte ein schmaler Pfad am Ufer des Sees entlang. Nach links wandte er sich zu einem Bootssteg, an dem einige Motorboote auf den Wellen schaukelten. Ich erinnerte mich, gelesen zu haben, dass die Gäste in der Angelsaison auf Lachsfang gehen konnten.

In der anderen Richtung stand auf einem hölzernen Wegweiser ein Hinweis auf die Ruine von Blair Rath Castle. Das erschien mir vielversprechender. Die Jacke über dem Arm – es war nämlich richtig warm geworden in der Mittagssonne –, wanderte ich los. Als ich mich nach einer Weile umdrehte, ruhte das Hotel bereits weit entfernt geduckt auf der kleinen Halbinsel, die in den Loch Naw hineinragte. Auf der Straße, die von der Seite auf das Schloss zuführte, erhob sich eine Staubwolke, und ich entdeckte einen Bus, der sich näherte. Aha, eine frische Ladung Gäste. Ich schätzte mich glücklich, dem entflohen zu sein.

Mit forschem Schritt marschierte ich weiter, und mit den zurückgelegten Metern fiel auch ein wenig die Anspannung von mir ab.

Bisher war mir gar nicht bewusst gewesen, wie sehr sie mich umklammert gehalten hatte, doch in der reinen Luft fühlte ich mich plötzlich viel leichter und gelöster. Kein despotischer Chef, der mich ständig in Atem hielt, keine kranke Tante, die mich wie eine Leibeigene herumkommandierte, kein Peter, der mir mit seinen Forderungen das Leben schwer machte. Obwohl – das Kapitel war abgeschlossen. Ich verbannte den immer noch leise bohrenden Schmerz aus meinem

Gedächtnis. Peter hatte sich mit Saskia verlobt, und damit Schluss und Ende.

Erstaunlicherweise verschwand der Schmerz wirklich, als ich meinen Blick über die braune Moorlandschaft schweifen ließ. Herb war das Land, aber ehrlich. Ein paar Krähen stiegen mit rauem Krächzen auf, hoch oben zog ein Raubvogel seine Kreise auf der Suche nach Beute.

Der Pfad führte mich durch blühende Wiesen. Ein alter Steinwall, überwachsen mit zähen Brombeerranken und frischem Blattwerk, begleitete mich ein Stück. Büsche, die ich nicht kannte, strömten über von kleinen weißen Blüten und gaben der Luft eine unbeschreibliche Süße. Hinweisschilder jedoch warnten davor, den Weg zu verlassen, denn das saftiggrüne Gras bedeckte ein tückisches Moor.

Nach der nächsten Biegung erblickte ich es dann: Blair Rath Castle – oder das, was es inzwischen war, nämlich eigentlich nur ein Haufen grauer Steine und einige Mauerreste, die in bizarren Formen in den blauen Himmel ragten. Alles war überwuchert mit Rankgewächsen, Gras, kleinem Gesträuch, Moosen und Flechten. Dazwischen hatten sich auch ein paar Vogelbeerbäumchen und Holunderbüsche angesiedelt.

Ich erreichte die Ruine und kletterte ein paar Steine hinauf. Oben bildete sich eine Nische, vielleicht einst ein Fenster, und ich setzte mich in diesen sonnenwarmen Platz, um die Reste des alten Schlosses auf mich wirken zu lassen. Es war angenehm windgeschützt und ruhig. Eine Heckenrose zu meinen Füßen entfaltete gerade ihre ersten rosigen Knospen, wilder Thymian duftete zwischen den zerfallenen Mauern, ein paar unglaublich blaue Falter tändelten über den moosigen Steinen. Hoch droben spannte sich der Himmel wolkenlos bis zu den Gipfeln der Felsen. Ich lehnte mich zurück an die warme Wand und dankte dem Schicksal dafür, endlich einmal ausruhen zu können und nicht mit dem Bus von irgendeiner Sehenswürdigkeit zur nächsten geschaukelt zu werden. Bienen summten, eine Lerche sang, ein Kaninchen hoppelte durch das Mauerrund unter meinen Füßen und verschwand in einem schattigen Loch. Ein junger Mann in braunem Kilt lehnte regungslos an dem Tor, die Augen sehnsuchtsvoll in die Ferne gerichtet. Ein schöner junger Mann, ein klar geschnittenes Gesicht, lange, dunkle Locken, in denen der leichte Wind spielte. Ich folgte seinem Blick, und dann sah ich sie, auf die er gewartet hatte. In ihrem langen, flatternden Wollrock schien sie über das Moor zu schweben, ihre Zöpfe schimmerten wie Stränge aus Gold, zart geformt ihre Züge, die Haut fast durchsichtig. Ihre Augen wirkten beinahe übergroß, und sie strahlten helles Glück aus. Sie streckte die Hände nach dem Jüngling aus, er stieß sich von dem Tor ab und lief ihr entgegen.

Das Kaninchen hoppelte zurück und blieb, mit zitternder Nase witternd, einige Meter von mir entfernt auf den Hinterbeinen sitzen.

Die beiden Menschen waren verschwunden. Waren vermutlich nie da gewesen. Und doch schien mir ein Abglanz ihres Glücks weiter über dem stillen Platz zu liegen. Ich merkte, wie sich ein glückliches Lächeln über mein Gesicht zog. Wie üblich war wieder meine

Fantasie mit mir durchgegangen. Das geschah leider viel zu oft, und dann passierte es schon mal, dass ich Geister sah.

Eine Windböe ließ die Blätter aufrauschen, und ein mächtiger schwarzer Schatten schob sich vor die Sonne. Ich fröstelte mit einem Mal und stand auf. Es würde besser sein, zurückzugehen, bevor mich ein weiterer Platzregen durchweichte.

Auf dem Rückweg blies mir ein frischer Wind in den Rücken, und ich war froh, die Jacke dabeizuhaben. Aber von einem Regenguss blieb ich zum Glück verschont, der setzte erst ein, als ich wieder in meinem Zimmer war und in Rock und Bluse schlüpfte, um Tante Henriettas Siechenlager aufzusuchen.

Ich traf sie anscheinend beim Lösen eines Kreuzworträtsels im Bett sitzend an. Wieder steckte sie verstohlen ein Papier zwischen die Seiten der Zeitschrift. Einen Brief? Tante Henrietta ist nicht übertrieben vertrauensselig, aber sehr geradeheraus und offen. Diese kleine Geheimniskrämerei fand ich insgeheim belustigend. Sie hatte sonst so wenige Schwächen.

»Ach, du lässt dich auch mal wieder blicken?«

»Ich hatte heute Morgen den Eindruck, du wolltest nicht gestört werden, Tante Henrietta.«

»Zwischen Stören und Vernachlässigen liegt ein gewaltiger Unterschied.«

»Ja, Tante Henrietta.«

»Wo hast du dich rumgetrieben? Niemand konnte mir sagen, wo du warst.«

»Ich war spazieren.«

»Ohne mir Bescheid zu sagen? Ohne dich darum zu

kümmern, wie es mir geht? Ist das der Dank dafür, dass ich dir diese Reise ermögliche?«

»Nein, Tante Henrietta.«

»Seit deine Mutter tot ist, versuche ich, dir eine Spur von Weltkenntnis mitzugeben. Wohin habe ich dich nicht schon überall mitgenommen. Unter persönlichen Strapazen, wohlgemerkt. Und kaum geht es mir dabei einmal schlecht – sterbenselend ist es mir gewesen –, verschwindest du, ohne ein Wort zu sagen.«

»Ja, Tante Henrietta. Entschuldige bitte.«

»Entschuldige, entschuldige. Das ist leicht gesagt. Ich erwarte einen Hauch mehr Verantwortungsgefühl, etwas Mitdenken.«

»Ja, Tante Henrietta. Was soll ich denn für dich tun?«

»Wie hast du die Zimmerfrage gelöst?«

Ich berichtete ihr von meinem Gespräch mit MacDuffnet.

»Kostet vermutlich ein Heidengeld, die zwei Wochen«, knurrte sie. »Hast du das bezahlt?«

»Ja, mit meiner Kreditkarte. Ich habe mir auch gleich ein wenig Geld umgetauscht, falls wir noch etwas unternehmen wollen. Natürlich erst, wenn es dir wieder besser geht.«

»Mrrr. Schreib die Beträge auf, kriegst du wieder.«

»Danke, Tante Henrietta.«

»Brauchst dich nicht zu bedanken, kannst nichts dafür, dass ich krank geworden bin.«

Wie gesagt, manchmal ist sie großzügig, meine Tante. Aber dieser Wechsel von Geben und Fordern, der kann ganz schön irritieren. Zum Glück hatte ich mich in den letzten zwölf Jahren einigermaßen daran gewöhnt.

»Soll ich dir noch etwas zu essen bringen, oder fühlst du dich gut genug, heute Abend mit nach unten zu gehen?«

»Ich gehe nach unten. Mit dir zusammen.«

»Ja, Tante Henrietta.«

»Und jetzt lass mich allein, ich will mich anziehen.«

Ich schloss die Tür leise hinter mir. Uff!

Modernisierte Spukeigenschaften

Ich bin begeistert, richtig begeistert, ich habe etwas Fantastisches herausgefunden. Warum bin ich nur nicht schon früher darauf gekommen? Es gibt eine Sache, die das Spuken ungemein erleichtert, ja regelrecht modernisiert, und die Leute in noch viel größere Aufregung versetzt als mein Erscheinen zu mitternächtlicher Stunde. Es war ein glatter Glücksfall, wie ich darauf gekommen bin.

Heute Nachmittag, ich testete gerade die frisch eingetroffenen Gäste, landete ich wieder in dem Zimmer dieses jungen Mannes, der so geschäftig tut. Seine Freunde waren ausgezogen, um sich auf dem Golfplatz zu amüsieren, aber er saß mit gewichtiger Miene an seinem Laptop und tippte energisch darauf herum. Bislang waren mir diese Geräte höchst unsympathisch gewesen. Wenn ich ihnen zu nahe kam, dann lief mir immer ein Kribbeln durch die Pfoten, ein richtiges Energiekitzeln. Also hatte ich bisher eben diese Pfoten davon gelassen.

Wie der Zufall es wollte, überkam mich das Bedürfnis, mir den Mann etwas näher anzusehen. Mir war nämlich so, als könnte bei ihm eine Ähnlichkeit mit jemandem bestehen, den ich früher schon mal getroffen hatte. Dabei kam ich dieser Strahlenkiste zu nahe. Das Kribbeln durchfuhr meine Tatze, und der Mann sagte: »Mist, was war das denn?«

Ich betrachtete den Bildschirm. Auf ihm flogen hübsche bunte Luftballons herum. Er tippte auf eine Taste, da erschien wieder sein Geschreibsel.

Ich bin lernfähig. Ich tupfte noch einmal mit der Pfote in das Strahlenfeld um den Laptop – und wieder flogen bunte Luftballons. Das war lustig. Vor allem, weil der Mann so verärgert dreinschaute.

Er tippte wieder auf eine Taste, und ich tippte auch.

»Was ist denn mit dem verdammten Bildschirmschoner los?«, murmelte er und fing an, hektisch mit der Maus auf dem Tisch rumzuradieren.

Ich stippte meine Pfote tiefer – es kitzelte barbarisch –, auf dem Bildschirm erschien die harmlose Frage: »Wollen Sie die Festplatte wirklich neu formatieren?«

Es widerstrebt mir, seine Antwort darauf zu wiederholen. Sie war äußerst unfein.

Ich ließ ihn eine Weile werkeln, dann hatte er seine Sachen endlich in Ordnung gebracht. Ich probierte etwas Neues aus, ich wischte einmal mit dem Schwanz über den Bildschirm. Es war ein ungeheuerliches Gefühl. Zu Lebzeiten hätte er sich vermutlich aufgeplustert wie bei einem bevorstehenden Kampf. Aber das Ergebnis war sehenswert. Und hörenswert, denn der Computer fing an zu heulen. Ziemlich durchdringend.

Der Mann auch.

Ich entfloh dem Zimmer, denn Rumor beleidigt mein sensibles Ohr.

This it is, and nothing more![8]

Old MacDonald …

Ich wollte mir vor dem Essen noch etwas zu lesen holen – ohne meine Nase in ein Buch zu stecken, kann ich nämlich kaum leben. In der Halle hatte ich ein wohlgefülltes Bücherregal registriert, und wenn ich auch keine große Hoffnung auf eine überwältigende Auswahl hatte, wollte ich doch den Bestand durchsehen. Ich ging an den geschlossenen Zimmertüren des Erdgeschosses vorbei, als ich vor der Nummer vierzehn ein äußerst sonderbares Geräusch hörte. Irgendwer oder irgendwas quäkte hektisch und in den höchsten Tönen »Old MacDonald has a farm, ia, ia, ho!«. Was hatten wir heute denn für eine Busladung bekommen? Einen Kindergartenausflug?

Bevor ich weitere Vermutungen anstellen konnte, flog die Tür des besagten Zimmers auf, und ein völlig aufgelöster Mensch rannte mich um. Ich fiel der Länge nach rückwärts, mein Steißbein berührte schmerzhaft den Boden, und mein Hinterkopf erwies sich als nur unwesentlich stabiler als die Wand. Für einen Augenblick rang ich nach Luft, verfolgte die kleinen Stern-

8 Dies ist es, und sonst nichts mehr!

chen vor meinen Augen und gab dann einen komischen Laut von mir, der mich selbst verblüffte.

Eine Hand zog mich heftig nach oben, und dann pflaumte man mich auch noch an.

»Das kommt davon, wenn man an Türen lauscht. Haben Sie sich wehgetan?«

Ich prüfte gewissenhaft meine Anatomie und antwortete dann wahrheitsgemäß: »Ja.«

»Brauchen Sie einen Arzt?«

»Nein.«

»Kann ich sonst etwas für Sie tun?«

»Sie können mich loslassen und sich eventuell entschuldigen. Ich bin nämlich nur den Gang entlanggegangen und habe mich gewundert, was da so quakt.«

»Mein Computer natürlich«, antwortete der dunkelhaarige Jungmanager mit beispielloser Arroganz.

Ich schüttelte leicht verwundert den Kopf.

»Muss das sein?«

»Davon haben Sie doch keine Ahnung.«

»Schon möglich, aber mich würde das beim Arbeiten stören.«

Aus dem Zimmer trötete es weiterhin penetrant »Old MacDonald …«.

»Mich stört's auch, verflucht noch mal.«

»Dann stellen Sie es doch ab, bevor das ganze Hotel zusammenläuft«, zischte ich ihn an, denn ein verdatterter älterer Herr war stehen geblieben und hielt sich lauschend die Hand hinter das Ohr.

»Wenn ich wüsste, wie.«

Ich drehte mich um, ging in das Zimmer und setzte mich vor das Gerät.

»Hey, was soll das?«

Ich weiß nicht, warum, aber schon zum zweiten Mal in kurzer Zeit kroch dieses urtümliche Gefühl meinen Rücken hoch, und ich gab eine ungewöhnlich scharfe Antwort.

»Machen Sie die Tür zu, dann beschallen Sie nicht das ganze Hotel.«

Wenigstens einfache Anweisungen schien dieser smarte Boy zu verstehen. Die Tür fiel mit einem vernehmlichen Krachen zu. Er trat neben mich und fauchte mich an: »Lassen Sie bloß die Finger von meinem PC.«

»Nicht, solange dieses nervtötende Gedudel mich wahnsinnig macht.«

»Hören Sie, Sie können nicht ...«

»Doch, ich kann. Und nun halten Sie den Mund.«

Ich klickte mir das Startmenü des Computers an, sauste durch die Grundeinstellungen und fand unter der Definition der akustischen Signale den netten Hinweis, dass immer, wenn ein Vokal getippt würde, diese hübsche Tonfolge erklingen sollte. Ich löschte den Befehl.

»Da hat Ihnen jemand einen kleinen Streich gespielt. Nichts Schlimmes.«

»Woher wissen Sie das?«

»Muss Sie das was angehen?«

Ich erhob mich, um den Raum zu verlassen. Aber er hielt mich am Arm fest.

»Was sind Sie bloß für ein kleiner Giftzahn. Liegt das an Ihren roten Haaren?«

»Typisch Macho, was? Jedem Vorurteil gegenüber aufgeschlossen.«

»Na, von Toleranz sprudeln Sie auch nicht gerade über.«

»Muss ich weiterhin Ihren unnachahmlichen Charme über mich ergehen lassen, oder darf ich endlich gehen?«

Er riss die Tür auf, und ich stolzierte mit hocherhobener Nase an ihm vorbei. So ein Ekelpaket!

Kulturprogramme

Aber dann beruhigte ich mich ziemlich schnell wieder. Was war nur über mich gekommen? So heftig reagierte ich doch sonst nicht? Andererseits – eigentlich hatte es ganz gutgetan, auch mal auszuteilen und nicht immer nur einzustecken. Außerdem, der Jungmanager namens Ken … also, wenn ich ganz ehrlich sein sollte, er könnte mich schon interessieren. Zumindest vom Aussehen her. Aber vielleicht lag es nur daran, weil er das krasse Gegenteil von Peter war, denn der war groß und blond mit einer Neigung zur Fülle um die Mitte. Ken hingegen war eher mittelgroß, aber sehr drahtig. Obwohl, da war natürlich noch die Kollegin Gina, die ihn ganz gut im Griff hatte. Aus dem Nichts flog mich die Idee an, ob ich es möglicherweise in den nächsten Tagen versuchen sollte, sie auszustechen. Absurd, aber erheiternd, der Gedanke. Beschwingt kehrte ich in mein Zimmer zurück – ohne Buch, aber das war auch nicht mehr nötig, denn in einer Viertelstunde sollte das Abendessen serviert werden, und wie ich der Ankündigung an der

Rezeption entnehmen konnte, war anschließend ein folkloristisches Unterhaltungsprogramm vorgesehen.

Noch immer leicht amüsiert, verzichtete ich an diesem Abend auf das Einbetonieren meiner vorwitzigen Locken in Haarspray, sondern bürstete sie, bis sie knisternd um meinen Kopf standen. Ich zwinkerte meinem Spiegelbild zu und fand meinen Anblick erfreulich frech und jugendlich. Dazu passte wiederum die brave Aufmachung nicht, und ich suchte aus den wenigen Sachen, die ich dabeihatte, den kurzen schwarzen Rock und ein leuchtend grünes Sweatshirt heraus. Mit einem grün gemusterten Tuch band ich die Locken etwas zurück und nickte mir aufmunternd zu.

»Wie läufst du denn rum? Willst du so zum Essen gehen, Margita?«

»Ja, Tante Henrietta.«

»Margita, sofort ziehst du dich um und kämmst dir ordentlich die Haare.«

»Aber …«

»Tu, was ich dir sage. Sonst sehe ich mich gezwungen, auf dem Zimmer zu essen. So möchte ich nicht von dir begleitet werden.«

Dies war ihre subtile Art – nie strafte sie mich, immer nur sich. Und ich hatte das Problem mit dem schlechten Gewissen. Also trabte ich wieder zurück, suchte niedergeschlagen den braunen Rock und den beigefarbenen Pulli heraus und zog die langweilige Kombination an. Aber meine Haare, die ließ ich, wie sie waren.

Tante Henrietta schien damit zufrieden zu sein, und wir gingen gemeinsam die Treppe hinunter. Ziemlich langsam, denn ganz auf der Höhe war sie doch noch nicht.

Die Gäste hatten sich bereits im Speisesaal eingefunden, und ich konnte die neue Mannschaft begutachten. Eine britische Gruppe, gemischt sowohl vom Alter wie auch vom Geschlecht. Aus den Gesprächsfetzen, die im Raum umherwirbelten, ließ sich schlussfolgern, dass die Liebe zur Jagd das gemeinsame Bindeglied sein müsse. Auch die Alumni der elitären Ausbildungsstätte waren vollzählig versammelt und wussten heute die Umgebung nicht nur mit ihren beruflichen Erfolgen, sondern auch mit ihren Leistungen auf dem Golfplatz zu unterhalten. Die Heroen des Schlageisens wiesen einen guten Appetit und einen noch besseren Durst auf.

Tante Henrietta mäkelte hingegen herum. Wahrscheinlich fehlte ihr die stimulierende Gegenwart von Frau Liebmann.

»Ich werde nach dem Essen noch ein Schlückchen Drambuie zur Verdauung zu mir nehmen und dann zu Bett gehen.«

»Das angekündigte Unterhaltungsprogramm interessiert dich nicht?«

»Nein, ganz gewiss nicht. Ich kann nichts Ästhetisches daran finden, wenn Männer in Röcken und mit nackten Beinen umeinanderstampfen und dazu trunken grölen.«

»Ich habe so etwas noch nicht gesehen, ich werde es mir anschauen.«

»Wenn du unbedingt willst. Aber Kultur ist das nicht.«

»Mag schon sein, Tante Henrietta. Aber du hast doch

immer gesagt, ich solle auf Reisen allem Neuen gegenüber aufgeschlossen sein.«

»Mh, na ja. ›Alles‹ ist ein weiter Begriff. Vielleicht sollte ich das ein wenig einschränken.«

Zum Glück kam der Ober vorbei und räumte den Tisch ab, so blieb mir die Einschränkung erspart.

Tante Henrietta begleitete mich noch in die Halle, um ihren Whisky-Likör zu schlürfen, und verließ mich dann nach einigen Ermahnungen.

Bislang hatte ich ihr zuliebe nur Wasser getrunken. Ich würde mich nicht unbedingt als eine Schnapsnase bezeichnen, aber hin und wieder mag ich auch ein Glas Wein oder sogar einen Whisky. Also bestellte ich mir einen Aultmore.

Die anderen Gäste hatten sich inzwischen auch versammelt und bekamen ihre Drinks. Mit großer Genugtuung stellte ich fest, auf welche unnachahmliche Weise ausgerechnet die weltmännischen Jungmanager es schafften, sich zu blamieren. So nölte beispielsweise John-Tom herum, er wolle Eis in seinen Malt haben. Ich erlaubte mir einen Blick milder Verachtung. Damit war ich in guter Gesellschaft, denn auch die Damen und Herren der Jagdgesellschaft zogen leicht missbilligend die Augenbrauen hoch und ließen ein leises »Tststs« hören.

Keines Blickes würdigte ich allerdings meine Zufallsbekanntschaft. Der junge Mann namens Ken schaffte es tatsächlich, sich einen Bourbon zu bestellen. Das war nun völlig instinktlos.

»Ich bin nun mal zur Hälfte Amerikaner«, begründete er lauthals seine Fehlentscheidung. Na dann prost.

Das Unterhaltungsprogramm begann mit dem bekannten Dudelsackpfeifer, der zeigte, was er über das schräg gepfiffene »Amazing Grace« hinaus beherrschte. Es waren ihm auch der »Highland Laddie« geläufig und das allseits beliebte »Scotland the Brave«. Ihm folgten drei schottische Herzbuben mit der Fiedel, und ich tat Tante Henrietta Abbitte. Das war nicht gerade ein Kulturereignis. Aber dem Publikum gefiel es, und dem Hotelpersonal auch, denn der Alkoholkonsum nahm mit steigender Stimmung zu.

Doch dann war der Höhepunkt überschritten. Nach und nach löste sich die Gruppe auf, die einen gingen zu Bett, die anderen in die Bar. Nur noch sechs Unentwegte blieben in der Halle, während ein alter Barde seine Harfe an den Kamin trug. Ich wäre wahrscheinlich auch gegangen, aber plötzlich fiel mir auf, dass ich diesem Mann nun schon zum dritten Mal begegnete. Es war der weißbärtige Gärtner, Arthur Dougal, der sich in seinem braunen, bodenlangen Umhang auf einem Schemel niederließ. Er wirkte seltsam passend, wie ein knorriger alter Sänger aus früheren Zeiten.

Schweigend sah er sich in der zusammengeschrumpften Runde um und nickte dann. Ob er mich in dem Dämmerlicht erkannte, wusste ich nicht. Es tat mir für ihn leid, dass die anderen alle gegangen waren, aber er war es wohl gewöhnt, nur wenig Publikum vorzufinden.

Als er über die Saiten der Harfe strich, erklang eine schwermütige Melodie.

Jemand hatte dankenswerterweise das Licht gedämpft, nur das Feuer im Kamin spendete Helligkeit und Wärme. Ich lehnte mich zurück und nahm mein

Glas. Man hatte es ungefragt wieder aufgefüllt und die Flasche auf dem Tisch stehen gelassen.

Der Alte begann mit mächtig rollendem Rrr in einer Art Sprechgesang eine Ballade zu intonieren. Ich war hingerissen. Nicht nur ich allein, sondern auch die anderen Gäste, unter denen ich mit Erstaunen auch den Bourbon-Trinker Ken fand, inzwischen mit einem Glas Malt-Whisky ohne Eis. Ich lächelte in mich hinein.

Eine neue Melodie ertönte, vielleicht ein wenig heiterer, verklang im Raum, blieb aber in meinem Herzen zurück. Zwei weitere Gäste schlichen sich leise hinaus, und wir rückten näher an das Feuer. Der Harfenspieler strich weiter über die Saiten, als suche er eine Melodie, dann hob er plötzlich den Kopf, schaute mich an und lächelte im Wiedererkennen.

Er begann eine neue Ballade, die von Heldentum und Tod handelte, und als er geendet hatte, verabschiedeten sich die beiden übrig gebliebenen Engländer, und wir saßen nur noch zu dritt vor dem Kamin. Eigentlich hätte ich auch gehen sollen, als brave Nichte meiner Tante Henrietta. Aber der alte Barde hatte mich in seinen Bann gezogen.

»Wollt Ihr noch mehr von unseren alten Gesängen hören?«

Ich nickte begeistert, und mir fiel die Bemerkung aus dem Prospekt ein.

»Es soll eine Ballade zu diesem Schloss geben. Was ist das für eine alte Geschichte, die sich hier abgespielt hat?«, fragte ich ihn, ungewohnt mutig geworden.

»Oh, nur eine alte Schauergeschichte, nicht gut zu hören, bevor man ins Bett geht.«

»Doch, gerade dann sind sie besonders schön.«

»Junger Mann, Ihr habt noch nichts wirklich Schauriges erlebt.«

»Das können Sie nicht wissen.«

»Doch, doch.«

Bevor Kens namenlose Arroganz die Stimmung zerstörte, reichte ich dem Alten ein wohlgefülltes Glas Whisky und bat: »Singen Sie uns die Ballade, Mr. Dougal. Bitte!«

Er lachte dröhnend auf und nickte.

»Euren blauen Augen und Eurer Gabe kann ich nicht widerstehen. Ich will euch die Ballade vortragen von dem Furchtbaren, das einst auf Drumnadruid Castle geschehen ist.«

Er nahm einen großen Schluck und begann mit dem Lied:

»Der Wind wehte kalt durch die Heide,
durch Nebel und Dunkelheit.
Es trifft sich unter der Weide
MacLeod und seine Maid.
Sie waren in Liebe verbunden, so war es –
MacTiger, MacTiger, der sah es.

Doch liegt MacLeod der Alte
im Streit mit der Jungfer Clan.
Dass sein Sohn um sie nun anhalte,
das passt nicht in seinen Plan.
Vergeltung und Hass, er schwört es –
MacTiger, MacTiger, der hört es.

Mit Gaben und falscher Freundschaft
ritten gewappnet die Mannen.
Im Munde die treulose Botschaft,
ins Castle sie Einlass gewannen.
Was verborgen im Lächeln des Greises –
MacTiger, MacTiger, der weiß es.

Der Whisky fließt hell aus den Fässern.
Der Dudelsack jammert so schrill.
Am Tisch mit den satten Essern
Verdacht nicht aufkommen will.
Doch der glänzende Stahl enttarnt sie –
MacTiger, MacTiger, der warnt sie.

Die Gastgeber, sie sinken bald trunken
auf Stühle und Bänke hin.
Als verglüht sind der Pechfackeln Funken,
da meuchelt MacLeod sie hin.
So kam das Ende des Paares –
MacTiger, MacTiger, der sah es.

Die Maid lag in vergossenem Blute.
Nur im Mondlicht schimmert's Geschmeide.
Auf silberner Distel ruhte
ihr Haar wie gebrochene Seide.
Und angesichts ihres Schlafes –
MacTiger, MacTiger, den traf es.«

Ich war völlig versunken in die schwermütigen Klänge der Ballade und sah verwirrt auf, als der Alte schwieg. Er saß da, auf seine Harfe gestützt, und sein lächelnder Blick aus seinen grauen Augen unter den buschigen Brauen ruhte auf mir.

»Kind, es ist Zeit für Euch, zu Bett zu gehen.«

»Oh, aber ... Wer war MacTiger? Was ist denn nun wirklich geschehen?« Ich kam mir vor wie damals, als ich noch ein kleines Mädchen war und Mutter mir vor dem Schlafengehen vorgelesen hatte. Immer bettelte ich: »Noch ein Stückchen, noch ein Stückchen!«

»Nein, nein. Nicht jetzt, Kind. Ein anderes Mal. Schaut, der junge Mann ist schon eingenickt.«

In der Tat, der forsche Manager war, das leere Glas in der Hand, im Sessel zusammengesunken und schlief tief und fest. Vermutlich vertrug sich Bourbon nicht mit Malzwhisky.

»Wissen Sie, es ist mir eigentlich ziemlich egal, ob er zugehört hat oder nicht.« Ich antwortete ziemlich aufmüpfig, denn dieser Typ hatte mich schon mehr als genug geärgert. »Und ich bin auch zu müde, mehr zu erzählen. Es kommen noch andere Abende. Ihr bleibt ja nun doch für eine Weile hier.«

»Ja, sicher.« Der seltsame Mann schien über gute Informationen zu verfügen. Aber es störte mich nicht. Ich schielte zur Uhr an der Wand und war überrascht. Ich musste wohl etwas verpasst haben, es war bereits nach ein Uhr. Schade, den albernen Raben hätte ich gerne noch einmal gesehen.

Dann wurde meine Aufmerksamkeit wieder auf den Alten gelenkt, der sich erhoben hatte und den schlaffenden Jungmanager musterte. Er hatte recht. Man konnte ihn nicht einfach liegen lassen und hoffen, die Putzfrau würde ihn am Morgen aufkehren.

Der Barde schien ebenso zu denken. Resolut schob er seinen Umhang zurück und zog die regungslose Gestalt mühelos, wie es schien, aus dem Sessel hoch. Na gut, egal, was er dachte. Ich nickte ihm zu und sagte: »Zimmer vierzehn.«

»Danke, Kind. Schlaft gut und träumt einen schönen Traum.«

Ich entfloh durch die Gänge in mein Zimmer, und wenn ich mich auch später nicht an einen schönen Traum erinnerte, zumindest hatte sein Wunsch nach einem guten Schlaf mir diesmal geholfen. Vielleicht war es aber auch dem Whisky zu verdanken. Jedenfalls wachte ich erst kurz vor neun auf und blinzelte in das helle Sonnenlicht. Ich hatte in der Nacht vergessen, die Vorhänge zuzuziehen.

Touristische Attraktionen

Heute im Schlosshotel

Die Busreisenden sind in ihren Zimmern verschwunden – sie werden uns drei Tage erhalten bleiben, denn Drumnadruid Castle und Umgebung haben einiges an historischem Wert dazugewonnen. Ein bisschen bin ich stolz darauf, weil wir daran nicht unbeteiligt waren.

Das Klingeln des Telefons ruft mich zurück an die Rezeption. Und während des Gesprächs werfe ich einen raschen Blick hinter den Paravent, der das Bettchen vor den Blicken der Gäste verbirgt.

Jung-Alasdair hat vorhin ein wenig unzufrieden gegreint. Aber sein pelziger Wächter nimmt seine Aufgabe bitterernst. Bei dem ersten Jammerlaut ist er aufgestanden und zu dem Kleinen ins Bett gehüpft. Mit ein paar ordentlichen Trampeltritten rückt er das Kissen zurecht und legt sich dann laut schnurrend an Alasdairs Seite. Seine bebenden Barthaare scheinen meinen Sohn zu kitzeln, er gluckst und strampelt ein wenig, dann vergräbt er seine Händchen in des Katers weichem Fell und liegt jetzt selig schlummernd halb unter dem kleinen Tier vergraben.

»Die haben hier ein Gespenst, das rot glühende Augen hat. Ich versteh gar nicht, warum die Reiseleiterin uns diesmal nicht darauf aufmerksam gemacht hat.«

Frau Liebmann zurück an der Front.

»Maggi, warum wird das Gespenst nicht erwähnt? Das gibt dem Ganzen doch ein bisschen Stimmung.«

»Gespenst? Frau Liebmann, Sie glauben an Gespenster?«

»Natürlich nicht, aber man kann so etwas bestimmt inszenieren. Gehört doch zu einem schottischen Schloss einfach dazu. Wie der Dudelsack. Müsst ihr hier sparen?«

»Nein, Frau Liebmann.«

»Ihr braucht mehr Attraktionen, Schwerttanz und so.«

»Ja, Frau Liebmann.«

»Ist das da eine Katze, Maggi?«

Der Kater spaziert gerade mit hocherhobenem Schwanz hinter der Theke hervor.

»Nein, Frau Liebmann.«

»Nein?«

»Nein. Das ist der derzeitig amtierende Schlossgeist.«

Ich grinse in mich hinein, als Frau Liebmann mich mit einem Blick bedenkt, aus dem ich leicht schließen kann, dass sie mich für völlig übergeschnappt hält. Aber wenigstens zieht sie danach ab.

Erweiterte Spukübungen

Das Spuken ist endlich wieder interessant geworden. Seit diesem ungeheuren Erfolg mit dem Laptop machte ich einige weitere Experimente in dieser Richtung. Wenn man sich erst einmal an das Kribbeln gewöhnt hat, kann man recht ordentliche Leistungen erzielen. MacDuffnet, der fernsehend in seinem Zimmer saß und mich bislang mit ausgesuchter Bösartigkeit ignoriert hatte, trieb ich an den Rand des Wahnsinns mit ständigem Programmwechsel. Zappen macht Spaß!

In einem anderen Zimmer fand ich einen eingeschalteten Computer; der schwarzhaarige Mensch, der es bewohnte, war jedoch ausgeflogen. Also betrachtete ich das Gerät eingehender, und entzückt fand ich nach ein paar Pfotenstippsern auf dem Bildschirm eine Darstellung eines Mauselochs und seiner Bewohner. Nach einigen zunächst noch ungeschickten Manipulationen begannen die Tierchen herumzurasen und sich vor einer sich nähernden Katze zu verstecken. Es war nicht wie im wirklichen Leben, natürlich nicht, aber es kam einer spannenden Jagd so nahe wie schon lange nichts mehr. Ich übte den Einsatz von Krallen, Schwanz und Barthaaren im Kribbelfeld und erreichte eine gewisse Meisterschaft im Erlegen der flinken Mäuse. Dann aber wurde es mir zu kribbelig in den Pfoten, und ich verließ den Raum, um mir ein anderes Betätigungsfeld zu suchen. Zum Spaß verstellte ich ein paar Funkuhren, ließ Handys klingeln und Glühbirnen flackern. Das gab Anlass zu heftigen Diskussionen und Rätselraten. Aber als ich dann dem albernen Raben auf diese Weise ebenfalls beikommen wollte, scheiterte ich, denn leider handelte es sich bei dieser Uhr um ein mechanisch arbeitendes Werk.

Unten, am Kamin, saß außerdem Arthur Dougal, der alte Gärtner. Und bei dem bin ich vorsichtig. Der Mann weiß entschieden zu viel. Er erzählte dem spillerigen Mädchen gerade diese unschöne, verstaubte Geschichte, an die ich lieber nicht erinnert werden will. Also zog ich mich in den nächtlichen Garten zurück und prüfte, ob nicht vielleicht doch ein oder zwei Feen vorbeikämen. Man hat ja sonst niemanden zum Plaudern. Aber es war, wie üblich, vergebens. Nur Frösche quakten da im Chor. Merely this, and nothing more.[9]

---

9 Nur dies, und sonst nichts.

Unter Beschuss

»Wie ich sehe, bist du wieder ungebührlich lange aufgeblieben.«

»Ja, Tante Henrietta.«

»Und nun bist du verkatert und zu müde, um mit mir eine Runde um den See zu machen.«

»Nein, Tante Henrietta.«

»Nein, gut. Dann zieh dir feste Schuhe an. Nicht solch elegante Schläppchen, mit denen du bei jedem Steinchen umknickst.«

»Ja, Tante Henrietta.«

Ich weiß, ich weiß, ich klinge stereotyp, wenn ich mich mit ihr unterhalte. Aber in den Jahren des Zusammenlebens habe ich gelernt, wie völlig sinnlos es ist, ihr zu widersprechen. Ich erlaubte mir, die Jeans und Joggingschuhe anzuziehen – Tante Henrietta ist gut zu Fuß, und sie hatte sich offensichtlich vollständig von ihrer Indisposition erholt.

Ihr Blick war kritisch, aber sie sagte nichts, als sie meinen sportlichen Aufzug sah. Sie selbst hatte ihre knochige Gestalt in landestypischen Tweed gehüllt – ein graugrünes Mitbringsel aus früheren Jahren. Das Kostüm trug zwar von Schnitt und Stoff die Patina des Alters, aber sie schwor auf diese Dinge.

»Du könntest dich gut unter diese Jagdgesellschaft mischen, Tante Henrietta. Du würdest überhaupt nicht auffallen.«

Tante Henrietta musterte mit einem scharfen Blick über ihre Halbbrille die Damen und Herren, die sich vor dem Hotel versammelten, um vermutlich im Moor auf Vogeljagd zu gehen.

»Das möchte ich meinen, Margita. Du vergisst, dass meine Mutter aus Cornwall stammt.«

»Nein, vergesse ich nicht. Wollen wir zu der Ruine von Blair Rath Castle oder auf die andere Seite zum Golfplatz gehen.«

Ich hoffte auf den Golfplatz. Diese kurze Vision, die ich in der Ruine gehabt hatte, machte mir die verfallene Burg auf eine seltsame Weise zu meinem Eigentum. Ich hatte keine Lust, es mit meiner Tante zu teilen.

»Zum Golfplatz, Castle haben wir hier mehr als genug.«

Sie legte einen zügigen Schritt vor.

»Und, wie hat dir die Veranstaltung gestern gefallen?«

»Du hattest wie immer recht, Tante Henrietta. Es war sehr touristische Folklore.«

»Ich habe in solchen Dingen immer recht.«

»Gewiss. Aber zum Schluss kam ein alter Mann, der Balladen zur Harfe gesungen hat. Das war wirklich beeindruckend.«

Sie sah mich mit einem seltsamen Blick an.

»Balladen?«

»Ja, das ist doch nicht ungewöhnlich, glaube ich. Ich fand sie sehr schön und stimmungsvoll. Auch wenn es keine besonders ausgefeilten Reime waren. Eben Volksballaden.«

»Wer war der Sänger?«

»Oh, der scheint der hiesige Gärtner zu sein. Er heißt Arthur Dougal.«

Tante Henrietta verlangsamte ihren Schritt, und ich sah, wie ihre Hände sich zu Fäusten ballten. Hatte ich etwas Falsches gesagt? Nein, ich musste mich getäuscht haben, sie antwortete völlig gelassen: »Ich hörte von ihm an der Rezeption sprechen. Er ist so etwas wie ein Faktotum. Bringt den Torf für das Feuer, schneidet die Hecken, repariert dies und das. In der Nacht hat es offensichtlich einen Stromausfall gegeben. Er musste alle möglichen Uhren nachstellen. Ein Unfug, diese moderne Technik.«

»Hast du ihn kennengelernt?«

»Wen?«

»Den Gärtner.«

»Nein. Warum sollte ich mich mit dem Hausmeister bekannt machen?«

»Ach, ich dachte nur so. Ich finde, er ist ein interessanter Mann. Er kennt unzählige alte Geschichten.«

»Die spinnen sich die Schotten eben so zurecht. Das ist nichts Besonderes. Aber du bist natürlich von so etwas beeindruckt. Du bist viel zu verträumt, Margita. Es ist ganz gut, dass ich dir nicht nachgegeben habe, als du diese verrückte Ausbildung machen wolltest.«

Ich hatte als Kind zwei Träume gehabt. Ich wollte Innenarchitektin werden oder Köchin. Aber die Flausen hatte mir Tante Henrietta kräftig ausgetrieben. Ich wurde nüchterne DV-Technikerin und arbeitete im Support in einem großen Unternehmen. Da war kein Platz für Träumereien.

Ich wechselte höchst einfallsreich das Thema.

»Ziemlich windig heute.«

»Mh.«

Eine gute halbe Stunde lang legten wir den Weg schweigend zurück, dann lag der Golfplatz vor uns – eine smaragdgrüne Fläche mit der üblichen an die Landschaft angepassten gärtnerischen Gestaltung. Dahinter ragten die Berge grau und majestätisch in den wolkenbetupften Himmel auf. Sie ließen für mich den lebhaften Betrieb auf dem Green ziemlich klein und unbedeutend erscheinen. Aber auf die dort versammelten Jungmanager übten die schroffen Riesen nicht dieselbe Wirkung aus. Sie trainierten verbissen die wichtigste Technik ihrer Karriereplanung – das nützliche Gespräch am siebten Loch. Da, wo über das Wohl und Wehe ganzer Industrieimperien entschieden wurde – und, was noch viel interessanter war, über das Wohl und Wehe der aufstrebenden Führungskraft.

Wir kamen nahe an dem Gelände vorbei, und ich erkannte John-Tom, der sich zu so etwas wie dem geistigen Führer der großmäuligen Truppe aufgeschwungen hatte. Seinen Gesten zufolge erklärte er gerade einigen anderen seine überlegene Art des Treibschlags, und ich bangte um deren Schädeldecken. Ein Schlag mit dem Driver kann ganz schön zerstörerisch sein.

Tante Henrietta war auf den letzten Metern immer langsamer geworden. Ihre Schwäche hatte sie vermutlich doch noch nicht gänzlich überwunden.

»Ich werde mich auf dieser Bank einen Moment ausruhen. Komm mit!«, befahl sie. Ich folgte ihr, und sie setzte sich erleichtert nieder.

»Ist alles in Ordnung, Tante Henrietta?«

»Ja, ja. Geht gleich wieder. Erzähl mir was.«

Diese Art von Forderungen kannte ich ebenfalls

zur Genüge. Mit ihnen wollte sie von irgendeiner Sache ablenken. Trotzdem entging mir die Blässe um ihre Mundwinkel nicht. Den Rückweg würden wir erheblich langsamer angehen lassen. Und wenn ich mir dazu den Fuß verknacksen musste. Zunächst aber gehorchte ich ihrer Anordnung.

»Den Engländern muss auch jemand die Geschichte von dem Schlossgespenst erzählt haben. Ich hörte sie gestern darüber reden. Besonders dieses Damentrio, du weißt schon, die alle gleich aussehen, schien davon begeistert.«

»Die Schwestern?«

»Sind es Schwestern? Ja, das könnte sein.«

»Fitzgerald oder so.«

»Stimmt, so nannten sie sich. Die sind richtige Originale. Sie erzählten den anderen, sie veranstalteten zu Hause Séancen und unterhielten sich mit den Geistern der verstorbenen Familienangehörigen. Vermutlich sind sie geübte Expertinnen in Sachen Spuk und Fluch.«

Das belebte Tante Henrietta wie erwartet.

»Dumme Weiber. Zu viel Horrorfilme gesehen.«

»Wart nur, Tante Henrietta, bald ist Vollmond, dann erscheint uns allen der Geist mit den glühenden Augen, das komische Schwert über dem Kamin stürzt herab, und MacDuffnet wälzt sich in seinem Blute.«

»Margita, du hast eine verrückte Fantasie.«

Es klang vorwurfsvoll, aber ein kleines Lächeln zuckte um ihre Lippen. Sie wirkte auch nicht mehr ganz so blass wie noch vor einigen Minuten.

Ich blickte entspannt zu den Bergen hin, den Tälern,

dem Grün des Golfplatzes und seufzte beglückt bei dem Anblick.

»Weißt du, eigentlich finde ich es gar nicht schlimm, dass wir hier gestrandet sind, Tante Henrietta. Du musst doch zugeben, es ist eine wundervolle Landschaft. Das Wandern in dieser unverdorbenen Natur empfinde ich als sehr erholsam.«

»Es bildet aber nicht.«

Auf dem Golfplatz holte John-Tom zu einem gewaltigen Schlag aus, und ein mächtiges Stück Rasen flog durch die Luft.

»Ach, das würde ich nicht sagen. Wir könnten zum Beispiel einen Golfkurs belegen.«

Was immer Tante Henrietta darauf erwidern wollte, es blieb ungesagt. Sie sank plötzlich an meiner Schulter zusammen und rutschte langsam von der Bank zu Boden.

Einen Moment lang war ich viel zu verblüfft, um mehr zu tun, als sie nur in einem festen Griff zu halten. Es dauerte einige Augenblicke, bis ich endlich auf die Idee kam, sie mir näher anzusehen. Eine sich langsam rot färbende Stelle befand sich an ihrer wachsbleichen Schläfe. Und ein gelbes Bällchen kullerte hüpfend den steinigen Weg entlang.

John-Tom gestikulierte noch immer herum, nicht ahnend, was er angerichtete hatte. Dieser Klugscheißer ging mir wirklich auf den Geist. Ich bettete mit einiger Anstrengung Tante Henrietta auf die Bank, zog meine Jacke aus, legte sie ihr unter den Kopf und sprintete los. Das archaische Erbe kroch wieder meine Wirbelsäule hoch und brach in voller Wucht aus mir heraus, als ich die Gruppe der Jungmanager erreichte. Ich sprach John-Tom genau so schnöselig an, wie es dem Ton dieser Herrschaften entsprach: »Hey, Sie!«

»Ach, schau mal an, der Blaustrumpf. Wo ist denn die Frau Tante?«

»Wo ist denn Ihr Bällchen, Sie Rasenpflüger?«

Verdutzt zwinkerte er und schaute vage in die Richtung, die er anvisiert hatte.

»Vergessen Sie es«, fauchte ich. »Da vorn ist nur das Stück Grassode gelandet. Den Ball hingegen haben Sie in Ihrer gottgewollten Dämlichkeit über den Weg geschlagen. Er hat meine Tante dort drüben auf der Bank an der Schläfe getroffen.«

Er hatte sich wieder gefangen und plusterte sich auf: »Was gehen Sie auch so nahe am Green vorbei? Damit muss man doch rechnen.«

»Sagen Sie mal, sind Sie so blöd, oder tun Sie nur so? Ich habe doch gesehen, wie Sie eben den halben Platz umgegraben haben. Was meinen Sie, mit welcher Wucht sie getroffen worden ist? Ich brauche Hilfe, und zwar so schnell wie möglich.«

Ich war richtiggehend fuchsteufelswild.

»Ja, dann sollte einer von uns zum Clubhaus …«

»Schnell, habe ich gesagt. Ihr smarten Typen schleppt doch immer eure Handys mit euch herum.«

Er sah mich von oben herab an und wühlte in seiner Jackentasche.

»Wen soll ich denn anrufen? Die Feuerwehr, die … die Gebirgswacht? Ich kenne mich hier nicht aus.«

»Den Notruf, Sie Trantüte.«

»Was ist denn los, John-Tom?«

Nun kam auch noch der Junge von Nummer vierzehn dazu. In seiner Begleitung die blonde Walküre Gina.

»Sie schon wieder!«, giftete ich.

»Die kleine Dame behauptet, ich hätte ihre Tante mit dem Golfball erlegt. Und jetzt macht sie Theater, ich solle die Reitende Gebirgsmarine zu Hilfe rufen.«

Immerhin schien Ken einen Rest von Vernunft zu besitzen.

»Hör mal, John-Tom, damit ist nicht zu scherzen. So etwas kann tödlich enden.«

»Du spinnst, Ken …«

John-Tom wurde plötzlich blass.

»Nein, ist schon vorgekommen. Hast du Hilfe gerufen?«

»N… och nicht. W… w… was soll ich denn anrufen?«

Er fummelte mit zittrigen Fingern an seinem Handy herum. Mir wurde es langsam zu viel. Mit einem Auge beobachtete ich meine Tante noch immer. Sie hatte sich die ganze Zeit über nicht gerührt, und ich fühlte allmählich Panik aufsteigen, obwohl Ken mit dem Rücken zu uns in sein mobiles Telefon sprach.

»Hört mal, ihr begnadeten Troubleshooter, wenn ihr nicht bald Hilfe organisiert, verklage ich euch wegen unterlassener Hilfeleistung.«

»Na, dann kann Ken endlich den edlen Ritter spielen, der er immer sein möchte«, spöttelte Gina. »Er sieht sich gerne in der Rolle, alten Damen über die Straße zu helfen, John-Tom. Du kannst ihm das ganz und gar überlassen.«

»Sie würden eine alte Dame wahrscheinlich lieber unter ein Auto stoßen, wenn sie Ihnen auf dem steilen Weg zur Karriere in die Quere kommt«, zischte ich sie an.

»Beruhigen Sie sich, Giftzahn«, sagte Ken in besänftigendem Ton. »Sehen Sie, dort machen sie schon das Motorboot bereit. Ich habe im Hotel angerufen.«

Es kochte noch immer in mir, wenn auch auf kleinerer Flamme.

»Übrigens heiße ich Kenneth Mackey und nicht Sie-schon-wieder. Aber lassen wir das. Wir gehen jetzt.«

»Ken, du bist reif für die Tapferkeitsmedaille. Unter feindlichem Golfballbeschuss rettete er …«

»Gina, es reicht!«

Ken hörte sich in der Tat ein bisschen erbost an. Ich sah dennoch keine Veranlassung, mich meinerseits vorzustellen, sondern machte auf dem Absatz kehrt, um zu Tante Henrietta zurückzulaufen. Vom See her hörte man bereits das Brummen des Bootes, das Kurs auf die Anlegestelle am Golfplatz nahm.

Tante Henrietta schlug die Augen auf, als ich neben ihr kniete.

»Was … was ist passiert? Oh, mein Kopf …« Sie tastete vage nach der Schläfe und entdeckte die dort sich bildende Beule.

»Du bist von einem Golfball getroffen worden und umgekippt.«

»Golfball?«

»Ja, wir sind doch hierhin zum Golfplatz spazieren gegangen.«

»Oh, stimmt. Hilf mir, ich will mich setzen.«

»Nein, du bleibst liegen.«

»Widersprich mir nicht, Margita. Hilf mir hoch.«

Ich brauchte ihr nicht zu widersprechen, als sie den Oberkörper aufrichtete, wurde ihr offensichtlich so schwindelig, dass sie freiwillig liegen blieb.

»Auf diesem Urlaub liegt ein Fluch!«, stöhnte sie mit einem grimmigen Blick. Es war sehr unverschämt von mir, sie in dieser Lage zu verspotten, aber ich konnte einfach nicht anders.

»Wie man eben von dem Schloss sagt.«

»Margita!«

»Schon gut, Tante Henrietta. Gleich kommen zwei edle Samariter, die helfen werden, dich auf das Boot zu tragen.«

»Kommt nicht infrage.«

»Möchtest du hier liegen bleiben? Ich denke, es ziehen bald ziemlich dunkle Wolken auf.«

Die beiden Männer aus dem Boot standen neben mir, und auch Ken Mackey hatte sich zu uns gesellt.

»Kommen Sie, Madam, wir bringen Sie zum Hotel zurück.«

»Helfen Sie mir aufstehen. Ich kann allein gehen.«

»Tante Henrietta, du kippst nur wieder um«, wagte ich einzuwenden.

»Lass das mein Problem sein.«

Na gut, sie ist ein zähes altes Huhn. Sie schaffte es doch wirklich, sich mit der Kraft des Stolzes aufrecht zu halten. Halb stützend, halb tragend, bugsierten die Männer sie zum Bootssteg.

Ich folgte ihnen, und komischerweise blieb auch der smarte Herr Mackey an meiner Seite.

»Ich habe die Rezeption beauftragt, sofort einen Arzt anzurufen. Ich hoffe, es hat sie nicht ernsthaft getroffen. Ein Golfball ist ein ganz schön hartes Geschoss.«

»Erzählen Sie das Ihrem hilfsbereiten Freund. Ich weiß das. Und nun lassen Sie uns bitte allein.«

»Ja, natürlich. Aber ich kann Sie doch nicht ständig Giftzahn nennen. Verraten Sie mir bitte Ihren Namen.«

»Margita May«, beschied ich ihn kurz und sprang ins Boot. Die Männer hatten Tante Henrietta auf zwei Sitze gelegt und mit einer Decke zugedeckt. Ich setzte mich zu ihr, damit sie durch das Geschaukel nicht auch noch von ihrem Lager rutschte.

Die Fahrt über den See hätte bei einer anderen Gelegenheit wundervoll sein können. Das Wasser war glasklar, und in den kleinen Wellen glitzerte das Licht. In diesem Moment war ich allerdings nur erleichtert, als wir an der Anlegestelle ankamen und uns in den Jeep setzen konnten, der zum Hotel fuhr.

Der Arzt, ein großer, kräftiger Mann, dem man zutrauen konnte, auch schon mal die Trümmer einer Hochland-Schlägerei aufzuräumen, wartete auf uns. Wir erregten ein ungebührliches Aufsehen, als er ohne Umschweife Tante Henrietta auf die Arme nahm und die Treppe hochtrug, denn leider beobachteten uns ausgerechnet die Damen Fitzgerald und wollten sofort alle Einzelheiten des tragischen Unfalls erläutert haben. Ich bat sie, um der Leidenden willen, sich zurückzuhalten, und wunderbarerweise taten sie es auch.

»So, na, das ist eine prrrächtige Beule«, grollte der Arzt mit rollendem Rrr. »Sind Sie eine Verrrwandte?«

»Ja, Herr Doktor.«

»Dann wollen wir die Patientin zu Bett bringen.«

Noch nie in meinem Leben hatte ich Tante Henrietta derart fügsam erlebt. Aber gegen den Arzt kam sie einfach nicht an. Keiner ihrer mürrischen Kommentare konnte ihn davon abhalten, das für sie zu tun, was er für richtig hielt, und kurz darauf lag meine Tante unter der Decke.

»Golfball, rrrichtig?«

»Ja, Herr Doktor.« Ich hatte mich wieder einigermaßen beruhigt, und leider brach daraufhin mein Sinn für die Komik der Situation wieder durch, und ich fügte hinzu: »Aber das Geschoss steckt nicht mehr in der Wunde.«

»Was? Oh…« Dr. Jennings brach in ein gedämpft dröhnendes Gelächter aus, und Tante Henrietta sah ihn missbilligend an.

Aber er behandelte sie überraschend sanft, gab ihr schließlich ein Schlafmittel und trug mir auf, die Beule laufend zu kühlen.

»Nicht so schlimm, das. Zwei Tage im Bett bleiben, dann ist alles wieder in Ordnung. Aber sehen Sie hin und wieder nach Ihrer Tante. Sollte eine Veränderung eintreten, rufen Sie mich an. Hier ist meine Nummer.«

Mit diesen Anweisungen verließ er mich, und ich hatte wieder die Aussicht auf zwei Tage Hausarrest. Das Beruhigungsmittel wirkte ziemlich rasch, und Tante Henrietta fiel in einen ruhigen Schlaf. Ich erlaubte mir, in meinem Zimmer einen kleinen Imbiss zu mir zu nehmen, und plünderte anschließend das Bücherregal des Hotels. Mit einem Stapel erfreulich gruseliger Gespenstergeschichten setzte ich mich dann in die Nähe von Tante Henriettas Bett und frischte meine Kenntnisse in Spuk und Geisterwesen auf.

Das kalte Grauen

Es wurde in den nächsten Tagen richtig lustig. Mit dem neuesten Schub Gäste waren drei ältere Damen eingetroffen, die ganz wunderbar das Zeug zur Hysterie hatten. Ihr liebstes Gesprächsthema war der Fluch, der auf Drumnadruid Castle lag. Die anderen Leute taten solche Äußerungen zwar immer mit einem besserwisserischen Lächeln ab, aber diese drei schienen es endlich ernst zu nehmen. Vor allem, nachdem die knochige Alte halb bewusstlos die Treppen hinaufgeschleppt wurde. Danach hatten sie nichts anderes zu tun, als alle furchtbaren Begebenheiten durchzusprechen, die im Zusammenhang mit dem angeblichen Fluch standen. Ich machte mich bereit, ihre Befürchtungen zu untermauern.

Sie waren früh zu Bett gegangen. Die beiden Jüngeren hatten ein gemeinsames Zimmer, die Ältere schlief allein nebenan. Ich entschloss mich, das Doppelzimmer zu beglücken.

Natürlich nicht mit meiner größten und glanzvollsten Rolle als fauchende Wildkatze, so viel Einsatz waren sie dann doch nicht wert. Es genügte meine normale Gestalt, unterstrichen mit einer reichlichen Portion glühender Augen.

Es war herrlich. Kaum hatte ich mich mit einem Rappeln an den Fensterläden bemerkbar gemacht, wachten die beiden schon auf. Ich posierte zunächst regungslos am Fußende der Betten und stieg dann langsam in die Höhe.

Starr vor Entsetzen lagen die beiden in den Federn, die Haare wild gesträubt, die Augen weit aufgerissen. Dann schwebte ich langsam unter den Betthimmel und zeigte mein Gebiss in einem angedeuteten Fauchen.

Ah, wie sie schrien. Wie sie sich unter den Bettdecken versteckten. Wie sie zitterten und zagten. Es war wie in alten Zeiten, als Kindermädchen, Köchinnen, Gärtnerburschen und hartgesottene Schlossherren sich in namenlosem Grauen vor mir wanden.

Ich kostete das Entsetzen bis zum Unsichtbarwerden aus. Dann entschwand ich durch den Korridor – in the night's Plutonian shore![10]

Gespenstergeschichten

Manchmal ist es gar nicht schlimm, unter Schlaflosigkeit zu leiden. Diesmal erwies es sich sogar als nützlich. Tante Henrietta war ein paarmal kurz aufgewacht, aber sie schien keine weiteren bedrohlichen Symptome zu entwickeln, die auf eine ernsthafte Gehirnerschütterung schließen ließen. Ich kühlte ihre Stirn, brachte ihr etwas Saft, einen Teller Suppe und versank wieder

---

10 In der Höllenküste der Nacht!

in den wundervollen schottischen Sagen und Märchen. Ich weilte im Reich der Feenköniginnen und Riesen, begegnete seltsamen Ungeheuern, die in den Lochs hausten, und lächelte über die Streiche der netten Hauskobolde, der Brownies.

Dann, gegen Mitternacht, wurde ich plötzlich von einem grässlichen Schrei aus meiner Versenkung aufgeschreckt. Es hörte sich an, als sei ein blutrünstiger Schottenclan über eine Ladung Touristen hergefallen und drauf und dran, sie in den Betten zu meucheln.

Türen flogen auf, Schritte klapperten den Korridor entlang, hysterisches Schluchzen erklang. Ich vergewisserte mich, dass Tante Henrietta tief genug schlief. Es war besser, wenn sie nichts von der Unruhe mitbekam. Dann streckte ich meine zugegebenermaßen neugierige Nase ebenfalls aus der Tür.

In ihren Nachthemden standen die beiden jüngeren Schwestern Fitzgerald zitternd auf dem Gang und versuchten das Entsetzen in Worte zu fassen, das ihnen die gellenden Schreie entlockt hatte.

»Der Fluch ist über uns gekommen. Erbarmen ...!«, heulte dann auch die dritte der Schwestern los.

»... schwebte riesengroß über uns ...«

»... mit rot glühenden Augen angesehen, dass mir das Blut in den Adern gefror.«

»Und riss sein grauenvolles Maul auf ...«

»... grässliche Reißzähne ...«

Dann erschien MacDuffnet in einem prächtigen Tartan-Morgenrock auf der Szene. Er versuchte, die aufgebrachten Gäste zu beruhigen. Ich sah seinen Bemühungen mit stiller Heiterkeit zu. Aus gewissen Gründen hatte ich meine Zweifel an der bedrohlichen Geistererscheinung. Immerhin ging es für den Hotelbesitzer um die Reputation seines Hauses, und er konnte es sich nicht leisten, seine Gäste mit gesträubten Haaren aus dem Haus fliehen zu lassen. Also ergriff er die einzig richtige Maßnahme – er führte die versammelte Truppe in die Halle, um eine Runde Whisky aus- und beruhigende Geräusche von sich zu geben.

Ich nahm meine neugierige Nase wieder zurück in das Zimmer und sah nach Tante Henrietta. Sie blinzelte verschlafen.

»War was?«

»Den Damen Fitzgerald ist ein Geist erschienen«, antwortete ich wahrheitsgemäß.

»Klar«, murmelte sie und drehte sich auf die andere Seite.

Ich lehnte mich im Sessel zurück – und wachte völlig steif und verspannt im Licht eines trüben Morgens wieder auf.

Tante Henrietta kam aus dem Badezimmer und sah mich aus ausgesprochen munteren Augen an.

»Das also nennst du Nachtwache? Tief schlafend im Sessel hängen und von Gespenstern träumen?«

Sie wies auf das Buch, das aufgeschlagen zu meinen Füßen lag. Es war mir irgendwann aus der Hand gefallen.

»Ja, Tante Henrietta«, antwortete ich zerknirscht und musste dann furchtbar gähnen.

»Nimm eine heiße Dusche, das lockert die Muskeln.«

»Ja, Tante Henrietta. Sag, wie geht es dir heute Morgen?«

»Bisschen Kopfschmerzen, sonst gut. Jetzt verschwinde, ich will mich anziehen.«

Gehorsam schlich ich in mein Zimmer. Mein Kopf fühlte sich an, als sei er mit aufgeweichter Putzwolle ausgestopft. Nun ja, vielleicht half eine Tasse dieses Wiederauferstehungsgetränks, das die Einheimischen Tee nannten.

Im Frühstückszimmer beherrschte noch immer die nächtliche Geistererscheinung die Unterhaltung. Allen, die sie nicht mitbekommen hatten, wurde das Geschehen wiederholt in jeder dramatischen Einzelheit erzählt, und das Ganze nahm inzwischen Ausmaße eines erstklassigen Horrorfilms an. Ich vertiefte mich in eine der Zeitungen, die herumlagen, um nicht den fünfundneunzigsten Aufguss der Geschichte anhören zu müssen.

Es gab wenig Neues in der Welt. Die politische Lage war wie immer zugespitzt, das soziale Netz wies weiterhin bedauerliche Löcher auf, genau wie die Ozonschicht, und im Vatikan war die Hölle los. Außerdem war in Edinburgh Falschgeld aufgetaucht.

»Guten Morgen, Frau May. Darf ich mich zu Ihnen setzen?«

Ich sah auf und entdeckte Ken Mackey in Jungmanagers Freizeitkluft vor mir. Gepflegte Baumwollhosen, dunkelblau, Kaschmirpulli im bekannten Karodesign. Dazu das Tablett vom Büfett.

Da ich aus der Zeitung keine weitere Weisheit saugen konnte, stimmte ich einigermaßen nüchtern zu.

»Geht es Ihrer Tante besser?«

»Ja, danke der Nachfrage.«

»John-Tom wird sich heute bei ihr entschuldigen.«

»Schön.«

»Haben Sie schon Pläne für den heutigen Tag?«

»Ja.«

»Oh, schade. Ich wollte Sie nämlich fragen, ob Sie eventuell mit unserer Gruppe nach Strathisla fahren wollen. Dort steht die älteste Whisky-Brennerei des Nordens. Sie veranstalten für uns eine Führung für VIP-Gäste.«

Nun war ziemlich das Letzte, was ich mir als Vergnügen vorstellen konnte, einen Tag mit den jungen Managern zu verbringen, die mir bei jeder Bemerkung unter die Nase rieben, was für eine minderwertige Person ich im Vergleich zu ihnen war. Außerdem hatte ich Urlaub und wollte mich gerade von dieser Gattung Mensch erholen.

»Sie werden auf mich verzichten müssen, ich kümmere mich um meine Tante.«

»Ja, das kann ich verstehen. Aber besonders erholsam ist Ihr Urlaub dadurch nicht, denke ich mir.«

»Das Denken kann ich Ihnen nicht verbieten. Wenn Sie mich bitte entschuldigen wollen …«

Ich verließ ihn ziemlich abrupt. Manchmal ist es mir gar nicht recht, mit der Nase auf das gestoßen zu werden, was mir an die Nieren geht. Wie auch immer man das anatomisch macht.

Der Tee hatte mich zwar wacher gemacht, ich fühlte mich aber dennoch übernächtigt. Und leider sehr dünnhäutig. Es nagte und nagte wieder dieses Gefühl in mir, dass ich mich selbst gefangen hielt. Gefangen in Konventionen, die ich für richtig zu halten gelernt hatte. Ich bin nicht gerade ein Kämpfertyp, ich passe mich lieber an, wenn man das Gebiet einzäunt, in dem ich mich bewegen darf.

Trübe sah ich aus dem Fenster. Leichter Nieselregen, fast wie ein Nebel, ging über dem Land nieder. Der Loch Naw lag bleigrau und unbeweglich zu meinen Füßen, die Berge dahinter verschwammen in wabernden, feuchten Schwaden. Kein einladender Tag. Hätte ich vielleicht doch das Angebot von Ken Mackey annehmen sollen? Derzeit konnte man noch nicht einmal spazieren gehen.

Oder? Ja, war ich denn aus Zucker? Ich konnte mich doch warm anziehen. Die kühle Luft würde mir bestimmt guttun.

»Tante Henrietta, darf ich dich zwei, drei Stunden allein lassen? Ich würde gerne um den See gehen.«

»Mh. Kann dich nicht daran hindern. Ich werde heute noch einmal ruhen, aber morgen werden wir einen Ausflug machen.«

»Ja, Tante Henrietta.«

»Und pass auf, dass du nicht ins Moor gerätst.«

»Ja, Tante Henrietta.«

Ich zog ein paar dicke Socken an und schnürte meine Joggingschuhe. Meine Regenjacke bestand aus diesem fantastischen Material, das weder Feuchtigkeit noch Wind durchließ. Sie hatte auch eine Kapuze, weshalb ich auf einen Schirm verzichten konnte. Ich machte mich auf die besagten dicken Socken.

Vor dem Hotel brach die britische Gesellschaft zur Entenjagd auf, die elitären Alumni zum Kulturtanken. Der Regen war zu einem unbedeutenden Tröpfeln geworden, und ich bog vor der Auffahrt direkt ab und suchte mir einen Weg durch den Garten. Er war nicht besonders groß, aber hübsch angelegt. Auf säuberlich abgegrenzten Rabatten leuchteten im grauen Licht rosa Hortensien, duftende Rosen entfalteten ihre weißen und roten Knospen, dicke, dunkelblau blühende Polster grenzten Beete mit gelben Stiefmütterchen ein, und eine dunkle Eibenhecke umgab das Areal. Ich fand ein Törchen und ging über den weißen, sauber geharkten Kiesweg zu ihm hin, als ich den alten Gärtner dort entdeckte, der liebevoll einige Zweige stutzte.

»Guten Morgen, Mr. Dougal.«

»Guten Morgen, junge Frau. Nun, gefällt es Euch bei uns?«

»Es ist schön, und meine Tante hat sich schon fast wieder erholt.«

»Sie war krank? Das tut mir leid. Ist es schlimm?«

»Eine Magenverstimmung zuerst, die sie aber überwunden hat. Leider traf sie gestern ein Golfball an der Schläfe. Sie hat eine dicke Beule und starke Kopfschmerzen.«

»Nun, dann ratet ihr, sie möge ein wenig in den Garten kommen. In ihm findet man Ruhe und Heilung.«

»Ich habe ihr wenig zu raten«, entgegnete ich mit einem kleinen Kichern.

»Sie ist streng mit Euch?«

»Ja und nein. Nur, ich bin noch immer ein Kind für sie. Aber es ist auch egal. Ich werde ihr trotzdem sagen, wie schön der Garten ist. Vielleicht kommt sie dann doch herunter. Sie liebt nämlich Pflanzen und Blumen sehr.«

Arthur Dougal nickte versonnen, aber dann drehte er sich abrupt um, und seine hellen Augen sahen mich fest an.

»Ihr wollt heute spazieren gehen?«

»Ja, sicher. Ich kann nicht den ganzen Tag drinnen sitzen, nur weil es ein bisschen feucht ist.«

»Nein, das kann man nicht. Wartet, ich öffne Euch das Tor.«

Er richtete sich mit einer für sein Alter und seine Größe überaus geschmeidigen Bewegung auf und drehte den Schlüssel in dem Eisentor um.

»Meidet das Moor, mein Kind. Das Moor ist tückisch, besonders im Nebel. Aber das wisst Ihr ja.« Er sah mich noch einmal seltsam intensiv an unter seinen dichten Brauen. »Kennt Ihr den Henge, den alten Steinkreis, schon?«

»Nein. Gibt es hier einen?«

»Hinter der Ruine ist ein alter Hain. Folgt dem schmalen Pfad, dann findet Ihr die tanzenden Maiden.«

Ich hatte bereits einen Steinkreis mit der Reisegesellschaft zusammen gesehen, und der hatte den Wunsch in mir geweckt, einen solchen einmal ohne belehrende Führung zu erleben. Darum bedankte ich mich herzlich für den Hinweis.

»Geht, Kind. Aber lasst Euch nicht von den Schatten verleiten und seid höflich zu der Alten dort. Schaut auf die Uhr und kommt um die Mittagszeit zurück.«

Ich versprach es, auch wenn mir seine Bemerkung nicht ganz klar war. Es reizte mich plötzlich, zum Hain zu kommen.

Die tanzenden Maiden

Es war unwirklich still in der Luft, in der Myriaden von Nebeltröpfchen hingen. Die Büsche und Bäume waren graue Silhouetten am Wegesrand und bestimmt Grund und Ursache vieler Gruselgeschichten, die von den schottischen Ammen den Kindern erzählt worden waren, um sie daran zu hindern, in den gefahrvollen Sumpf hinauszulaufen. Vereinzelt krächzte ein Vogel, war das ferne Brummen eines Motors zu hören. Aber ansonsten war es wundervoll ruhig. Ich kam an dem Brombeergestrüpp vorbei, zwischen dessen Ranken sich Spinnweben wie graue Schleier aufspannten, bemerkte eine verfallene Kate im Moor kauern, ging entlang der alten Steinmauer, die mich zu der Ruine geführt hatte. Dort sah ich die düsteren Mauern im dunstigen Licht aufragen. Es zog mich dorthin, ohne Zweifel, und einen Moment lang zögerte ich, den schmalen, ausgetretenen Wiesenpfad zur alten Burg einzuschlagen. Doch da raschelte ein plötzlicher Windzug durch die Büsche, und der Nebelschleier lichtete sich etwas. Nicht weit von mir entfernt breitete sich der Eichenhain aus. Hoch oben warf eine wässerige Sonne ein verschwommenes Licht über die Szenerie. Ja, ich würde dem Weg folgen, der mir genannt worden war.

Das Gras glänzte feucht, Moos hatte die Nässe aufgesogen, und jeder Schritt war mit einem schlürfenden Geräusch verbunden. Der Wind hatte sich gelegt, und die wattige Wolke senkte sich erneut tief über das Land. Wo noch eben frühlingsgrüne Blätter schimmerten, standen nun wieder graue Riesen drohend vor mir. Weißdorn brandete an den Rand des Hains, duftend in der von Feuchtigkeit gesättigten Luft. Hasel und Eberesche umschlossen mich, als ich auf den trockenen Waldboden trat. Die hohen Stämme der Bäume ragten auf wie Säulen alter Tempel – und genauso empfand ich es auch. Ich betrat ein Heiligtum, älter als jedes Kloster, älter als jede Kirche, älter als alle Tempel, die von Menschen gebaut worden waren. Und doch konnte ich nicht ehrfurchtsvoll verweilen, es zog mich weiter und weiter hinein in diesen stillen Wald.

Bis hier war der Nebel nicht vorgedrungen, diffuses Licht herrschte zwischen den Bäumen. Und dann öffnete sich vor mir eine Lichtung.

Auf der samtigen Wiese, in dem großen Rund, erhoben sich acht schroffe Steine in einem perfekten Kreis. Flechten überzogen sie, Moos hatten sie angesetzt, halb versunken waren sie im Humus der Jahrhunderte – und dennoch, sie ragten empor und wollten mir eine Botschaft übermitteln, ein Wissen über Dinge, die längst vergessen waren.

Ich blieb am äußeren Rand des Kreises stehen und atmete tief die würzige Waldluft ein. Doch dann zwang mich etwas, näher zu treten, einzutreten in den ewigen Tanz der steinernen Maiden.

Und als ich dort stand, am Rande des stummen Reigens, da sah ich sie wieder. In der Mitte des Kreises begegneten sie sich. Der schwarzhaarige Jüngling im braunen Kilt, die goldblonde Jungfer, lächelnd umeinander schreitend in einem alten Muster von Schritten. Und es war, als gäben sie sich mit diesem schweigenden Tanz ein Versprechen für die Zukunft – ein Versprechen, das sie über Tod und Verrat hinaus, sogar über Jahrhunderte hinweg aneinanderbinden würde.

Noch etwas war dort. Ein sanft leuchtender Schein, ganz nahe bei der jungen Frau. Nicht sehr groß, aber beharrlich den schwingenden Falten ihres Gewandes folgend. Es stimmte mich inmitten der Erhabenheit und Größe des Momentes heiter. Ob sie von ihrem Hündchen begleitet worden war, damals, vor langer, langer Zeit, als diese Liebe erblüht war und über die Jahre dem stillen Kreis der Steine ihren unvergänglichen Zauber aufgedrückt hatte?

Zeit war, und Zeit verging – ich verlor jeden Bezug zu ihr.

Dann blendete mich plötzlich klares Sonnenlicht. Ich blinzelte und fand mich allein an einen der aufrechten Menhire gelehnt. Einen Moment lang verweilte ich noch in der Erinnerung an dies seltsame Erlebnis, dann stieß ich mich von dem Stein ab und machte ein paar Schritte in das Zentrum des Kreises, wo das Paar vor langer Zeit gestanden hatte. Es war, als hätten sie mir ein Zeichen hinterlassen, denn auf dem steinigen, mageren Boden, zwischen niedrigem, hartem Gras und zähen Kräutern, breitete eine riesige Silberdistel ihre stacheligen Blätter aus. Wie ein gefallener Stern lag sie da, bedeckt mit feinen Wassertröpfchen, die im Sonnenlicht den Eindruck eines kostbar glitzernden Schmuckstücks erweckten.

Staunend sah ich dieses Wunder an, das die Natur inmitten des alten Henge geschaffen hatte.

Aber dann ließ mich ein rauer Schrei auffahren, und

der Schatten eines großen Raubvogels zog über mir dahin.

Die Sonne hatte die Nebel aufgelöst, aufgesogen mit ihrer mittäglichen Wärme, und sie stand inzwischen hoch am Himmel. Erst in diesem Moment erinnerte ich mich mit Erschrecken an den Rat des alten Gärtners, auf die Uhr zu sehen. Ich holte es nach, und das Ergebnis ließ mich die Beine in die Hand nehmen.

Ein bisschen Sport am Mittag konnte nicht schaden. Joggen war das Einzige, was ich in dieser Hinsicht betrieb, und das auch noch unregelmäßig. Also schnaufte ich schon gewaltig, als ich an der Ruine vorbeikam. Ich legte eine Gehpause ein, dann trabte ich weiter. Aber die Anstrengung tat mir gut. Das würde ich mir merken müssen, wenn ich zukünftig wieder einmal allzu tief in fremde Welten eindrang.

Als die Mauern von Drumnadruid Castle auftauchten, war ich wieder ganz in der Gegenwart und wappnete mich gegen die Vorhaltungen von Tante Henrietta. Immerhin waren aus den zwei, drei Stunden inzwischen vier geworden, und sie hasste Unpünktlichkeit.

Erstaunlicherweise traf mich nur ein milder Tadel.

Sie hatte auch ohne meinen Hinweis den Garten gefunden und saß nun auf einer Bank. In der Hand hielt sie ein Buch über schottische Wildblumen. Natürlich. Im Gegensatz zu mir hat sie einen grünen Daumen. Sie ist Spezialistin dafür, Jämmerlinge aufzuziehen. Oft habe ich sie aus dem Supermarkt halb eingegangene Topfpflanzen mitbringen sehen, die sie dann mit irgendwelchen Nährflüssigkeiten und leise gegrummelten Worten aufpäppelte. Die Pflanzen dankten es ihr mit einem gesunden Wachstum und entfalteten sich zu neuer Pracht. Bei mir verlief dieser Vorgang in umgekehrter Reihenfolge. Stellte man mir einen saftigen Efeu ins Zimmer, bekam er binnen Kurzem gelbe Blätter, Spinnmilben oder Läuse. Tante Henrietta warf mir vor, ich sei einfach zu unaufmerksam und verträumt, um mich verantwortungsvoll um Pflanzen zu kümmern. Damit mochte sie im Recht sein.

»Du hast dich verirrt, nehme ich an?«, fragte sie, als ich mich, noch immer schwer atmend, zu ihr setzte. »Wieder, ohne auf den Weg zu achten, herumgelaufen?«

»Ja, Tante Henrietta.«

»Aber es hat dir gutgetan. Du hast eine gesunde Farbe bekommen.«

»Ja, Tante Henrietta. Aber du siehst auch besser aus. Was machen die Kopfschmerzen?«

Sie hatte ihre kurzen grauen Locken, die sie ansonsten straff zurückgebürstet trug, etwas weniger streng in die Stirn frisiert, vermutlich um den hübschen blauen Fleck zu verdecken, der ihre Schläfe schmückte.

»Ganz erträglich. Geh hinein und sieh, ob du noch etwas zu essen bekommst. Du bist zu dünn, du kannst es dir nicht leisten, eine Mahlzeit ausfallen zu lassen.«

»Ja, Tante Henrietta.«

Als sie es erwähnte, begann mein Magen zustimmend zu knurren. Also kümmerte ich mich darum, einen Happen zu bekommen.

Gestärkt schlenderte ich am späteren Nachmittag in die Eingangshalle zurück, um in den dort ausliegenden Reiseführern zu blättern. Irgendeine Beschäftigung brauchte ich, um nicht von der Langeweile überwältigt zu werden. Vielleicht entdeckte ich einen Hinweis auf Beschäftigungsmöglichkeiten für so unsportliche Einzelgänger wie mich.

Etwas verwundert war ich, als ich Ken Mackey ebenfalls dort herumlungern sah.

»Hallo!«, grüßte ich ihn kurz.

»Oh, Sie haben sich aus der Krankenpflege fortgestohlen?«

»Und Sie sind nicht auf Besichtigungstour?«

»Nein, ich hatte noch zu arbeiten.«

Typisch! Diese Industrie-Schauspieler mussten auch ständig damit angeben, wie wichtig sie waren. Vor allem im Urlaub.

»Ich dachte, Sie machen hier Ferien«, konnte ich mir nicht verkneifen.

»Oh, dachte ich auch. Mein Chef ist leider anderer Meinung.«

»Vielleicht hätten Sie Ihr elektronisches Spielzeug zu Hause lassen sollen. Im Hotel gibt es nur ein Telefon mit Schnur und Münzeinwurf.«

»Und wenn ich zurückkomme, darf ich feststellen, dass mein Kollege befördert worden ist.«

»Oder die Kollegin?«

»Noch schlimmer«, grinste er.

»Und? Hätte sie es nicht verdient?«

Aber er wurde wieder ernst.

»Sie haben keine Ahnung, wie es in einem anspruchsvollen Job zugeht.«

Ich merkte eine gewisse Gereiztheit über diese Bemerkung bei mir aufkommen. Warum ärgerte mich das nur so, von ihm ständig unterschätzt zu werden? Ich funkelte ihn an, ohne darauf zu antworten.

»Hey, Sie spitzen schon wieder Ihren Giftzahn. Was habe ich falsch gemacht?«

»Sie nehmen sich so überaus wichtig«, platzte ich heraus.

»Für manche bin ich es.«

»Muss doch ein tolles Gefühl sein, nicht?«

»Sie sind doch sicher auch für jemanden wichtig, oder? Für Ihren Vater, Ihre Mutter, Ihren Freund, die Tante Henrietta ...«

Vier Personen hatte er treffsicher genannt, und die Erwähnung jeder einzelnen riss blutende Wunden auf. Meinen Vater hatte ich nie gekannt, meine Mutter war seit zwölf Jahren tot, mein Freund hatte mich verlassen, und für meine Tante war ich eher eine Art Leibeigene. Verzweifelt versuchte ich, meine Gefühle zu verbergen, aber man sah sie mir vermutlich doch an.

»Entschuldigung. Ich fürchte, ich habe gerade wirklich etwas Falsches gesagt.«

»Ja. Haben Sie.«

Seine mitfühlenden Worte bewirkten, dass das Selbstmitleid mich überwältigte und sich meine Augen mit Tränen füllten. Leider, leider habe ich viel zu dicht am Wasser gebaut.

Doch dann gab es eine Unterbrechung, die mich ganz schnell meine Haltung wiedergewinnen ließ. Am Eingang trafen drei Personen ein. Von höchst seltsamem Aussehen.

»Was ist das?«, fragte Ken Mackey, der aufgestanden und neben mich getreten war.

»Das sieht aus wie ein Teil der englischen Jagdgesellschaft.«

»War ein Moorbad mit inbegriffen?«

Ein ältliches Paar und ein hochbetagter Herr standen, die Arme und Beine mit schwarzem Schlamm bedeckt, an der Rezeption und erklärten ungehalten, was ihnen geschehen war.

Wir beide lauschten unbemerkt mit wachsender Belustigung. Es war dem alten Jäger gelungen, mitten in der schönsten Entenjagd sein Gebiss zu verlieren. Er nuschelte mit traurigem Blick: »I've lost my teeth.«

Sie waren, und in diesem Moment kam der erste Gluckser aus mir heraus, zielgenau in einen Tümpel von schwarzem Morast gefallen und dort ohne einen Laut des Protestes versunken. Die Rettungsversuche waren vergeblich und führten nur zur Gefährdung der anderen, die sich dabei bis zu den Knien und Ellenbogen in die schlüpfrig schwarze Brühe wagten.

Neben mir flüsterte Ken: »... versank 's Gebiss im schwarzen Moor ...«

Mit düsterer Stimme intonierten wir beide: »... and shall be lifted – Nevermore!«[11]

Ich rutschte so tief wie möglich hinter die Lehne und biss heftig in meine Hand, um nicht laut loszuprusten. Ken rutschte zu mir und landete vor meinen Füßen. Seine grünen Augen funkelten vor Vergnügen und Schalk.

Eigentlich war er gar nicht sooo ein unsympathischer Wichtigtuer.

---

11 ... Und gehoben wird es – nimmermehr!

»Du magst Edgar Allan Poe?«

»Klar. Vor allem den ›Raben‹. Übrigens – ich muss dir bei Gelegenheit etwas besonders Kurioses zeigen.«

»Was denn?«

»Verrat ich nicht. Dann wäre ja die Überraschung weg.«

»Oh, aber ich bin ein fürchterlich neugieriger Mensch.«

»Schon gut, dann heute schon.«

Leider wurde unser Geplänkel durch ein Trillern unterbrochen, und Ken meldete sich an dem allgegenwärtigen Mobiltelefon.

»Ich rufe Sie gleich zurück«, beschied er den Anrufer und schaltete das Gerät aus. Er war wieder ernst geworden, aber ein klein wenig saß doch die Fröhlichkeit noch in seinen Augenwinkeln.

»›Wann treffen wir zwei wieder zusamm'?‹«

»›Um Mitternacht …‹ Mh, die Brücke am Tay. Du hast tatsächlich irgendwann eine gewisse Art von Bildung genossen.«

»Giftzahn.«

»Mh.«

»Wir könnten sogar noch etwas früher zusammentreffen, wenn du nichts dagegen hast. Vielleicht heute Abend zusammen essen. Oder musst du deiner Tante Gesellschaft leisten?«

»Das werde ich tun müssen, aber anschließend, denke ich, könnten wir noch ein Gläschen Whisky zusammen trinken. Einen Malt. Und ohne Eis.«

»Ah, daher der unterstellte Bildungsmangel.«

»Tja …!«

»Gut, dann bis später. Du hast eine Tante, ich einen Chef.«

Er nickte mir zu und ging dann aus der Halle.

Ich blieb sitzen und wunderte mich über mich selbst. Dieser Urlaub, der gerade erst begonnen hatte, entwickelte sich trotz seines unseligen Beginns auf das Erstaunlichste. Solche Ferien hatte ich wirklich noch nie erlebt. Nicht nur, weil sich die Ereignisse in ihrer ominösen Häufung wie in einer schlechten Komödie entwickelten – von verdorbenen Mägen über fehlgeleitete Golfbälle, nächtlichen Spuk bis zu versunkenen Gebissen. Nein, auch die außergewöhnlichen Bekanntschaften, die ich seit Tagen machte, waren einmalig. Zum Beispiel Arthur Dougal und Kenneth Mackey. Bisher hatte es immer nur eine fest gefügte Reisegruppe gegeben, nach dem Geschmack meiner Tante ausgewählt und meist aus gesetzten Herrschaften bestehend. Dabei hatte es außer höflicher Konversation über die Sehenswürdigkeiten und die üblichen Sticheleien wenig Unterhaltsames für mich gegeben. Sollte sich diesmal vielleicht sogar etwas wie ein milder Flirt entwickeln? Und das auch noch mit einem Mitglied der von mir so wenig geschätzten Gruppe der dynamischen jungen Manager?

Beflügelt von diesem Gedanken, suchte auch ich mein Zimmer auf, um mich ungewöhnlich intensiver Pflege hinzugeben.

Elektronischer Spuk

Ich genoss regelrecht das Untätigsein. Nach dem nächtlichen Erfolg levitierte ich an meinen Lieblingsdachsparren und hielt Zwiesprache mit den Spinnen. Sie nahmen mich zwar auch nicht wahr, doch sie erschienen mir immer noch ein besseres Gegenüber als nur eine einfache Wand. Es ist zwar schon über zweihundertfünfzig Jahre her, seit ich meinen Pelz verloren habe, aber darunter, dass ich nicht schlafen kann, leide ich noch immer.

Am Nachmittag überwältigte mich schließlich die Langeweile, und ich suchte nach einem neuen Betätigungsfeld. Spukhaftes Erscheinen war zu dieser frühen Stunde noch nicht angebracht, aber meine neuen Fähigkeiten konnte ich noch etwas verfeinern. Ich spähte mir ein Opfer aus. MacDuffnet machte Kasse. Ein elektronisches Ding, das auf mein zartes Antippen mit einem freundlichen »Ping!« aufsprang.

Er knallte die Schublade wieder zu, bevor ich untersuchen konnte, was darin war. Das Spielchen wiederholten wir so lange, bis er zornig einen Stecker aus der Wand zog. Danach bekam ich kein Kribbeln mehr in die Pfote, und die Kasse blieb dicht. Na gut, sehr erheiternd war das nicht. Bedauerlicherweise war die ganze Truppe junger Männer ausgeflogen. Schade, die hatten nämlich jede Menge kribbelnden Spielkram dabei.

Alle? Nein, einer war da, und der telefonierte heftig. Gleichzeitig lief der Computer, und er tippte, das

Handy unters Kinn geklemmt, Daten ein. Das war ein weites Feld.

Ich lauschte einen Moment lang, worum es ging, um besonders wirkungsvoll eingreifen zu können.

»Ja, natürlich, Herr Dr. von Ermesmühle. Diese Situation können wir auch simulieren. Zu welchem Wert soll das Unternehmen denn angesetzt werden?«

Das Handy quakte eine Zahl hervor, die hektisches Tippen zur Folge hatte.

»Würde das Jahresergebnis um drei Prozent verbessern, wenn man die Gesamtbetrachtung wählt.«

Ich wählte stattdessen den Pfotenstipp in Richtung Bildschirm, worauf der anfing zu flackern. Nichts Ernsthaftes zunächst. Spuk muss sich langsam steigern, um die maximale Wirkung zu erzielen.

»Entschuldigen Sie, Herr Dr. von Ermesmühle. Wir haben hier manchmal kleine Störungen in der Elektronik.«

Ich zog meine Pfote zurück, das Bild stabilisierte sich.

»Nein, kein Nordlicht. Oder vielleicht doch, ich weiß es nicht. Für den Geschäftsbereich Touristik wollten Sie die Prognose? Augenblick.«

Er tippte – ich tippte.

Zwei Kampfflugzeuge schossen mit irrem Kreischen aufeinander zu und explodierten unter Ausnutzung des gesamten Soundspektrums. Nett.

»Ken, ist Ihnen etwas passiert?«, quäkte es aus dem Hörer. »Das klingt ja furchtbar.«

»Nein, alles in Ordnung, Herr Dr. von Ermesmühle. Das ist nur wieder so eine seltsame Erscheinung in meinem Laptop. Das kommt und geht. Gleich bin ich wieder im Programm.«

Ich nahm die Pfote aus dem Kribbelfeld, und – schwups – war das Bild wieder da. Dann begab ich mich auf die andere Seite von Ken und geriet in ein zweites Kribbelfeld. Ah, das Telefon funktionierte auf dieselbe Weise. Ob man damit auch diese traumhaften Ergebnisse erzielen konnte? Ich näherte mich vorsichtig.

»So, ich habe das Ergebnis, Herr Dr. von Ermesmühle. Der Geschäftsbereich Touristik würde, unter Beibehaltung der anderen Prämissen, eine Ergebnissteigerung von sechseinhalb Prozentpunkten erzielen. Ist Ihnen mit der Information geholfen? Oder soll ich die andern Konditionen auch anpassen?«

»Die aktuelle Zeit ist achtzehn Uhr, vier Minuten und fünf Sekunden.«

»Bitte?«

Ken starrte den Hörer fragend an.

»Die aktuelle Zeit ist achtzehn Uhr, vier Minuten und zehn Sekunden.«

»Will mich da wer verarschen?«

»Die aktuelle Zeit ist achtzehn Uhr, vier Minuten und fünfzehn Sekunden.«

»Verdammt noch mal!« Ken tippte auf dem Gerät herum, und ich schlug einen Purzelbaum vor Vergnügen. Das wurde immer feiner.

»Herr Dr. von Ermesmühle, wir sind leider unterbrochen worden. Haben Sie meine letzten Daten noch verstanden?«

»Gehört, aber nicht verstanden. Sie sagten mir die Zeit an. Mit einer überaus weiblichen Stimme.«

»Oh. Nun, ich hoffe, wir haben jetzt keine Probleme mehr.«

»Das hoffe ich auch. Ich habe keine Zeit mit irgendwelchen Spielereien zu verschwenden.«

Ken arbeitete weiter an seiner komischen Tabelle, und ich ließ ihn eine Weile ungeschoren. Dann holte ich zum Großangriff aus. Eine Pfote zum Laptop, eine zum Handy. Mal sehen, was ich damit erreichte.

Ahhh, traumhaft. Aus dem Drucker am Laptop begann Papier zu quellen, das Telefon erzählte: »Der Flug Nummer sieben-fünf-zwei nach Johannesburg trifft pünktlich um neunzehn Uhr sechsundvierzig ein. Der Flug Nummer ...«

Und auf dem Bildschirm heulten drei wild feuernde Kampfflugzeuge im Sturzflug umeinander. Es war hinreißend. Ken saß mit leicht irrem Blick vor den Geräten. Er bewies eine gewisse Geistesgegenwart, das Telefon abzustellen, doch das dicht bedruckte Papier wurde weiter ausgespuckt.

Er nahm sich ein Blatt vor, fuhr sich durch die Haare, bis sie nach allen Seiten abstanden, und schnaufte dann: »Flugpläne? Was soll dieser verdammte Mist? Mein Gott, ich werd noch wahnsinnig.«

Das wollte ich denn doch vorerst noch vermeiden. Dazu hatte ich viel zu viel Spaß mit ihm. Ich begab mich aus dem Kribbelkreis heraus, und schon verhielt sich das Aggregat völlig normal. Ken nahm noch ein paar Aktionen auf der Tastatur vor und schaltete dann den Laptop aus. Dann stürzte er aus dem Zimmer zu dem öffentlichen Telefon in der Halle. Na, sollte er. Wahrscheinlich muffte ihn sein Dr. von Ermesmühle auch noch ordentlich an. Mir schien, er hatte nicht sehr viel Humor – This it is, and nothing more.[12]

Ein enttäuschendes Abendessen

Nach dem ausgedehnten Wannenbad – hoch lebe das altmodische Badezimmer, das ein Ungetüm auf Löwenfüßen beherbergte, dessen heiße Wogen mich schier verschlingen wollten – legte ich mich ein Weilchen auf das Bett, um vor mich hin zu dösen. Der fehlende Schlaf forderte eben auch bei mir seinen Tribut. Sicherheitshalber stellte ich den Wecker auf halb sieben, dann überließ ich mich dem wohlig entspannten Gefühl meines durch und durch gewärmten Körpers. Meine Gedanken fingen an zu wandern, streiften durch das alte Schloss, über das Moor hin zu dem alten Steinkreis. Dann dämmerte ich ein.

Kurz bevor der Wecker klingeln sollte, wachte ich von allein auf mit dem dringenden Gefühl, die letzten Fetzen eines Traums festhalten zu müssen. Aber ich erwischte nichts Greifbares mehr, nur eine ferne Erinnerung an einen schönen Frühsommertag, ein glückliches Lachen, einen zarten Kuss.

Schade, mehr hatte ich davon nicht behalten. Dennoch tröstete ich mich mit dem Gedanken, der Traum würde, wenn er wichtig war, noch einmal wiederkehren. Das hatte ich schon mehrere Male erlebt. Ich weiß,

---

12 So ist das, und sonst nichts.

ich weiß, ich bin viel zu versponnen, weil ich solchen Dingen Wichtigkeit beimesse. Es macht mich in den Augen anderer zu einer lebensuntauglichen Fantastin. Darum habe ich mir angewöhnt, so wenig wie möglich darüber zu sprechen. Aber ich sehe nun mal Dinge, die anderen Menschen verborgen bleiben. Nicht immer, aber in bestimmten Konstellationen weiß ich einfach, dass da noch etwas mehr existiert als nur die greifbare Realität. Vor allem an alten Stätten, an denen Menschen vor Zeiten einmal starke Gefühle gehabt hatten. Es kommt mir vor, als würde ein Rest dieser Gefühle an diesen Orten gebunden bleiben. Und mir ist es eben zufällig möglich, einen Teil davon zu visualisieren. Das war mir im Grunde schon immer bekannt, doch als Kind war die Unterscheidungsfähigkeit noch nicht so groß, und ich muss meine Umwelt einige Male reichlich in Erstaunen versetzt haben, wenn ich lustig darauflosplauderte, wem ich alles begegnet war.

Meine Mutter war die Einzige, die mich deshalb nicht Träumerli schimpfte, sondern mit ungewöhnlichem Verständnis behandelte. Heute glaube ich, sie hatte ähnliche Erfahrungen gemacht. Jedenfalls führte sie mich behutsam dahin, meine Gesichte für mich zu behalten und nur ihr davon zu erzählen. Es war unser ganz persönliches Geheimnis.

Weil ich, seit ich denken kann, diese Visionen habe, fehlte mir auch jegliche Angst vor Geistern und Gespenstern. Die in Kino und Fernsehen gezeigten Mystery- oder Horrorfilme sah ich mir gar nicht erst an. Meine Begegnungen waren bislang weitgehend undramatisch, manchmal sogar regelrecht schön und ergreifend, so wie heute das Treffen von zwei Liebenden in einem romantischen Steinkreis.

Oder das kleine Mädchen im Garten. Das entdeckte ich zum Beispiel vor Jahren, als wir in einem Haus in der Nähe einer alten, langsam verfallenden Fabrik lebten. In dem Garten stand ein knorriger Apfelbaum, der trotz seines hohen Alters noch immer eine erstaunliche Menge süßer, saftiger Äpfel trug. Dort begegnete ich häufig diesem Mädchen, einer mageren Gestalt in einem abgerissenen Kleid und mit filzigen Zöpfen, das mit dem Ausdruck größter Seligkeit in einen dieser Äpfel biss.

Ich forschte ein wenig nach und fand einen Zusammenhang heraus. Um die Jahrhundertwende mussten in dieser Fabrik viele Kinder für dürftigen Lohn arbeiten. Sicher war meine Erscheinung eines jener bedauernswerten Geschöpfe, das, auf welchen unlauteren Wegen auch immer, in den Garten geschlüpft war und seinen brennenden Hunger mit einem Apfel gestillt hatte.

An einem alten Schleusenwärterhaus in Frankreich hatte ich einmal einen betagten Mann gesehen, der friedlich angelte und plötzlich mit dem Ausdruck größter Freude aufstand und die Arme ausbreitete. Ein kleiner Junge lief auf ihn zu, und er schloss ihn in die Arme. Vielleicht war es sein geliebter Enkel, den er nach langer Zeit wiedersah. Niemand anderes jedoch hatte diese kleine Szene beobachtet. Wir fuhren leider viel zu schnell weiter, und ich konnte nichts Näheres darüber in Erfahrung bringen.

Aber nicht nur Liebe, Freude, Genuss, auch der Tod hinterlässt Spuren. Doch bisher hatte er mir noch keine Angst gemacht. Ich war ihm nur einmal begegnet. Bei einer Reise in die Schweiz fand ich in dem historischen Gasthof, der einmal ein Bauernhof war, in meinem Bett eine alte Bauersfrau. Sie sah mit leuchtenden Augen zu jemandem hin, der an ihrem Bett stand und ihre Hand hielt. Dann schlossen sich ihre Lider, und die Hand glitt auf die Decke.

An diese Begegnungen dachte ich, während ich auf meinen Kissen lag und in das dunkler werdende Viereck des Fensters starrte. Dabei kam mir eine Idee, die diesen Urlaub zu einem wirklich denkwürdigen Ereignis in meinem Leben machen sollte. Ich entschied mich nämlich, einfach nur um eine interessante Aufgabe zu haben und der Langeweile zu entgehen, dem Schicksal der Liebenden nachzugehen, die ich nun schon zweimal gesehen hatte.

Mit diesem Vorsatz stand ich auf und machte mich für das Abendessen fertig.

Ich versuchte es noch einmal mit dem kurzen Rock, der Tante Henriettas Missfallen erregt hatte, verzichtete aber auf das Sweatshirt und wählte stattdessen eine weiße Bluse und einen bunten Schal. Dass ich meine ungebärdigen Haare nicht mehr mit Gewalt bändigte, würde ich ihr gegenüber vertreten können. Schließlich hatte sie heute Mittag auch eine milde Variante einer Windstoßfrisur getragen.

Ich sah in den Spiegel und fand meine Wangen sacht gerötet. Vom Schlaf? Oder war es die Vorfreude darauf, heute Abend endlich mal wieder eine heitere Unterhaltung zu haben, vielleicht sogar einen ganz kleinen Flirt?

Tante Henrietta klopfte an meine Tür und fragte ungeduldig von draußen: »Bist du so weit?«

Sie trat nie unaufgefordert in mein Zimmer. Aber ich hätte pünktlich vor der Tür warten sollen.

»Entschuldige, ich hatte mich etwas hingelegt.«

»Mh.«

Offensichtlich wurde mir das verziehen. Vielleicht, weil ich die vergangene Nacht an ihrem Bett gesessen hatte. Sie musterte mich kurz, und ich befürchtete, gleich wieder zurückgeschickt zu werden, um etwas anderes anzuziehen. Aber nichts passierte.

»Gehen wir essen«, befahl sie und schritt voraus. Ich musste mich beeilen, an ihre Seite zu kommen.

Im Speisesaal befand sich eine äußerst fröhliche Menge Jungmanager, die von ihrem Besuch der Whisky-Brennerei sichtlich animiert waren. Und nicht nur von den visuellen Eindrücken. Es mochte auch die eine oder andere Probe verköstigt worden sein. Ken war nicht unter ihnen, was mich etwas wunderte.

»Nach wem hältst du Ausschau? Hast du Bekannte entdeckt?«

»Nein, Tante Henrietta.«

»Dann starr die Leute nicht so an.«

»Ja, Tante Henrietta.«

Sie hatte sich wirklich gut erholt, meine Tante. Sie sprach auch mit gesundem Appetit dem *Partan Bree*, einer cremigen Fischsuppe, und dem darauffolgenden Lammbraten zu. Und ich hatte meinen Ohren kaum trauen wollen, als sie für uns beide je ein kleines Bier bestellte. »Bist alt genug, etwas Alkohol zu dir nehmen zu können.«

In der Tat, mit sechsundzwanzig war ich alt genug dazu. Zum Glück bewohnte ich seit fünf Jahren eine eigene Wohnung und durfte mein Leben recht und schlecht selbst organisieren. Manchmal hatte ich trotzdem den Eindruck, für meine Tante bliebe ich ewig vierzehn – ein verschrecktes, einsames, introvertiertes Kind, das seine Mutter verloren hatte.

Während des Essens unterhielt ich sie mit der Geschichte des versunkenen Gebisses und erhielt ein grimmiges Lächeln als Belohnung.

»Etwas degoutant, beim Essen.«

»Ja, und außerdem ungebührliche Schadenfreude auf Kosten anderer. Aber trotzdem leider witzig.«

Dann schwiegen wir eine Weile, und ich konnte hinter mir eine bekannte Stimme hören. Ken war inzwischen doch noch zu seinen Freunden gestoßen.

»John-Tom, nun hör doch mal zu. Ich habe verstanden, wie blendend euch der Whisky bekommen ist und dass ich etwas versäumt habe, aber ich hatte zu tun. Und dabei haben meine Geräte angefangen zu spinnen. Ist dir das auch schon mal passiert?«

»Nee. Wahrscheinlich das Schlossgespenst. Hähähä!«

John-Tom meckerte wie eine ältliche Ziege, wenn er lachte. Ein sehr unangenehmes Geräusch.

»Mann, habt ihr ein ganzes Fass Whisky ausgetrunken? Nun bleib doch mal ernst.«

»Ganzes Fass nicht, aber – hey, du solltest die Festplatte mit Whisky reinigen, vielleicht geht's dann wieder.«

»John-Tom. Hör zu! Hast du einen Virenscanner?«

»Klar. Hast du einen Schnupfen? Hähähä?«

»Könntest du mir die CD leihen?«

»Dann frisst sie vielleicht das Schlossgespenst.«

Oje, John-Tom gewann nicht gerade mit gehobenem Promillepegel. Und Ken hatte vermutlich wirklich ein Computervirus auf seinem Laptop. Ich konnte verstehen, dass er nicht sehr glücklich darüber war. Gina war ihm auch keine Hilfe, sie bemerkte nur missbilligend: »Du solltest dir nicht so viele Spiele auf dein Gerät packen. Die sind fast immer verseucht.«

Ich lauschte der Diskussion nicht länger, denn Tante Henrietta verlangte wieder meine Aufmerksamkeit. Sie fragte mich nach meinen Unternehmungen, und ich berichtete Belangloses über die Landschaft. Über den Steinkreis mochte ich mit ihr nicht sprechen.

Wir beendeten unser Essen mit diesen köstlichen kleinen Kuchen, den *Scones*. Ich war anschließend so satt, dass ich mich kaum von meinem Platz erheben konnte. Normalerweise aß ich nicht so viel.

Tante Henrietta übrigens auch nicht, deswegen erstaunte mich ihre Bemerkung auch nur wenig.

»Wir werden einen Drambuie zur Verdauung brauchen.«

»Das scheint mir auch so«, stimmte ich zu. Ich folgte ihr in die Halle, wo sich schon einige Gäste um den Kamin versammelt hatten. Ken bemerkte mich nicht, er war in irgendwelche Fachsimpeleien versunken. Später sah ich ihn dann mit Gina verschwinden. Er nahm mich noch nicht einmal wahr, obwohl ich direkt in seinem Weg saß. So viel zu dem Thema Flirt und Gina ausstechen. Dachte ich.

Ich zog mich kurz nach zehn zurück, als auch Tante

Henrietta zu Bett gehen wollte. Blieben noch meine Gespenstergeschichten und meine Nachforschungen. Dazu nahm ich einen der ausführlicheren Reiseführer mit auf mein Zimmer.

Als Erstes versuchte ich, die Zeit ein wenig genauer festzulegen. Die Anhaltspunkte waren rar, die Kleidung, die die beiden Gestalten trugen, hatte sich über Jahre hinweg nicht besonders geändert. Immerhin trug der junge Mann einen Kilt ähnlich dem, der heute noch getragen wird. Der Lektüre nach entstand dieses Kleidungsstück Anfang des achtzehnten Jahrhunderts. Das schränkte die Zeit schon auf bloße dreihundert Jahre ein. Es war, wenn ich mich recht erinnerte, auch ein sehr einfacher brauner Tartan. Eine Zuordnung der Muster zu den einzelnen Clans existierte bis zum Beginn des neunzehnten Jahrhunderts noch nicht, also konnte ich daraus auch nicht ableiten, zu welchem Stamm er gehört hatte. Aber der Zeitraum beschränkte sich damit möglicherweise auf die hundert Jahre zwischen 1700 und 1800.

Andererseits, als ich in der Ruine gesessen hatte, lehnte der junge Mann an einem heute nicht mehr vorhandenen Türpfosten. Also war Blair Rath Castle damals noch intakt gewesen. Ich blätterte in den Geschichtsdaten nach.

Drumnadruid Castle war 1744 bei einem Überfall zum Teil zerstört worden und erst 1837 von den aus Kanada zurückgekehrten MacDuffnets in der heutigen Form wieder aufgebaut worden.

Nach der *Highland Clearence*, die nach der Niederlage der schottischen Clans im Krieg gegen die Engländer begann, war auch Blair Rath Castle verlassen und dem Verfall anheimgegeben worden.

Gut, das schränkte den Zeitraum auf die erste Hälfte des achtzehnten Jahrhunderts ein. Später vermutlich nicht.

Ich erinnerte mich an die Ballade des alten Barden. Es war darin die Rede von den MacLeods gewesen. Ob das die Familie war, die dort einst gewohnt hatte? Doch seine Geschichte war nicht datiert. Vermutlich wäre Arthur Dougal eine sehr viel erschöpfendere Quelle zu diesem Thema als der Reiseführer. Ich nahm mir vor, ihn dazu zu bewegen, mir noch mehr zu der alten Geschichte von Drumnadruid Castle zu erzählen. Dann könnte ich versuchen, sie mit den geschichtlichen Daten zu vergleichen.

Ich streckte mich, stand auf und ging zum Fenster. Als ich die Vorhänge beiseiteschob, zeigte sich eine dünne Mondsichel über den fernen Bergen. Sie warf eine schmale Lichtstraße über den See, auf dem sich kleine Wellen kräuselten. Die Wiesen und Weiden wirkten wie mit Sternensilber überhaucht, und es hätte mich nicht gewundert, wenn zwischen den Rosenbüschen an der Eibenhecke die berühmten schottischen Elfen getanzt hätten. Aber sie wahrzunehmen, das überstieg denn doch meine Fähigkeiten, obwohl ich halb und halb an ihre Existenz glaubte.

Müde war ich kein bisschen. Also stand mir wieder eine durchwachte Nacht bevor. Ich sah zur Uhr und registrierte verwundert, dass es schon Viertel vor zwölf war.

Na, einen Versuch war es wert. Vielleicht erinnerte

Ken sich an sein eigenes Zitat und kam in die Halle. Ich auf jeden Fall wollte mir heute die alberne Kuckucksuhr nicht entgehen lassen. Ganz zufällig fuhr ich mir mit den Fingern durch die Haare und liebäugelte mit dem Lippenstift. Dann schlich ich mich leise nach unten.

Peinliche Entdeckung

Ach ja, man muss sich seine Genüsse einteilen. Diese Nacht war kein Spuk fällig. Ich geisterte nur ein wenig durch die Räume und schaute nach, was es Neues gab. MacDuffnet zählte mal wieder Geld. Er macht das sehr altmodisch für mein Gefühl. Warum er diese bunten Scheine nur in einem alten Koffer aufhob, den ein Gast vergessen hatte? Aber vielleicht traute er den elektronischen Medien einfach nicht. Hihi, mit gutem Grund.

Das spillerige Mädchen saß mit der knochigen Tante in der Halle und machte wieder hungrige Augen. Wahrscheinlich hoffte es, unter den anwesenden Herren den Mann fürs Leben zu finden. Durch jahrhundertelanges Beobachten der menschlichen Rasse hatte ich gelernt, dass sie alle gleich sind, die Mädels. Bis auf das eine – na ja, aber das ist eben lange her. Die Herren hingegen zeigten keinerlei Interesse an dem zu klein und zu dünn geratenen Geschöpf, obwohl es seine roten Haare heute zu einer wilden Wolke aufgezwirbelt hatte.

Ich beschloss, durch den Garten zu streifen, einfach

weil die Nacht schön war. Es erinnerte mich an frühere Zeiten, als ich in den Nächten des jungen Mondes auf Jagd gegangen bin. Wenn es noch etwas Besseres gibt als Spuken, dann ist es die Jagd. Die kommt gleich nach Schlafen. Und noch vor Putzen. Und dazwischen ist Fressen. Und die Kätzinnen.

Ach, wieder ein leibhaftiger Kater sein!

Bin ich denn verdammt, für ewig und alle Zeiten zwischen den Welten zu leben? Warum habe ich damals die Hand nicht ergriffen, die sich nach mir ausstreckte, um mich emporzuziehen? Ich hätte aufheulen können wie ein Schlosshund, um dieses völlig unpassende Bild zu verwenden.

Eine Weile blieb ich in Trauer versunken an der Eibenhecke hängen und bejammerte mich selbst. Das passiert mir besonders oft in den Nächten vor der Sommersonnenwende.

Aber schließlich riss ich mich zusammen. Davon wurde es auch nicht besser. Lieber nachsehen, was sich sonst noch tat. Zumindest war es in der letzten Zeit einigermaßen unterhaltsam im Revier.

Hinter der Eibenhecke stand Arthur Dougals Haus. In den zehn Jahren, die er hier wohnt, bin ich erst zweimal dort gewesen. Es irritiert mich. Oder besser, *er* irritiert mich. Das erste Mal, gerade als er eingezogen war, schlich ich mich des Nachts zu ihm. Arthur lag da, als ob er schliefe, aber dann, als ich direkt neben ihm saß, um ihn mir anzugucken, öffnete er die Augen. Ich war selbstverständlich in meiner für normale Menschen unsichtbaren Form dort. Aber ich hatte das ausgesprochen unangenehme Gefühl, dass er mich trotzdem wahrnahm. UND sich nicht fürchtete. Darum verzog ich mich schnellstens wieder.

Das zweite Mal traf ich Arthur abends, als er vor seinem Kamin saß und auf der Harfe spielte. Seine Stimme und der Klang der Saiten brachten mich zum Vibrieren, wodurch ich völlig unkontrolliert zu schnurren begann. Das war mir so peinlich, dass ich eilends flüchtete. Ich habe bisher nicht herausgefunden, was der Alte wirklich ist, wo er herkommt oder warum er hier ist.

Aber Neugier gehört zur Katze, und heute fand ich mich mutig genug, ihn noch einmal aufzusuchen.

Arthur saß an seinem Küchentisch und schrieb in ein dickes Heft. Wenigstens klampfte er nicht auf der Harfe herum, das beruhigte mich. Ich sah mich ein wenig um. Besonders groß war das alte Feldsteinhaus nicht. Vor langer Zeit hatte dort einmal ein herrlich schreckhafter Kutscher gewohnt. Es gab nur zwei Räume, die spärlich möbliert waren. Aber an den Wänden standen Regale mit alten Büchern, und er hatte auch ein klapperiges Radio. Nichts, an dem es sich zu manipulieren gelohnt hätte.

Ich drehte meine Runde und kehrte zu Arthur zurück, um ihm vorsichtig über die Schulter zu linsen. Was schrieb er da so sorgfältig auf?

Bevor ich mich an das Entziffern seiner altmodischen Handschrift machen konnte, hob er allerdings den Kopf. Ich war alarmiert und levitierte schleunigst an die Decke.

Mäusedreck. Er sah nach oben.

Dann murmelte er etwas mit seiner heiseren, tiefen

Stimme, die mich zu einem zitternden Häufchen Ektoplasma werden ließ.

»Mein alter Freund, ach, fürcht' dich nicht.
Es wird für dich die Zeit bald kommen,
dann kehrst auch du zurück ins Licht,
dein Wunsch, er wurde längst vernommen.
Du musst, wenn sie in höchster Not,
entschlossen ihr zu Hilfe eilen,
so siegst du über Zeit und Tod.
Und ihre Hand, sie wird mit Liebe heilen,
was vor Jahrhunderten begann.
Und deine Seele wird befreit
aus diesem Reich im Schattenbann.
Es ist die Zeit dafür bereit.«

Hätte ich Zähne, sie würden klappern wie eine alte Kutsche über Kopfsteinpflaster.

Das war unfair, das war gemein. Man erschreckt Gespenster nicht. Völlig falsches Rollenverständnis, total verkehrte Welt. Und Arthur saß da unten und lächelte mich an.

Mir war jede Lust vergangen, mir sein Geschreibsel anzusehen. Ich machte, dass ich ins Schloss zurückkam.

Als ich in der leeren Halle landete, hatte ich mich wieder einigermaßen gefasst. Über diese seltsamen Worte würde ich ein wenig nachdenken müssen, aber nun war es gerade kurz vor Mitternacht, und ich war bereit, mir meine übliche Portion Frust abzuholen.

Sitzend auf dem Sofa wart ich stur auf den Raben aus

der Uhr, thinking what this omnious bird of yore – meant in croaking »Nevermore«.[13]

Eine noch peinlichere Entdeckung

Die Zeiger der Kuckucksuhr rückten immer näher auf die Zwölf zu, und ich setzte mich gemütlich auf das plüschige Sofa, um den Auftritt des Raben »Nevermore« zu erwarten.

Dann passierte es.

Ich nahm es zuerst aus den Augenwinkeln wahr. Ein unwirkliches Leuchten materialisierte sich auf dem Platz neben mir. Eine Erscheinung, hier? Nicht ausgeschlossen, es war ja der älteste Teil des Schlosses. Ich sah genauer hin, damit ich erkennen konnte, worum es sich handelte. Halb und halb erwartete ich wieder das junge Paar, doch ich wurde enttäuscht. Die schimmernde Gestalt war klein, etwa so groß wie ein dickes Sofakissen. Und je genauer ich hinsah, desto mehr wurde es – eine Katze.

Wie ein grauer Nebel hockte sie auf dem Polster, etwas heller leuchtend an den Pfoten und dem Schnäuzchen, die Augen starr auf die Kuckucksuhr gerichtet.

Es rasselte, es quietschte, das Törchen tat sich auf, der Rabe nickte uns zu, krächzte sein desperates »Nevermore«, und die Geisterkatze, ganz wie ich es an den

13 Grübelnd, was der ominöse Vogel meint mit dem gekrächzten »Nimmermehr«.

lebenden Tieren auch schon beobachtet hatte, zitterte mit dem Mäulchen und schnatterte frustriert den Vogel an.

Ich war hingerissen. Das hatte ich bislang nun wirklich noch nicht erlebt. Die Erscheinungen, die ich bisher wahrgenommen hatte, waren flüchtige Gestalten aus einer anderen Zeit, ohne Bezug zum Hier und Jetzt. Dieser Katzengeist allerdings schien sehr wohl genau jetzt und hier neben mir zu sitzen. Ich musste noch mehr grinsen, als ich mir ausmalte, dass er dieses niedliche Gespenst war, das die Damen Fitzgerald so entsetzlich erschreckt hatte.

Ich liebte Katzen. Als meine Mutter noch lebte, hatten wir immer zwei. Aber bei Tante Henrietta… Ich hingegen lebte allein in einer winzigen Zweizimmerwohnung, war den ganzen Tag berufstätig. Das mochte ich keiner Katze antun.

Aber später einmal, vielleicht. Man hat ja seine Träume. Und dann erfüllte sich der Wunsch nach einem richtig schönen, großen Haus, am liebsten irgendwo auf dem Land, auch für mich einmal. Nahe am Wald, zwischen Wiesen und Weiden. Zwei, drei Katzen, zwei, drei Kinder, Mann reichte einer, häufig Gäste… Ein Luftschloss eben.

Ich gähnte noch einmal nachhaltig. Ken hatte ich völlig vergessen, und außerdem war ich todmüde geworden. Leider aber war der Geist neben mir verschwunden.

Nun ja, dann zu Bett.

Diesmal gelang es mir, einen Fetzen des Traums festzuhalten – aber der erfüllte mich mit Trauer. Es musste ein bedeutender Tag gewesen sein, erinnerte ich mich. Aber nicht mehr, warum. Und eine Frau, von der ich wusste, dass sie meine Mutter war, überreichte mir etwas, das wichtig schien. Aber ich konnte nicht sehen, was es war.

Kurz und gut – oder besser: schlecht –, es war nicht sehr beglückend, diese zusammenhanglosen Fetzchen zu verfolgen. Ich gab das Nachgrübeln auf. Wahrscheinlich war es nur wieder ein Verarbeitungstraum, wie ich ihn früher oft gehabt hatte.

Ich vermisste meine Mutter noch immer, auch wenn die Trauer sich schon seit langer Zeit aufgelöst hatte. Aber diese Frau hatte keine Ähnlichkeit mit ihr. Sie war nämlich rotblond und klein gewesen wie ich und hatte in meiner Erinnerung immer ein fröhliches Lächeln auf den Lippen. Die Frau im Traum mochte Anfang vierzig gewesen sein. Man sah ihr das Alter zwar an, aber es tat ihrer Schönheit und Würde keinen Abbruch. Sie trug ihr dunkles, vielleicht sogar schwarzes Haar aufgesteckt um ihr fein geschnittenes, schmales Gesicht. Vielleicht war es ihr liebevoller Blick, der die Ähnlichkeit mit meiner Mutter ausmachte.

Ich reckte mich zu meiner größtmöglichen Länge im Bett, und das sind fast ein Meter und siebenundfünfzig Zentimeter. Dann befragte ich den Wecker – und erschrak. Ich hatte das Frühstück verschlafen. Oder zumindest den Termin mit Tante Henrietta. Das spornte mich an, mich so schnell wie möglich aus den Federn zu erheben.

Als ich nach einer Katzenwäsche nach unten in den Frühstücksraum lief, entdeckte ich Tante Henrietta mit zwei anderen Gästen. Sie hatte ihr Frühstück bereits beendet und nickte mir nicht allzu ungnädig zu, als ich mich mit einer Entschuldigung zu ihnen setzte. Die Gäste an ihrem Tisch waren das Ehepaar Henderson, das vor zwei Tagen eingetroffen war. Offensichtlich hatten meine Tante und sie sich bereits gestern miteinander bekannt gemacht und gewisse gemeinsame Interessen festgestellt. Die beiden begrüßten mich freundlich, empfahlen sich aber dann gleich darauf.

»Margita, ich werde heute mit den Hendersons nach Inverness fahren. Hast du Lust mitzukommen?«

Nanu, kein gestrenger Befehl, meine Schuhe zu schnüren und mich reisefertig zu machen? Ich gönnte mir eine Sekunde der Verwunderung, dann machte ich von meiner Freiheit Gebrauch und antwortete: »Wenn es dir nichts ausmacht, würde ich lieber hierbleiben und wandern.«

»Wie du möchtest. Dann können wir gleich aufbrechen.«

»Natürlich, Tante Henrietta. Ich wünsche dir viel Vergnügen.«

»Mh.«

Erstaunlich. Ich hatte schon befürchtet, ich müsste während der ganzen Zeit für meine Tante da sein, und sie würde mir jede eigenmächtige Unterhaltung mit Missbilligung verderben. Aber diesmal hatte ich sie unterschätzt. Eigentlich dumm von mir. Tante Henrietta ist eine sehr selbstständige Person. Und nur weil der Ablauf unserer gemeinsamen Urlaube bisher immer durch das Programm fest vorgeschrieben war, hatte ich mir irgendwie nicht vorstellen können, dass sie auch allein für Abwechslung sorgen konnte.

Ich allerdings hatte das Problem, mir bei Tee und Toast eine Beschäftigung für den Tag auszudenken. Ganz heimlich wünschte ich mir natürlich, Ken ließe sich noch einmal blicken, damit wir vielleicht doch unsere Unterhaltung fortsetzen konnten. Aber zu dem Thema machte ich mir besser keine allzu großen Hoffnungen. Alternativ nahm ich mir vor, den alten Gärtner zu suchen und ihn zu überreden, mir die Geschichte der Ballade weiterzuerzählen, die er vorgestern vorgetragen hatte. Oder zumindest ein paar Fragen dazu zu beantworten. Ja, das war ein guter Plan.

Ich leckte mir gerade den letzten Krümel Marmeladentoast vom Daumen, als meine Pläne über den Haufen geworfen wurden.

»Na, na, wer wird denn mit dem Finger in das Marmeladentöpfchen stippen?«

»Ertappt. Ich weiß, mit meiner guten Erziehung ist es nicht weit her.«

Ken, in Jeans und weißem Hemd, stand neben meinem Tisch und grinste ein bisschen verlegen. Ich deutete ihm an, Platz zu nehmen, und er sagte entschuldigend: »Mit meiner auch nicht. Es ist unverzeihlich, dass ich unsere Verabredung nicht eingehalten habe. Aber wir haben noch zusammengesessen, um dieses vertrackte Computerproblem zu lösen. Das blöde Ding ist gestern vollständig ausgerastet. Wir haben alles Mögliche versucht, konnten aber nichts finden. Es ist zum Verrücktwerden. Und als ich dann auf die Uhr sah, war es schon halb eins. Ich dachte mir, du wärst wahrscheinlich ziemlich sauer zu Bett gegangen.«

»Ach, eigentlich nicht übertrieben sauer. Obwohl du

eventuell ein Wörtchen hättest fallen lassen können, als du mit deiner Freundin auf dem Weg durch die Halle beinahe über mich gestolpert bist.«

»Freundin? Oh, du meinst Gina. Asche auf mein Haupt. Kann ich das überhaupt wiedergutmachen?«

»Ich denke darüber nach.«

Ich bemühte mich, ein richtig grimmiges und unversöhnliches Gesicht aufzusetzen, aber leider bin ich keine begnadete Schauspielerin, und ich freute mich viel zu sehr, dass Ken sich doch wieder an mich erinnert hatte. Trotz der eleganten Gina.

»Dein langes Schweigen macht mich zittern, Margita. Ist es das Breitschwert?«

»Hervorragende Idee. Und da ich nicht so viel Kraft besitze wie die alten Kämpen, die das mit leichter Hand geschwungen haben, wird es eine ziemliche Metzgerarbeit werden.«

»Ich entdecke einen interessanten Zug an dir. Bist du immer so blutrünstig?«

»Oh, mindestens zweimal in der Woche.«

»Dann solltest du statt Marmeladentoast besser rohes Fleisch zum Frühstück essen.«

»Grrrrr.«

»Hübsche, spitze Zähnchen.«

»Wir sind albern, Ken. Die Damen Fitzgerald mustern uns schon sehr ungehalten.«

»Dann wollen wir sie von unserer Gegenwart befreien. Was hast du heute vor, Margita? Irgendeine Tantenbetreuung?«

Wir schlenderten durch die Halle und blieben am Kamin stehen.

»Meine Tante hat sich selbstständig gemacht. Sie will mit ein paar anderen Gästen nach Inverness fahren und dort vermutlich die Urlaubskasse verprassen. Da vorn an der Rezeption stehen sie.«

»Und tauschen gerade ihre letzten Euros um. Mach dich darauf gefasst, die nächsten Tage von trockenem Toast leben zu müssen.«

»Dann werde ich dich mit meinem berühmten Blick ›junger Hund, seit Tagen ohne Futter‹ anbetteln.«

Den Jammerblick hatte ich, wie man mir schon mehrfach versichert hatte, perfektioniert. Ich riss meine Augen weit auf und zog eine hungrige Miene.

»Um Himmels willen, Margita, hör auf damit. Ich leg dir gleich den Inhalt meiner Brieftasche zu Füßen.«

Tante Henrietta drehte sich um und erblickte mich. Ich winkte ihr lächelnd zu, aber sie sandte mir einen warnenden Blick. Ihre Meinung zu Urlaubsflirts hatte sie mir schon früher ausreichend zur Kenntnis gegeben. Aber umkehren und mich von Ken wegzerren konnte sie auch nicht mehr. Also hob sie kurz die Hand und nickte mir steif zu. Dann schloss sie sich den Hendersons an.

»Endlich frei!«, seufzte Ken theatralisch. »Und, was hast du heute vor? Ich meine, neben der netten Beschäftigung, mich mit dem Breitschwert zu verstümmeln? Darf ich dir das Instrument deiner Rache reichen?«

Ken wies auf das mächtige Schwert, das über dem Kamin hing. Es war ungefähr so lang, wie ich groß war, und schartig vom Alter und wahrscheinlich auch Gebrauch. Den Griff zierten zwei kämpfende Wölfe, ansonsten war es schmucklos.

»Wem mag das einst gehört haben?«

»Einem grauhaarigen Hünen von aufbrausendem Gemüt.«

»Und er hat nicht die Zwiebeln damit gehackt.«

»Nein, eher harmlose Reisende, die er dann anschließend beraubte.«

»Na, dann können wir nur hoffen, dass er nicht zum Clan der MacDuffnets gehörte.«

»Da wäre ich mir nicht sicher. Wegen des aufbrausenden Gemüts ... Du liebe Zeit, kann der sich aufregen.«

Wegen irgendetwas, vermutlich einer Kleinigkeit, putzte unser Hotelier soeben die junge Frau an der Rezeption runter, was das Zeug hielt.

»... habe Ihnen verboten, an die Kasse zu gehen. Sie wissen genau, dass ich das Geld zum Wechseln ...«

»Die Farbe lässt auf einen bedenklich hohen Blutdruck schließen.«

»Mh. Komm, wir verschwinden. Dem Mädel ist das sicher peinlich.«

»Ja, in Ordnung.«

Wir konnten ungesehen nur durch die Tür in den Gang zu den Zimmern verschwinden, darum standen wir plötzlich wieder vor der Nummer vierzehn.

»Soll ich mir noch mal deinen Laptop ansehen, Ken?«

»Glaubst du, du könntest mehr bewirken als wir?«

»Vielleicht. Ich meine, beim ersten Mal hab ich den Fehler doch auch gefunden, nicht?«

»Jetzt, wo du es sagst ... Tut mir leid, ich war ausgesprochen unfreundlich zu dir. Aber diese Programmfehler zerrütten langsam meine Nerven.«

»Schon gut, das kenne ich.«

»Du scheinst auch an einem Computer zu arbeiten.«

»An einem? Dutzenden.«

Er öffnete seine Tür und bat mich hinein. Das Räumkommando war schon da gewesen und hatte das Bett unter einer hübschen Quiltdecke versteckt. Das Zimmer wirkte zwar gemütlich, befand sich aber eindeutig im neueren Teil des Schlosses, während meines noch zu dem ursprünglichen Gebäude gehörte.

»Was heißt ›Dutzende‹?«

»Oh, ich arbeite in einem Softwarehaus. Im Support. Wir stellen Bürokommunikationsprogramme her.«

»Du? In der DV-Branche? Alles, aber das hätte ich nicht gedacht.«

»Danke für die Blumen.«

»Nein, ach ... Mist. Nur, du wirkst so ... so ...«

»Verträumt, unrealistisch, weltfremd ... Zutreffendes bitte ankreuzen.«

»Nein. Ach, entschuldige, ich glaube, ich habe dich einfach unterschätzt. Soll ich das Schwert holen?«

Ich musste grinsen. Nett war er, wenn er so verlegen wirkte.

»Ganz der edle Ritter. Das ist das Sorgenkind? Was hat er?«

Ich wies auf den Laptop auf dem Tisch vor uns.

»Ja, also gestern, gerade als ich für die Geschäftsführung ein paar Simulationen durchspielte, hat er ständig die Anwendung gewechselt. Weißt du, er hat auch eine Faxfunktion, und plötzlich hat er mir die Flugpläne ausgedruckt. Als hätte ich die Fax-auf-Abruf-Funktion angewählt.«

»Seltsam. Hast du nicht?«

»Nein, ich telefonierte mit meinem Chef. Aber das Handy hat auch gesponnen.«

»Na, sehen wir uns das mal an.«

Ken setzte sich und nahm das Gerät in Betrieb. Ich sah ihm über die Schulter.

»Besser, du lässt mich an den Computer.«

Er nickte, stand auf und zog einen zweiten Stuhl heran. Ich machte mich über das Menü her.

»Du hast mit dem Tabellenkalkulationsprogramm gearbeitet, vermute ich.«

»Mh.«

»Und was ist das hier?«

Ich klickte einen anderen Menüpunkt an und befand mich in einem üppigen Spieleverzeichnis.

»Oh, ähhh ...«

»Hier übt der Fachmann den Ernstfall. Wenn die Außerirdischen kommen ... Und da kämpft sich wirklich der heldenhafte Ritter durch das Burgverlies. Bisschen verspielt, der junge Mann, was?«

»Na ja ...«

Seine schwarzen Locken kringelten sich höchst verlegen um hochrote Ohren.

»Du weißt ja, man handelt sich mit solchen Spielen oft üble Viren ein.«

»Ja, ja.«

Ich musste kichern. Irgendwie erheiterte mich dieser verspielte Zug an dem arroganten Jungmanager. Das hatte ich schon immer vermutet – eigentlich waren das doch alles kleine Jungen, die auf große Helden mimten.

»Wir haben das Gerät aber überprüft. Es gibt keinen Virus.«

»Weißt du, solche Störungen sind zu neunzig Prozent Anwenderfehler. Zumindest habe ich in meinem Beruf diese Erfahrung gemacht. Zeig mir, womit du dich in der letzten Zeit beschäftigt hast.«

Eine ganze Stunde verbrachten wir konzentriert damit, alle Unwahrscheinlichkeiten durchzuspielen, dann gab auch ich auf.

»Ich finde nichts.«

»War ein Versuch. Es war lieb von dir, dass du deine Zeit dafür verschwendet hast. Aber wahrscheinlich gibt es hier irgendwelche atmosphärischen Störungen. Eine Art erweitertes Ozonloch oder so.«

Geistesabwesend nickte ich. Mir war plötzlich ein sehr absurder Gedanke gekommen. Von wegen der atmosphärischen Störungen. Was, wenn diese Geistererscheinung …?

»Du siehst nachdenklich aus. Hast du eine Idee?«

Meine vage Ahnung konnte ich ihm natürlich nicht mitteilen, dann würde er mich vermutlich als komplette Idiotin abtun. Aber mein Interesse war geweckt.

»Ich habe eine ganz, ganz fernliegende Möglichkeit gesehen. Du, Ken, wenn das noch mal auftritt, ruf mich doch bitte sofort dazu. Egal, wann es ist.«

»Das hört sich aber dringlich und geheimnisvoll an. Was vermutest du? Spukt es hier vielleicht?«

»Ich weiß nicht. Auf jeden Fall, ruf mich, wenn das Gerät wieder spinnt. Ich will das in Aktion sehen.«

»Du kannst dich ganz schön geheimnisvoll geben, was?«

»Das ist der Zauber, der eine schöne Frau ausmacht.«

»Und der Giftzahn ist auch noch nicht gezogen. Schluss mit dem Rumgespiele auf dem Computer, wir gehen vor dem Mittagessen noch eine Runde spazieren.«

»Den Ton kenne ich von Tante Henrietta her.«

»Wenn er dir nicht gefällt – wir gehen in der Halle einfach noch mal an dem Breitschwert vorbei.«

Gespenstischer Ausbruch

Er fing ganz friedlich an, dieser Tag. Ich trödelte auf meinem üblichen Rundgang durch das Revier. Alles langweilig und in Ordnung. Aber dann! Eben hatte ich die Küche kontrolliert und mit dem Gefühl ewigen Jammers die herrlichen unbeaufsichtigten Leckerbissen wahrgenommen, die mir seit Jahrhunderten verwehrt waren, da geschah es.

Eine kleine, räudige weiße Katze schlich sich durch die Hintertür herein und sah sich hungrig um. Kein schönes Tier. Die Flanken eingefallen, das weiße Fell struppig und ungepflegt. Aber eine meiner Art und als solche meiner gehobenen Aufmerksamkeit wert. Peggy, die dralle Küchenhilfe, entdeckte das Tierchen, als es gerade vorsichtig die Bratenplatte beäugte. Und, Ehre, wem Ehre gebührt, Peggys Herz ist so weit wie ihr Schürzenbund. Sie schnitt ein Stückchen von dem Yorkshire-Schinken ab und reichte es dem armen Wesen. Der Schinken verschwand, als würde er inhaliert.

Das wiederum entdeckte bedauerlicherweise unser MacDuffnet, der soeben in die Küche trat, um sich sein zweites Frühstück zu holen.

»Peggy, du dumme Schlampe! Was glaubst du, was ich für den Schinken bezahle? Wenn ich dich noch einmal dabei erwische, wie du ihn an herumstreunende Katzen verfütterst, dann kannst du deine Sachen packen«, blaffte er die arme Köchin an. Und dann, Schande über sein leeres Haupt, holte er mit dem Fuß aus und versetzte dem Kätzchen einen üblen Tritt. Es flog kreischend weit aus der offenen Tür hinaus.

Ich rastete aus!

In genau diesem Moment rastete ich aus!

Ich merkte, wie ich plötzlich vor lauter Wut den Raum auszufüllen begann, und all die vielen Geräte in der Küche, die ein Kribbelfeld hatten, rasteten mit mir aus.

Die Spülmaschine bekam Schaum vor der Klappe, aus dem Toaster eruptierten schwarze Kohlekrümel wie Asche aus dem Vesuv, die Mikrowelle schrillte Alarm und verteilte heiße Kartoffeln in der Küche. Die Rührmaschine schlug den Hefeteig schaumig, der elektrische Dosenöffner formte eine Dose Ananas zu einer dünnen Blechspirale, die Küchenuhr kam auf zweihundert Umdrehungen pro Minute. Der Kühlschrank fing an zu rattern, die Tür öffnete sich, Butter, Eier und Marmelade stürzten heraus. Die köchelnde Soße wallte auf und verdampfte zischend auf der Herdplatte, die

Hühner im Grill bekamen ein Schleudertrauma und streckten die öltriefenden Flügel weit von sich. Und dann heulte der Dunstabzug auf wie ein verwundetes Nebelhorn und saugte alles in seinen Schlund, was sich lose im Umkreis befand. Dazwischen hallten die schrillen Schreie des Küchenpersonals.

Es war das Inferno!

MacDuffnet, voll Hefeteig und Brotkrümeln, zog Stecker aus der Wand und suchte Schalter.

Ich verließ den Ort des Entsetzens, etwas abreagiert, aber noch immer voll Zorn. Auf meinem Weg durch die Halle flackerten die Lichter, und Glühbirnen brannten knallend durch. An der Rezeption ließ ich die Kasse klingeln und aufspringen und den Ventilator jaulend durchstarten. Geldscheine flatterten umher wie aufgescheuchte Spatzen. Dann landete ich draußen, und meine Energie war verpufft.

Dieser Katzenschänder, dieser schwarze Verbrecher! Verständlich, dass ich die Contenance verlor – tell me truly, I implore![14]

Findelkätzchen

Es hatte in der Nacht geregnet, und die Wege waren feucht. Ken und ich entschlossen uns, durch den Garten zu schlendern. Noch glitzerten Tröpfchen auf den Blättern, bildeten sich Pfützen in den Vertiefungen der

---

14 Sagt mir ernsthaft, flehe ich.

Pfade, und alles wirkte ordentlich und sauber gewaschen. Der Wind war frisch und voller Blütenduft. Ich fühlte mich sprudelig und leichtherzig.

»Wohin sind eigentlich deine Freunde heute unterwegs?«

»Zu einem Workshop in Inverness.«

»Musst du den nicht mitmachen?«

»Müsste ich schon, aber ich hatte keine Lust. Außerdem habe ich den üblen Verdacht, dass er wenig bringt und eher zu einem ähnlichen Resultat führt wie die Besichtigung der Brennerei.«

»Es ist schon ein hartes Leben, Absolvent einer renommierten *Business School* zu sein, was?«

»Einfach brutal.«

Wir waren an der Eibenhecke hinter dem Haus angekommen und blieben einen Moment stehen, um durch das schmiedeeiserne Tor zum See hinauszuschauen.

»Wie seid ihr eigentlich auf dieses ausgefallene Schloss gekommen?«

Ken zuckte mit den Schultern und meinte: »Zufall, reiner Zufall. Wir hatten vor zwei Jahren verabredet, uns in diesem Juni wiederzutreffen. Damals hatten wir uns ein umgebautes Gut in der Toskana gemietet. Weißt du, ich mache derzeit ein Job-Rotationsprogramm. Dabei bekommt man eine ganze Menge mit.«

»Entschuldige, das verstehe ich nicht. Was hat deine Firma damit zu tun?«

»Ach so, ich sollte das erklären. Es ist eine internationale Holding. Dazu gehören zwei Fluglinien, Immobilien, Freizeitanlagen, Hotels und so weiter. Wir wollen demnächst einen Zweig ›Romantic Lodges‹ aufmachen. Daher habe ich mich für solche historischen Orte interessiert.«

»Jetzt verstehe ich. Wollt ihr Drumnadruid Castle auch aufkaufen?«

»Nein, nein. Ich habe mich einfach angeboten, so etwas für unser Treffen ausfindig zu machen. Es gab verschiedene Möglichkeiten. Ein Schlösschen an der Loire, ein Chalet in den Bergen, eine alte Mühle in Holland. Aber mich hatte es auf den ersten Blick hierhin gezogen, als ich die Unterlagen sah. Und John-Tom kannte irgendwen, der schon mal hier war, darum hat er es organisiert.«

»Und dann diese Enttäuschung, als eine Herde vulgärer Busreisender vor der Tür lungerte.«

»Hast du eine andere Beschreibung für deine Begleiter?«

»Ich habe vor allem eine Beschreibung für arrogante Manager.«

Ich wurde leider schon wieder gereizt. Was war nur los mit mir? Sonst hatte ich mich doch viel besser im Griff.

Doch bevor unsere Unterhaltung ins bösartige Sticheln abglitt, ertönte ein schmerzliches Jammern unter den blassrosa blühenden Hortensien.

»Was war denn das? Bist du gerade dem Hotelgeist auf den Zeh getreten?«, fragte Ken, der damit netterweise meine letzte Bemerkung überging.

»Das hätte ich sicher bemerkt. Es kam unter dem Busch hervor. Hör mal.«

Wieder jaulte es kläglich. Schon lag ich auf den Knien, ohne an die feuchte Erde zu denken, die meinen Rock verschmutzte. Unter den dunklen Blättern sah ich es hell schimmern. Einen ganz kurzen Augenblick dachte ich wirklich an den Katzengeist, dann wurde mir aber sofort klar, dass es sich bei dem Geschöpf um eine völlig real existierende Katze handelte. Eine, die Schmerzen hatte.

Wenn ich etwas nicht ertrage, dann ist es ein leidendes Tier. Beherzt griff ich also zu, bekam einen Kratzer auf den Arm und dann ein weißes, zitterndes Fellbündel zu fassen. Ich drückte es an meine Schultern und redete sanft auf das Tierchen ein, wobei ich mit sachtem Druck über Stirn und Näschen strich. Das Zittern verebbte langsam, und das Kätzchen hörte auf, sich zu winden.

»Du magst Katzen?«

»Sehr. Du nicht?«

»Na ja. Zumindest lieber als Krokodile. Komm, setz dich auf die Bank, dann können wir uns den Findling mal ansehen. Als Musterbild eines gepflegten Haustigers kann er allerdings nicht durchgehen.«

Ich setzte mich nieder und nahm das Tier auf den Schoß. Es versuchte sich aufzustellen, knickte aber mit der Hinterpfote ein und klagte leise.

»Sie scheint verletzt zu sein. Ach du liebes bisschen, wie schaust du denn aus?«

Die Katze mochte vielleicht ein halbes Jahr alt sein, vielleicht auch etwas älter, das konnte man kaum beurteilen. Sie war furchtbar mager, das weiße Fell schmuddelig und struppig. Ein Auge war verklebt, ein Ohr eingerissen.

»Das Wichtigste wäre etwas Futter. Meinst du, es gibt noch was vom Frühstücksbüfett?«, fragte ich Ken. Es freute mich, dass er wenigstens ein paar mitleidige

Gefühle entwickelte. Spontan erklärte er sich bereit zu helfen.

»Bestimmt nicht. Eher was vom Mittagessen. Soll ich mich in die Küche schleichen?«

»Oh ja, wenn du das machen würdest …«

»Erspart es mir das Breitschwert?«

»Auf jeden Fall.«

Während er unterwegs war, redete ich weiter auf das Kätzchen ein und streichelte es vorsichtig. Trotz all seiner schlechten Erfahrungen mit der menschlichen Gattung schien es doch ein gewisses Vertrauen zu mir zu fassen.

Innerhalb kürzester Zeit war Ken zurück. Mit einem Teller dünner Roastbeef-Scheiben.

»Oh, gleich die Delikatessen? Ich hoffe, du hast dich nicht erwischen lassen.«

»Im Gegenteil. Eine milde Gabe von Ms. Peggy. Dieser Irrwisch scheint heute schon für Aufregung in der Küche gesorgt zu haben. Sie knurrte etwas höchst Unfreundliches über unseren Hotelbesitzer und gab mir das mit. Außerdem empfahl sie mir, einen Arthur Dougal mit dem Tier zu beglücken.«

»Oh, eine Superidee.«

»Kennst du den besagten Herrn?«

»Genauso gut wie du. Oder vielleicht etwas besser, denn du bist ziemlich hurtig eingeschlafen, als er seine Schauerballade angefangen hat. Hey, nicht meine Finger mitfressen, Süße.«

Mit verständlicher Gier verschlang die Katze das Fleisch.

»Der Barde?«

»Der Barde, der eigentlich so etwas wie ein Gärtner ist. Vermutlich wohnt er in dem Haus da hinter der Mauer.«

»Ms. Peggy scheint eine vernünftige Person zu sein. Dann wollen wir mal den Gärtnerbarden aufsuchen.«

Die Katze war mit ihrem Mahl fertig und leckte sich die Lippen. Unter ihren mageren Rippen konnte ich deutlich das gefüllte Bäuchlein spüren. Aber als ich aufstand und an ihr Hinterbein kam, jammerte sie wieder schmerzlich auf. Was für ein armer Wurm!

Ken ging voran und öffnete das Tor. Dahinter führte ein grasbewachsener Weg an dem alten Feldsteinhaus vorbei. Wir gingen dorthin und klopften an die Holztür. Drinnen scharrte ein Stuhl, und der Gärtner öffnete uns. Als er mich mit dem Kätzchen auf dem Arm sah, lächelte er spontan, und ich merkte, wie sich auch mein Gesicht verzog. Darum fiel es mir leicht, unsere Bitte vorzutragen.

»Das Kätzchen haben wir im Garten gefunden. Es ist verletzt, fürchte ich.«

Er nahm es mir vorsichtig ab und trat ins Innere.

»Kommt herein. Wollen sehen, was ihr geschehen ist.«

Ken sah sich neugierig um, aber ich widmete mich dem alten Mann und dem Tier. Er hatte es auf den Tisch gesetzt und untersuchte sehr vorsichtig und, wie mir schien, fachkundig das Hinterbein.

»Hat wahrscheinlich einen Tritt bekommen. Lasst es bei mir, ich kenne mich damit aus.«

»Das ist sehr nett von Ihnen. Ich mag es nämlich nicht, wenn Tiere schlecht behandelt werden.«

»Ich weiß, ich weiß.«

Er beugte sich wieder über die Katze, und ich betrachtete das als Aufforderung, ihn zu verlassen. Also zupfte ich Ken am Ärmel, und wir verließen das Haus.

»Du solltest dich umziehen, Margita. Du siehst aus, als hättest du eigenhändig auf Knien die Gartenanlage neu gestaltet.«

»Oh!«

Es war nicht zu leugnen, ich sah aus wie ein kleines Schweinchen, das eine besonders ergiebige Schmodderpfütze gefunden hatte.

»Wir sehen uns beim Mittagessen.«

Nächtliche Visionen

Nach dem Mittagessen erhielt Ken wieder einen Anruf seines Chefs, und er entschuldigte sich mit seiner Arbeit. Weil ich keine Lust hatte, allein durch das Moor zu streifen, unternahm ich einen kleinen Ausflug ins Umland. Bedauerlicherweise vermisste ich dabei etwas Gesellschaft. Und zwar ziemlich eindeutig die von Kenneth Mackey. Wenn ich es recht betrachtete, war ich auf dem besten Wege, mich in ihn zu verlieben. Mit Ken konnte man so schön herumalbern, wenn er vergaß, dass er ein aufstrebender Pfeiler der Geschäftswelt war. Er hatte sich etwas Jungenhaftes erhalten, nicht nur im Aussehen. Nach meinen Berechnungen musste er knapp an die dreißig sein. Aber sonst wusste ich natürlich wenig von ihm. Andererseits warnte mich ein leises Stimmchen auch davor, er könne vielleicht gar zu jungenhaft sein und mich einfach nur als Spielzeug betrachten. Ich zog das Stimmchen in Betracht, aber dann sagte ich mir, dass es in den nächsten Tagen nicht allzu viel ausmachen würde. Eine ernsthafte Romanze mochte ich mir sowieso nicht mehr so schnell antun. Dafür hing mir die demütigende Erfahrung mit Peter noch zu stark in den Knochen.

Immerhin hatten wir uns für den Abend verabredet. Wir wollten uns um kurz vor Mitternacht in der Halle treffen. Tante Henrietta hatte ich natürlich nichts davon gesagt. Sie war nämlich am frühen Abend zurückgekommen und hatte mir Vorhaltungen gemacht. Ich solle mich bei den Männern vorsehen. Ich war wieder in meine alte Rolle der gefügigen Nichte zurückgeglitten und hatte mich bemüht, ihr so wenig wie möglich zu widersprechen.

»Du bist erschreckend vertrauensselig, Margita.«

»Ja, Tante Henrietta.«

»Ich will nicht, dass du dich zum Gespräch der Leute machst.«

»Natürlich nicht.«

»Du schlägst meine Warnungen wie immer in den Wind, scheint mir.«

»Nein, Tante Henrietta.«

»Dann halte dich also gefälligst etwas zurück. Ein Urlaubsflirt ist nie etwas Dauerhaftes. Es wäre für dich viel besser, du würdest einen soliden Mann finden, der dich heiratet. So einen wie Peter.«

»Der will mich aber nicht heiraten, sondern Saskia.«

»Daran wirst du nicht ganz unschuldig sein.«

Das war der Punkt, an dem ich nicht mehr ganz so gefügig blieb. Es passiert äußerst selten, aber diesmal musste ich meiner Tante doch widersprechen.

»Tante Henrietta, das Kapitel ist für mich abgeschlossen. Und ich möchte eigentlich auch von dir dazu keine Vorwürfe mehr hören. Es war für mich demütigend genug, aber inzwischen bin ich ganz froh, ihn los zu sein. Du weißt doch, Peter und ich waren noch sehr jung, als wir uns kennengelernt haben.«

Tante Henrietta knurrte: »Ich hatte dich damals gewarnt.«

»Ich weiß, aber wahrscheinlich haben wir uns gerade deshalb eingebildet, fürchterlich ineinander verliebt zu sein. Wie es sich aber gezeigt hat, war das nicht von Dauer, weil wir einfach zu unterschiedliche Interessen entwickelt haben.«

»Mh.«

Und um gänzlich das Thema zu wechseln, fuhr ich fort: »Ich habe heute Nachmittag den Bus genommen und bin ein bisschen herumgefahren. Es gibt hier niedliche kleine Städtchen. Wir sollten sie mal gemeinsam aufsuchen und ein wenig bummeln.«

»Bei Gelegenheit. Lass mich allein, ich will ein paar Karten schreiben.«

»Ja, Tante Henrietta.«

Nach dem Abendessen schlenderte ich noch bis zur Dämmerung draußen herum und fand etwas abseits vom Schloss einen alten Friedhof. Er machte einen ganz unscheinbaren Eindruck, eine niedrige, halb zerfallene Feldsteinmauer zog sich darum, auf dem kurzen Rasen standen wahllos verteilt verwitterte Grabsteine. Keine Blumen, keine Grableuchten. Nur ein hohes keltisches Kreuz mit seinen wundervoll verschlungenen Ornamenten ragte dazwischen auf. Ich wollte mir die Mühe machen, ein paar Inschriften zu entziffern, aber Wind und Regen, Moose und Flechten hatten fast alles unleserlich gemacht. Es mussten sehr alte Gräber sein, wahrscheinlich der ursprüngliche Friedhof von Drumnadruid Castle. Nur auf einem Stein fand ich etwas Erkennbares. Allerdings keine Inschrift, sondern ein Wappen. Ein Turm mit Zinnen war es, den eine Distel kreuzte. Doch diese hier war keine Silberdistel, sondern die kugelige schottische Distel. Das mochte das Wappen der Schlossherren, der MacIains, gewesen sein.

Die Sonne ging unter, und es wurde kühl. Ich kehrte in die Halle zurück, sah mich schon mal nach Ken um, aber der schien sich immer noch in seinem Zimmer vergraben zu halten. Deshalb vertrieb ich mir die Zeit bis Mitternacht mit der Hotelgeschichte. Ein typisch schottisches Schicksal war damit verbunden.

Anfang des achtzehnten Jahrhunderts war ein jüngerer Sohn aus dem Clan der MacDuffnets nach Kanada ausgewandert. Ich wusste, das war nicht ungewöhnlich, denn das Land der Familie würde nur auf den ältesten Sohn übergehen, die jüngeren konnten sehen, wo sie blieben. Dieser besagte MacDuffnet hatte sein Glück als Pelztierjäger und später als Händler gemacht. Seine Familie blühte und wurde wohlhabend. Dann setzte, ausgelöst durch die historischen Romane von Sir Walter Scott, allenthalben ein lebhaftes Interesse für Schottland ein, und jeder, der es sich leisten konnte, wollte plötzlich dieses Land bereisen. So auch der Urenkel des alten MacDuffnet. Geschäftstüchtig, wie er war, witterte er bei seinem Aufenthalt eine Möglichkeit, mit dem Fremdenverkehr Geld zu verdienen. Er kaufte 1824 von der Familie Leveson-Gower die Ruine von Drumnadruid Castle auf. Die Leveson-Gowers waren reiche Kaufleute, die das Land zwei Generationen zuvor von der englischen Krone erworben hatten. Doch als die neuen Besitzer allmählich merkten, dass der karge Boden nicht den erwünschten Gewinn brachte, erhöhten sie die Pachten übermäßig, und eine neue Auswanderungswelle begann. Schließlich stießen die Leveson-Gowers es wieder ab, und so bekam MacDuffnet die Ruine recht günstig. Er restaurierte sie im Stil der viktorianischen Zeit – neugotisch. Auf diese Weise gelangten die Türmchen auf das vormals trutzige Gebäude.

Als Hotel wurde es bald ein Erfolg, denn viele Schotten und Iren, die in die Neue Welt ausgewandert waren, hatten es dort ebenfalls zu Geld gebracht und wollten nun die alte Heimat bereisen.

Ob damals schon der Katzengeist sein Unwesen getrieben hatte? Dazu stand nichts in den Beschreibungen. Bedauerlich, dass man die Herkunft eines solchen Gespenstes nicht so ohne Weiteres herausfinden konnte. Schließlich haben Katzen schon immer wie Katzen ausgesehen, und der Tartan ihres Pelzes zeigte auch keine Zuordnung zu einem bestimmten Clan.

Dann war es endlich halb zwölf, und ich schwankte zwischen Vorfreude und lang eingeübtem Zweckpessimismus. Wahrscheinlich würde Ken doch wieder nicht kommen. Seine Freunde und seine Arbeit waren ihm bestimmt wichtiger als ein mausiges Mädchen wie ich, das man darüber leicht vergessen konnte.

Oder?

Mein Magen machte einen kleinen Hopser, als ich ihn vor dem Kamin stehen sah.

»Hallo, hübsches Schlossgespenst. Gib dein Geheimnis preis.«

»Gleich, Ken, gleich. Siehst du diese Scheußlichkeit dort an der Wand?«

»Diese bezaubernde Schwarzwälder Arbeit? Das ist zwar ein deutlicher Stilbruch in der Gesamtgestaltung des Hauses, aber ich habe schon Schlimmeres gesehen.«

»Wart's ab.«

Der Minutenzeiger tat sein Werk, rückte auf die Zwölf, und das Türchen tat sich auf.

»Kommt draus jetzt ein Geist hervor?«

Quoth the raven: »Nevermore!«

»Nein! Das ist ja der Hammer!«

Ken plumpste vor Lachen auf das Sofa und zog mich mit. Ich gestehe, ich wehrte mich nicht besonders heftig. Und als ich in seine Augen sah, flackerte meine Sehnsucht auf wie ein trockenes Holzscheit im Kamin. Ich rückte ein winziges Stückchen näher an ihn heran. Das Lachen verschwand aus Kens Gesicht, und er sah mich neugierig an. Dann fasste er sacht mein Kinn und hob meinen Kopf.

Sehr zärtlich und vorsichtig war sein Kuss. Dann ließ er mich gleich wieder los.

»Gar kein Giftzahn«, flüsterte er.

Ein Glutbrocken im Kamin fiel knisternd durch den Rost, und rotes Licht ergoss sich über den grauen Feldsteinboden davor. Rotes Licht – rotes Blut. Ich sah rotes Blut über die Steine rinnen, und Entsetzen kroch meinen Rücken empor.

»Was ist, Margita?«

Ich starrte noch immer auf den Boden. Rotes Blut, Lachen davon, sie breiteten sich aus und nässten ein helles Gewand.

»Hast du doch einen Geist gesehen? Du zitterst ja.«

Rote Glut aus dem Kamin beleuchtete den Boden.

Ich versuchte mich zu fassen. Nichts als rote Glut im Kamin. Nichts anderes.

»N … nein, kein Geist. Ich … ich gehe jetzt besser.«

»Ja, gehen wir, es ist unheimlich in der leeren Halle.«

Ich riss mich so weit zusammen, dass ich aufstehen und mich zum Ausgang wenden konnte.

»Ich bin ein bisschen übermüdet. Ich habe in den letzten Tagen nicht viel geschlafen.«

»Übermüdet ist bestimmt richtig. Komm, ich bring dich zu deinem Zimmer.«

Tägliche Visionen

»Dieser Stoff war vermutlich eine Sonderanfertigung für einen Amerikaner. Genauso wie dieses schrille Tartan-Muster des Teppichbodens.«

»Findest du das nicht geschmackvoll? Mich beeindruckt es vor allem, wenn MacDuffnet seinen passenden Kilt dazu trägt.«

»Vermutlich hat er das Zeug in Asien fertigen lassen, und dort sind die Farbbezeichnungen ein bisschen durcheinandergegangen.«

»Und dann musste er eine ganze Rolle von dem Stoff abnehmen und hat sich vier hübsche Röcke daraus schneidern lassen.«

Ken und ich saßen nebeneinander in einem Bötchen auf dem See und tauchten ohne besondere Hast die Ruder ins Wasser.

»Für seine Frau, aber die hat sich geweigert, sie zu tragen, darum hat er sich scheiden lassen und trägt die seither selber auf.«

Ken alberte schon die ganze Zeit herum, die nächtliche Episode mit der Kuckucksuhr hatte eine Welle von Assoziationen bei ihm ausgelöst. Ich war darüber ganz froh, denn auf diese Weise ging er wenigstens nicht weiter auf mein komisches Benehmen ein.

Die Nacht hatte ich anschließend unruhig verbracht. Ich hatte gedöst, doch immer, kurz bevor ich einschlafen konnte, schreckte ich wieder auf in der Angst, noch einmal dieses Blut auf dem Boden zu sehen. Mit dem Verstand versuchte ich, mir das Geschehen so gut wie möglich zu erklären. Die Halle war alt, sicher war vieles darin geschehen, auch Mord und Totschlag. Aber das gab es an anderen Stellen ebenfalls und beeinflusste mich nicht. Nur diese letzte Erscheinung weckte in mir das Entsetzen, weil es auf eine unmittelbare Weise mich selbst zu betreffen schien.

Schließlich war ich dann aber doch eingeschlafen und

träumte von meiner richtigen Mutter. Es war ein beruhigender Traum, auch wenn ich mich nicht im Einzelnen daran erinnern konnte. Zumindest hatte ich meine gute Laune wiedergefunden, der warme Frühsommertag tat das Seinige dazu. Ich lächelte Ken an und fragte: »Wollen wir da vorn anlegen? Wir können eine alte Ruine weiter hinten aufsuchen.«

»Du bist der Boss. Ich kenne mich hier noch nicht aus.«

An dem schmalen Holzsteg machten wir das Boot fest und gingen an Land.

»Ziemlich warm heute, was? Beinahe tropisch.«

»Das Wetter scheint sich etwas sprunghaft zu verhalten. Hoffentlich gibt es keinen herzhaften Regenguss.«

»Dann löst sich die kleine Zuckerfee auf und zerrinnt im Gras.«

»Und du kannst mit gutem Gewissen deiner Freundin sagen, du hättest im Urlaub nicht genascht.« Da trieb mich doch ein kleines Teufelchen.

»Meiner Freundin ist das herzlich egal.«

Also war es doch Gina. Ich merkte, wie ich anfing, deshalb verschnupft zu sein. Ich erwiderte kurz: »Na, dann ist gut.«

»Nicht ganz, oder?«

»Geht mich nichts an, Ken.«

»Gina ist eine Kollegin, eine sehr gute Geschäftsfrau. Sehr perfekt und immer gut organisiert.«

»Schön. Freut mich, dass du sie bewunderst.«

»Sie würde nie mit zauseligen Haaren herumlaufen.«

»Im Büro mache ich das auch nicht.«

»Sie trägt immer gepflegte Designerkostüme und hat ein riesiges Appartement, ganz in Chrom und schwarzem Holz eingerichtet.«

»Guter Geschmack, vielleicht ein wenig kühl.«

»Sie kennt alle erstklassigen Restaurants.«

»Natürlich. Ich nehme an, sie hat noch nie einen schmierigen Hamburger aus der Hand gegessen, ist noch nie ungeschminkt zum Frühstück erschienen, und ihr Friseur verdient ein Vermögen an ihr. Eine rundum sympathische Person. Und was für eine Rolle spielt sie in deinem Leben? Wird sie einmal dekorativ an deiner Seite stehen, wenn du bei den Empfängen die internationalen Größen aus Wirtschaft, Militär und Kirche begrüßt?«

»Da isser wieder.« Ken grinste, und mich flog der Gedanke an, dass er mich ein wenig auf den Arm genommen hatte.

»Wer?«

»Der Giftzahn.«

»Ach so, ja, ein perfekt gepflegtes, ebenmäßiges Gebiss hat sie natürlich auch.«

»Selbstverständlich.«

»Ich verstehe, warum dieser Ausbund von Tugenden dich begleitet hat. Selbst bei der Blütenlese von Elite-Absolventen kann sie noch wahrhaft brillieren.«

»Nun, eigentlich sah das ihr Terminplan nicht vor – es bedeutet nämlich, dass sie ihre Arbeit im Stich lassen muss.«

»Ja, das verstehe ich.«

»Ich inzwischen auch. Sie ist nicht ganz so fies, wie ich sie geschildert habe, aber in den letzten Wochen habe ich den Eindruck gewonnen, dass es etwas Wichtigeres in ihrem Leben gibt als mich. Darum hat sich unsere Beziehung merklich abgekühlt. Aber jetzt bist du dran.«

»Ich? Womit?«

»Er ist groß, blond, breitschultrig. Hat einen Doktortitel in – sagen wir – archäologischer Sineologie und ist häufig zu Ausgrabungen in der Dschungelwildnis Südtibetestans unterwegs.«

»Gibt es archäologische Sineologie? Nun, dann wird es sich vermutlich so verhalten. Aber wenn er zu Hause ist, ist er der glühendste Liebhaber, den man sich vorstellen kann. Nur manchmal macht es mir etwas zu schaffen, das Bett immer mit ihm und zwei Pandabären teilen zu müssen.«

»Pandabären?«

»Ja, und einer davon heißt Saskia und wird demnächst mit Schleier und Blumenstrauß geschmückt an seiner Seite stehen und das Jawort brummen – pardon, hauchen.«

»Ah, ich verstehe. Wir werden diese Thematik nicht weiter vertiefen. Bitte, meine geschätzte Fremdenführerin, ist das da vorn die angekündigte Ruine?«

»Genau diese. Blair Rath Castle. Möchtest du dir eventuell ein wenig Bildung aneignen?«

»Muss ich?«

»Nun, wenn es deine geistige Kapazität überfordert ...«

»Eigentlich siehst du so nett aus.«

»Na gut, dann verrate ich dir nicht, dass das Schloss im dreizehnten Jahrhundert erbaut worden ist.«

»Schade. Du verrätst mir auch nicht, wie es damals hier aussah?«

»Nein, ich beschreibe dir nicht, dass es ein düsterer Wohnturm war, der auf einer Erhebung im Moor stand. Und auch nicht, dass er von Stallungen und einem Erdwall mit Palisaden umgeben war.«

»Ich werde also nie erfahren, welch grauenhaftes Schicksal diese Moorfeste ereilt hat?«

»Nie wirst du erfahren, dass nach der Niederlage der Schotten gegen die Engländer der hier lebende Clan der MacLeods ausgelöscht wurde und das Land an den mächtigen Chieftain MacKrief fiel, der die von den Engländern geplünderte und in Brand gesteckte Burg zur Ruine verfallen ließ.«

»Traurig.«

»Was?«

»Dass ich das alles nicht erfahre. Sag mal, woher weißt du solche Schauergeschichten?«

»Oh, ich habe ein paar Bücher gelesen. Was davon im Hotel ausliegt.«

»Und warum interessiert dich das so stark? Ich meine, ich lese solches Zeug auch, aber das bleibt bei mir irgendwie nicht richtig hängen.«

»Ich weiß auch nicht. Es muss an der Gegend liegen. Sie übt auf mich eine ungeheure Anziehungskraft aus. Schau, dort ist der Eingang gewesen. Das Moor rundherum hat man heute zum Teil trockengelegt; es wird früher viel gefährlicher gewesen sein, in das Haus zu gelangen, wenn man den Weg nicht kannte.«

Wir kletterten über die Steine und zerkratzen uns

an den Büschen und Ranken. Aber dann standen wir in der Mitte der Ruine.

»Das war der Kamin, vermutlich ähnlich wie der in unserem Hotel. Hier in der Halle hat sich das Leben abgespielt.«

»Heute spielt sich an dieser Stelle das Leben des Clans der MacBunnys ab.«

Eine Mutter mit zwei Kaninchenkindern lag dösend in der Sonne. Sie hatten uns noch nicht bemerkt.

Überhaupt war es seltsam still und drückend. Die Luft wirkte in der Mittagssonne wie Glas. Durchsichtig, doch wie mit Schlieren durchzogen. Nicht richtig hell, nicht richtig dunkel war es. Der alte weißhaarige Mann sprang von der Bank auf und sah mich an. Sein verwittertes Gesicht war gezeichnet von Narben und einem harten, lieblosen Leben. In seinen blutunterlaufenen Augen glomm ein wilder Funke. Seine mächtigen Schultern hoben sich, er ballte die Hände zu Fäusten und schlug mit ohnmächtiger Wut auf den Kaminsims ein.

»Margita? Margita! Hey, was ist?«

Ken hatte mich am Arm genommen, weil ich auf weichen Knien schwankte. Hätte er mich nicht gehalten, wäre ich vornübergefallen.

»Entschuldige … Das … das Wetter …!«

»Kreislaufbeschwerden?«

»Ja, so ähnlich.«

»Komm, setz dich dort drüben hin.«

Vorsichtig führte Ken mich zu einer Steingruppe.

»Es ist wirklich seltsam hier, weißt du. Einen Moment lang habe ich geglaubt, in dieser Ruine spuke es wirklich. Mir sträubten sich nämlich plötzlich sprichwörtlich die Haare.«

Ich hatte mich wieder einigermaßen gefangen und hörte mit Erstaunen Kens Schilderung. Sollte er etwa auch …?

»Es ist nicht direkt ein Spuk, Ken. Es ist eher so etwas wie eine Erinnerung«, versuchte ich vorsichtig.

»Du hast das auch gespürt?«

»Ich spüre so etwas häufiger. Nicht nur spüren, ich … ich kann das manchmal auch sehen.«

»Wahnsinn! Und was ist das? Sind es irgendwelche Halluzinationen, die wir gehabt haben?«

»Ich weiß nicht genau, was es ist. Aber – nun, ich denke, wir hinterlassen unser ganzes Leben lang Spuren in der Welt. Und ganz besonders heftige Gefühle verursachen auch besonders tiefe Spuren. Ich habe eben einen alten, sehr zornigen Mann gesehen. Er war so wütend, dass er den Kaminsims zertrümmert hat. Ich hätte ihm nicht gerne zu Lebzeiten begegnen mögen.«

Ken sah mich nachdenklich an. Aber er schien mich nicht gleich für eine komplette Spinnerin zu halten.

»Jähzorn und Wut, stimmt, so ähnlich war das Gefühl, das mir eben Angst eingejagt hat. Nun ja, diese Highlander waren nicht eben als sanfte Lämmlein bekannt, nicht?«

»Nein, sie hatten einen recht strengen Ehrbegriff. Und verletzter Stolz führt oft zu großer Wut. Dies hier ist ein Gebäude gewesen, in dem viele Generationen gelebt haben, geboren wurden und gestorben sind. Natürlich sind hier heftige Gefühle aufgetreten. Aber, warte mal, Ken. Ich habe noch etwas gesehen.«

Die Luft war immer noch stickig, aber mir ging es inzwischen wieder besser. Ich ging zu der Stelle, wo sich der Kamin befunden hatte, und tastete die verbliebene Umrandung ab. Moos war über die Mauern gewachsen, feine Wurzeln hatten sich in Risse und Spalten gezwängt, Blättchen und Blüten rankten sich um geborstene Steine.

»Hast du ein Taschenmesser dabei?«

»Nein, ich bin ein schlechter Pfadfinder. Kannst du das gebrauchen?«

Er reichte mir einen spitzen Stein. Mit diesem Hilfsmittel kratzte ich an einer Stelle am Kaminsims das Moos ab. Und richtig, meine Vermutung bewahrheitete sich. Nach und nach zeigte sich die Steinmetzarbeit darunter.

»Zwei Wölfe … Gut gemacht, Margita. Es ist das gleiche Wappen wie auf dem Breitschwert in der Halle.«

»Ja, nicht wahr. Ich denke, das Schwert stammt von hier. Es wird das Wappen der MacLeods sein. Und der zornige Alte war vermutlich einer der Chieftains.«

»Hochachtung, Margita. Mit deinen Fähigkeiten wärst du die ideale Gefährtin für jeden archäologischen Sineologen.«

»Mit oder ohne Pandabären?«

»Entschuldige.«

Ken stand vor dem Kamin und fuhr nachdenklich das Wappen mit den Fingern nach.

»Du sagtest, die MacLeods seien ausgelöscht worden?«

»So berichtet man.«

»Mh. Mir kribbeln die Finger.«

Nächtliche Pläne

Es interessierte mich als Kater natürlich stark, was mit dem verletzten Kätzchen passiert war. Nachdem sich meine Wut auf diesen niederträchtigen MacDuffnet verflüchtigt hatte, konnte ich mich sogar darüber amüsieren, zu welchen ungeheuren Taten ich in der Lage war. Es gab mir fast ein Gefühl von Körperlichkeit. Dabei hätte ich das schon viel früher haben können, wäre nicht dies Unbehagen gegenüber diesen Kribbelfeldern gewesen. Mein dummes Vorurteil entstand, als man vor Jahren Leitungen in die Wände gelegt hatte und ich vor diesem komischen Mauseloch im Mauerwerk saß, aus dem keine Maus kam. Natürlich musste ich meine Pfote hineinstecken – und das hatte ein gigantisches Kitzeln zur Folge gehabt.

Nun ja, ich suchte also nach der kleinen Katze. Sie war nach diesem hässlichen Tritt in den Garten geflogen. Das war das Letzte, was ich von ihr gesehen hatte.

Sorgfältig suchte ich das Gebüsch ab, aber dort war sie nicht mehr. Weit konnte sie hingegen nicht sein, und mir drängte sich ein unangenehmer Verdacht auf. Ob etwa Arthur Dougal sie …

Ungern, höchst ungern schlüpfte ich wieder einmal durch die dichte Hecke und die Feldsteinwand seines Hauses. Ja, er war da und das Kätzchen auch. Er beugte sich über sie und brummelte vor sich hin. Vorsichtig kam ich näher. Vielleicht war er zu beschäftigt, um mich wahrzunehmen.

»So, so, Silver. Gleich ist es gut. Schön stillhalten.«

Er wickelte einen Verband um das Hinterbein, und Silver ließ es sich, ohne zu zappeln, gefallen.

»Brrraves Mädchen, das rrrothaarige vom Schlosshotel.«

Das rothaarige Mädchen? Das spillerige etwa? Interessant. Die werde ich mir heute Nacht vornehmen. Ob sie dann wohl erstaunt ist – in this home by horror haunted?[15]

Gemischte Gefühle

Die Jagdgesellschaft war abgereist, die Alumni machten sich bereit, am nächsten Tag zurückzufahren. Tante Henrietta war mit den Hendersons zu einer Lesung aus den Werken von Sir Walter Scott unterwegs. Und ich?

Ich stand am Fenster meines Zimmers und sah mit gemischten Gefühlen nach draußen. Es war finsterste Nacht, eine dicke Wolkendecke war am Abend bereits aufgezogen. Hin und wieder flammten hoch über den Bergen lautlose Lichter auf und kündeten von einem nahenden Gewitter. Halb und halb wünschte ich es mir herbei, denn die drückende Schwüle des Tages hatte mich wirklich etwas mitgenommen.

Wenn ich ehrlich war, ärgerte ich mich auch über mich selbst. Morgen würde Ken mit seinen Freunden abreisen, und ich dumme kleine Ziege schlug mich mit

---

15 In diesem Haus von Angst durchspukt.

einem selbst gestrickten Herzeleid herum. Warum aber auch musste ich stundenlang mit ihm herumalbern, warum hatte ich mich ihm anvertraut, warum war ich so leichtsinnig gewesen, mich in ihn zu verlieben? Hätte ich auf Tante Henrietta gehört, hätte ich mich von ihm ferngehalten. Aber dann hätte ich auch nicht zwei Tage unbeschwerter Fröhlichkeit kennengelernt.

Seltsam, noch nie hatte ich jemandem in so kurzer Zeit so viel von mir erzählt. Heute Nachmittag, als wir hungrig von dem Ausflug zu der Ruine zurückkamen, hatten wir uns nach einem Imbiss unten an den Bootssteg gesetzt und die Füße in das eisige Wasser baumeln lassen.

»Wo ist eigentlich deine Tante? Sie scheint äußerst unternehmungslustig zu sein.«

Ich musste kichern, als ich daran dachte, wo ich sie zuletzt gesehen hatte.

»Sie hat sich mit den untersten Dienstboten gemeingemacht.«

»Nein.«

»Doch. Ich fasse es selbst noch nicht, aber als ich vorhin durch den Garten ging, hörte ich sie mit Arthur Dougal über die Rosenzucht fachsimpeln. Und wenn sie damit anfängt – nun, ich war froh, dass sie mich nicht bemerkt hat.«

»Ich wollte dich eigentlich schon die ganze Zeit fragen, Margita, warum machst du mit deiner Tante solche öden Butterfahrten mit? Du bist doch gar nicht der Typ dafür? Ich könnte mir viel eher vorstellen, dass du mit dem Campingbus durch die Lande reist.«

»Bin ich nicht der Typ für Bildungsreisen? Dann muss

ich in den letzten drei Tagen eine wundersame Wandlung durchgemacht haben. Bislang war ich immer ganz zufrieden damit, diese straff organisierten Touren zu machen. Ich habe nicht besonders viel Talent, etwas selbst in die Hand zu nehmen.«

»Na, ich weiß nicht. Ich glaube, du unterschätzt dich manchmal ganz schön, was?«

Diese Äußerung hatte mich nachdenklich gemacht. Wirkte ich denn so anders, als ich glaubte?

»Ich … ich gelte als ziemlich unselbstständig und verträumt, Ken.«

»Hat man dir eingeredet, was? Warum verträumt? Sensibel, das bist du sicher. Aber dieser hin und wieder auftauchende Giftzahn ist ganz von dieser Welt.«

»Dass ich verträumt bin, hat man mir nicht eingeredet. Weißt du, meine Mutter starb, als ich vierzehn war, meinen Vater kenne ich nicht. Tante Henrietta ist Mutters Schwester. Sie war schon Mitte vierzig, als sie mich zu sich nahm. Sie hat nie geheiratet, und ich habe mir eigentlich nie vorstellen können, dass sie mal verliebt war. Aber ich mag mich auch täuschen. Jedenfalls ist sie die langjährige, hoch geschätzte Mitarbeiterin des Herrn Bezirksvorstehers in unserer Stadt. Faktisch leitet sie das Amt, während meine Mutter Kinderbücher illustriert hat. Charakterlich waren die beiden Schwestern ein völliges Gegensatzpaar. Mutti war immer fröhlich, großzügig, manchmal leichtsinnig. Zumindest kommt mir das inzwischen so vor. Auf jeden Fall hat sie meine seltsame Veranlagung, diese Visionen zu haben, völlig ernst genommen. Und sie liebte auch geheimnisvolle Geschichten. Ihre Elfen und Kobolde,

Drachen und Gespenster waren immer liebevoll und meistens umwerfend komisch. Ich glaube, sie ist nie ganz erwachsen geworden in diesen Dingen. Darum hat sie auch diesem Mann vertraut …«

»Also hat dich deine Tante dann aufgenommen und dich zur Dankbarkeit erzogen?«

Es war lieb von Ken, nicht weiter nach den Dingen zu fragen, die ich nicht erzählen wollte. Mir reichte es, dass Arthur Dougal sie kannte.

»Ja, sie hat mich aufgenommen und versucht, zu meinem eigenen Besten, die Flausen aus mir herauszuschütteln. Ich fürchte allerdings, ganz ist ihr das nicht gelungen. Es ist aber nicht so, dass ich ihr böse wäre, Ken. Sie mag nicht das fröhliche Naturell meiner Mutter haben, aber sie hat mich auf ihre herbe Art auch gern. Und sie hat sich wirklich viel Mühe mit dem verstörten Geschöpf gegeben, das ich in den ersten Jahren war.«

»Und daher begleitest du sie auf diesen Gruppenreisen alternder Fräuleins … Hast du wenigstens eine eigene Wohnung?«

»Ja, natürlich. Tante Henrietta bestand darauf, mir eine zu suchen, als ich mit der Ausbildung begann. Und du? Ein karrierebewusster Jungmanager wird doch hoffentlich auch ein eigenes Heim haben?«

Mehr als das, was ich bereits erzählt hatte, wollte ich ihm doch nicht anvertrauen. Meine Unzufriedenheit mit meinem derzeitigen Beruf, meine Unfähigkeit, Freunde zu finden, meine Einsamkeit … Er sollte auch etwas von sich preisgeben.

»Oh, natürlich habe ich ein Appartement. Nicht genau das, was ich mit wünsche, aber es genügt im Moment. Ich bin viel unterwegs – Familienübel. Mein alter Herr ist Amerikaner, die Hälfte meines Lebens habe ich in den Staaten zugebracht. Die andere Hälfte in Flugzeugen, will mir manchmal scheinen.«

»Das könnte ich nicht. Ich brauche ein gemütliches Zuhause, in das ich mich verkriechen kann.«

»Irgendwann brauche ich das vermutlich auch. Meine Mutter jammert deswegen ständig mit mir und meinem Vater herum. Meine Schwester ist wenigstens ein bisschen sesshafter. Ihr hätte unser Hotel übrigens auch Spaß gemacht. Sie ist richtig spleenig, was alte Häuser angeht.«

Meine Füße wurden allmählich zu Eisklumpen in dem Wasser. Ich zog sie heraus und wies Ken auf das Schwarze hin, das sich am Himmel zusammenbraute.

»Wir gehen besser zurück, bevor das herunterkommt.«

»Einverstanden.«

Vor dem Hotel sahen wir die Engländer abreisen.

»Wie lange bleibst du eigentlich noch hier?«, fragte Ken.

»Noch acht Tage, bis der Bus uns wieder aufnimmt. Und du?«

»Unsere Gruppe reist morgen Mittag ab.«

»Oh, ach so.«

Dazu gab es nicht mehr viel zu sagen, und darum stand ich mit gemischten Gefühlen am Fenster und wartete auf das Gewitter.

Überraschende Besucher

Heute, an der Hotelrezeption

Frau Liebmann ist mit Empörung im Blick zum Speisesaal gestapft. Schade, ich hätte extra für sie eine große Portion *Scotch Haggis* vorbereiten lassen sollen. Sie war mit ihrer Nörgelei kurz davor, mir die Laune zu verderben. Aber gerade in diesem Augenblick hupt es draußen anhaltend.

Neugierig gehe ich zum Eingang. Ein uralter Jaguar steht in der Auffahrt, und ich sehe mich schon suchend nach einem Angestellten um, der den betagten Herrschaften beim Aussteigen helfen sollte, als die Beifahrertür aufgerissen wird und eine dunkelhaarige Frau mit blitzenden Augen herausspringt und auf mich zustürzt.

»Margita! Ha, siehst du unsere vornehme Kutsche? Hast du noch ein Zimmer frei für uns? Wenn nicht, macht auch nix, wir brauchen nur Platz für unser Zelt. Und ich hab dir eine Überraschung mitgebracht. Du wirst es nicht für möglich halten, was es ist! Wie geht's dir?«

Valentines Überschwang kann einem den Atem nehmen, aber mich stört es nicht. Ich erwidere ihre Umarmung aufs Herzlichste.

»Du bist doch schon eine Überraschung, Val. Komm rein, natürlich finden wir ein Zimmer für euch.«

Inzwischen ist auch Carl, ihr Mann, aus dem Jaguar gestiegen und zu uns gekommen.

»Vornehm!«, würdige ich das Gefährt.

»Ja, aber es säuft…«

»Ich habe keine Assoziationen…«

Wir gehen unter Gekicher nach drinnen. Und dort sitzt wie eine Statue unser Schlosskater auf der Rezeptionstheke.

»Nein! Margita! Träum ich, oder wach ich?«

»Du träumst nicht, der Herr des Hauses in Person.«

Meine beste Freundin, meine beredte Freundin, die nie um ein Wort verlegen ist, sieht sprachlos zu dem Kater hin, der hinunterspringt und ihr würdevoll ums Bein streicht.

Gespenstischer Frust

Ich mache es heute Nacht. Ja, heute Nacht, wenn der Donner kracht, wenn die Blitze das Zimmer schaurig erleuchten. Dann wird sich zeigen, aus welchem Holz sie geschnitzt ist, die spillerige Rothaarige.

Ich streifte voller Vorfreunde einige Stunden durch die Zimmer, verstellte einige Uhren, ließ spielerisch ein Radio jodeln, empörte einen fingernagelkauenden Jungen, dessen MP3-Player ich ein trommelfellzerreißendes Quieken entlockte, und brachte die Klimaanlage zum Schwitzen. Dann levitierte ich wieder in den Raum des Mädchens, um es eine Weile zu beobachten.

Sie hatte lange am Fenster gestanden und Trübsinn verbreitet. Dann war der Mann wiedergekommen, und sie sind zusammen weggegangen. Ich mag mich täuschen, aber als sie später zu Bett ging, verbreitete sie keinen Trübsinn mehr.

Jedenfalls ließ das Gewitter auf sich warten, und erst lange nach Mitternacht rumpelte es richtig los. Es ist ein prächtiges Schauspiel, wenn der Donner von den Bergen widerhallt. Die Luft knistert vor Spannung, und das hilft mir, eine besonders dichte Form der Erscheinung anzunehmen.

Ich setzte mich an das Fußende und konzentrierte mich. Das Mädchen drehte sich unruhig im Schlaf herum. Ein herrlicher Donnerschlag – sie wachte auf.

Und sah mich an.

Ich schwebte langsam höher und näher.

»Hallo, Katzengeist. Lieb von dir, mich zu besuchen. Magst du Gewitter?«

Was? Waaas? Ich fass es nicht. Ich begreif es nicht.

Ich probierte ein zähnefletschendes Fauchen.

»Na, na, alter Freund. Keiner tut dir was. Komm näher, damit ich dich besser ansehen kann.«

Pfeifendeckel! Ich schwirrte nach oben ab und blieb mit glühenden Augen unter der Decke hängen.

»Vergiss es, Kätzchen. Ich hab keine Angst vor Gespenstern. Schon gar nicht vor so niedlichen wie dir.«

Niedlich? NIEDLICH? Ja, wo waren wir denn? Hier hatte Angst und Grauen zu herrschen! Ich musste wahrscheinlich noch etwas aufdrehen, was?

»Nun blas dich nicht so auf, Junge. Sag mal, woher kommst du? Gehörst du zu dem Schloss?«

Das war ja frustrierender als dieser blöde Kuckucks-Rabe!

Da zieh ich lieber übers Moor – merely this, and nothing more.[16]

Die adoptierte Cousine

Das Gewitter in der Nacht sollte sich als bedeutungsschwanger herausstellen. Ich war nicht nur dem Schlossgespenst ausgesprochen nahe gekommen, es brachte auch Valentine in mein Leben.

Ich war ungewöhnlich früh wach geworden und fand sogar Vergnügen daran. Mit einem Satz voller Energie sprang ich aus dem Bett, öffnete das Fenster weit und schnupperte – ahh! Die Luft war feucht, noch regenschwer von dem nächtlichen Gewitter. Doch über den dunstigen Wiesen erhob sich schon die Morgensonne und färbte die grauen Felsspitzen rotgolden. Und über allem schwebte der süße Duft von gerade aufbrechenden Blüten.

Es war nicht besonders schwer, die Ursache meiner guten Laune zu benennen. Hatte sich doch gestern Abend Ken noch einmal bei mir eingefunden und mich überredet, auf eine Pub-Tour mitzugehen. Eigentlich wollte ich mich nicht seinen Freunden anschließen, aber dann war die Gesellschaft doch sehr nett geworden. Gina begleitete uns nicht, sie hatte zu arbeiten. Schön für sie.

In der bierdunstgeschwängerten, urigen Kneipe ent-

16 Einfach da, und sonst gar nichts mehr.

spannte ich mich etwas. Doch meine Stimmung hob sich endgültig, als Ken beiläufig erwähnte, er wolle noch eine Woche Urlaub anhängen. Das gab Anlass zu spöttischen Bemerkungen, aber ich hatte meinen neu erworbenen Giftzahn parat und setzte ihn zur offensichtlichen Erheiterung der Jungs ein. Wir fingen an, ein richtig kameradschaftliches Verhältnis zu entwickeln.

Als wir dann zum Hotel zurückkamen, brachte mich Ken noch bis zu meinem Zimmer und gab mir einen – na ja, kameradschaftlichen – Kuss. Komischerweise verlangte es mich nicht nach mehr, obwohl ich eigentlich alle sonstigen Symptome des Herzflatterns in mir vereinte. Dennoch war mir die verständnisvolle Art unserer Freundschaft zu wichtig, um sie in einem Taumel von Leidenschaft zu ersticken.

Jedenfalls ging ich mit hoffnungsvollen Gedanken unter heftigem Wetterleuchten zu Bett und schlief auch gleich ein. Als dann das Gewitter losbrach, wurde ich natürlich wieder wach. Es krachte herrlich, und dann kam dieser Katzengeist. Der war wirklich eine Sensation. Aber warum sollte sich eine Gespensterkatze auch nicht wie eine ganz normale körperliche Katze verhalten? Es war eigentlich zu erwarten, nichtsdestotrotz wirkte es ungewöhnlich. Vor allem, weil der arme Geist mit angelegten Ohren und entsetztem Fauchen Angst vor mir zu haben schien – verrückte Welt.

Die Sonne stieg höher, es ging auf halb sieben zu, und das Leben im Hotel würde gleich beginnen. Ich beschloss, vor aller Betriebsamkeit noch eine Runde durch den Garten zu machen, um die wundervolle Luft zu genießen.

Ich kam nicht dazu. Gerade als ich aus der Halle trat, fuhr ein Fahrzeug mit deutschem Kennzeichen vor. Eine Campingausrüstung war wahllos auf den Dachgepäckträger gezurrt, die beiden Insassen sahen aus, als hätten sie in der Badewanne übernachtet.

»Ich weiß nicht, Valentine. Das ist ein Schlosshotel, und so, wie wir aussehen ...?«

Das Paar, das ausgestiegen war, sah sich zweifelnd um. Aber dann zuckten sie mit den Schultern und gingen, ohne mich zu bemerken, hinein. Ich muss gestehen, eine gewisse Neugier hielt mich an meinem Platz fest.

MacDuffnet kam auf ihr Klingeln zur Rezeption, und so, wie er die leicht verwahrlosten Gestalten begutachtete, hielt er sie offensichtlich für glitschige Regenwürmer oder ein ähnlich ekelerregendes Geschleim.

»Wir sind heute Nacht von dem Gewitter überrascht worden, und unser Zelt ist weggeschwommen. Können wir bei Ihnen für zwei Tage ein Zimmer haben?«

MacDuffnet produzierte wieder die drei tiefen Querfalten auf seiner Stirn und blätterte gewichtig in seinem Gästebuch. Dem Mieselpriem traute ich zu, dass er die beiden halb ertrunkenen Würmer wegschicken oder einen horrenden Preis verlangen würde. Ich empfand Mitleid mit den beiden. Wahrscheinlich Studenten, knapp bei Kasse.

»Tut mir wirklich leid, meine Herrschaften, aber wir sind völlig ausgebucht.«

Aha. Wenn ich es nicht besser gewusst hätte. Ich überlegte kurz – wie hatte der Mann seine Begleiterin genannt? Valentine.

»Valentine! Nein, das gibt es doch nicht! Valentine, wie kommst du denn hierher?«

Die dunkelhaarige Frau drehte sich um, einen winzigen Moment war Erstaunen in ihrem Gesicht, dann – sie reagierte wirklich schnell – brach der Schalk durch, und sie stürzte mit allen Anzeichen glücklichen Wiedererkennens auf mich zu.

»Cousinchen! Was für ein Zufall. Machst du auch Urlaub hier? Du hättest mich anrufen sollen …!«

»Noch eine ganze Woche. Bleibt ihr im Hotel? Es müssen massenhaft Zimmer frei sein«, tönte ich so laut wie möglich, damit MacDuffnet es auch wirklich verstand. »Gestern ist eine ganze Gruppe abgereist.« Dann drehte ich mich mit einem strahlenden Lächeln zu dem Hotelbesitzer um und bat ihn: »Können Sie den beiden nicht ein Zimmer auf meinem Gang geben?«

Es blieb MacDuffnet nicht sehr viel mehr übrig, als seine Querfalten zu glätten und mit einigermaßen Würde seine Niederlage einzugestehen. Aber er warf mir einen ausgesprochen giftigen Blick zu. Vermutlich war bis hinter seine gerunzelte Stirn vorgedrungen, dass es etwas befremdlich sein mochte, wenn sich zwei deutsche Cousinen lautstark auf Englisch begrüßten. Aber er konnte wohl nicht recht den Finger drauflegen, was ihn irritierte.

»Sie kennen diese Herrschaften?«

»Sicher. Ist das nicht ein Zufall, in einer abgelegenen Gegend wie dieser seine Verwandten wiederzutreffen?«, säuselte ich rücksichtslos.

Er räusperte sich, vermutlich traute er mir nicht. Aber er hatte keine andere Möglichkeit, als den beiden ein Zimmer zu geben. Während der Mann die Abwicklung übernahm, flüsterte Valentine mir rasch zu: »Wie heißen Sie?«

»Margita May.«

»Danke, vielen Dank. Wir sehen uns bestimmt gleich noch.«

Die ersten Gäste schlenderten durch die Halle zum Frühstücksraum und musterten teils amüsiert, teils missbilligend den seltsamen Aufzug, den die beiden Neuankömmlinge boten. Ken kam ebenfalls die Treppe hinunter und direkt auf mich zu.

»Hallo, Margita. Du siehst aus wie ein Eichhörnchen, das mit einen Nussknacker gerauft hat.«

»Eichhörnchen?«

»Hast du mal in den Spiegel geschaut?«

»Nein, wenn du so fragst. Oh, und gekämmt habe ich mich mit allen zehn Fingern.«

»Und irgendwas ausgefressen hast du auch schon. Hat MacDuffnet deinen scharfen Zahn zu spüren bekommen? Sein Blick ruhte nicht eben liebevoll auf dir.«

Ken nahm mich am Arm und steuerte Richtung Speisesaal. Dort traf gerade Tante Henrietta ein und winkte mich zu sich.

»Guten Morgen, Margita. Ich habe oben auf dich gewartet. Ich wusste nicht, dass du heute Morgen schon eine andere Verabredung hattest.«

»Entschuldige, Tante Henrietta.«

»Kommst du an meinen Tisch?«

»Nein, Tante Henrietta.«

»Nicht, so, so. Du willst vermutlich mit diesem jungen Mann zusammensitzen.«

»Ja, Tante Henrietta. Da vorn versuchen die Hendersons deine Aufmerksamkeit zu erregen.«

»Schon gut. Wenn du ein paar Minuten für mich erübrigen kannst, möchte ich dich nach dem Frühstück in meinem Zimmer sehen.«

»Ja, Tante Henrietta.«

Sie nickte Ken äußerst kühl zu und drehte zu den Hendersons ab.

»Puh! Gibt das nachher eine Strafpredigt?«

»Vielleicht, vielleicht auch nicht. Sie ist immer so kurz angebunden. Und vor einem unüberlegten Urlaubsflirt hat sie mich schon vor Tagen eindringlich gewarnt.«

»Flirtest du unüberlegt mit mir, Margita?«

»Nein, mit ernsthaftester Überlegung.«

»Das beruhigt mich. Und erzähl endlich, welchen Tort du unserem edlen MacDuffnet angetan hast.«

Ich tat es.

Tante Henrietta wirkte erstaunlich entspannt, als ich zu ihr ins Zimmer kam. Sie hatte einen Tartan-Faltenrock an, den ich an ihr noch nie gesehen hatte.

»Warst du einkaufen in Inverness?«

»Ja, ich habe mir ein paar Kleinigkeiten erstanden. Diese Sachen sind erstaunlich preiswert für ihre Qualität. Arthur Dougal hat mich darauf gebracht.«

»Der Gärtner?«

Tante Henrietta setzte mich in Erstaunen, so leicht schloss sie gewöhnlich nicht Freundschaft.

»Er ist ein hochintelligenter Mann, wir haben uns sehr angeregt unterhalten. Wusstest du, dass er jahrelang im People's Palace in Glasgow gearbeitet hat?«

»Nein, Tante Henrietta. Was ist der People's Palace?«

»Eine Art Gewächshaus für exotische Pflanzen. Er scheint dort einige Anerkennung gefunden zu haben. Kann gut mit Pflanzen umgehen.«

»Dann habt ihr etwas gemeinsam. Es wundert mich allerdings, warum er sich dann hier verkriecht.«

»Oh, er hat vor ein paar Jahren das schottische Hochland bereist und ist dann hier hängen geblieben. Die Landschaft am Loch Naw hat ihm gefallen. Der Garten war völlig verwildert, darum hat er den Hotelbesitzer gefragt, ob er in dem Kutscherhäuschen wohnen und sich um die Anlage kümmern kann.«

Mein Erstaunen wuchs weiter. Tante Henrietta hatte sich wirklich intensiv mit dem Mann beschäftigt. Ein Hauch Belustigung flog mich an. Sollte ihre seltsame Milde etwa auf einen unüberlegten Urlaubsflirt zurückzuführen sein? Aber selbstverständlich unterdrückte ich eine diesbezügliche Bemerkung.

»Ja, ich finde ihn auch nett. Er hat sich gestern einer kleinen verletzten Katze angenommen.«

Ich berichtete von dem Vorfall, und meine Tante nickte nur dazu.

»Warum ich mit dir sprechen wollte, Margita …«

»Ja, Tante Henrietta?«

»Ich … also, uns ist vorgestern etwas sehr Unangenehmes passiert. Als ich in Inverness meine Einkäufe bezahlen wollte, stellte sich heraus, dass eine meiner Zehnpfundnoten gefälscht war. Ich weiß nicht, wie das passieren konnte, aber es war außerordentlich peinlich für mich. Du solltest auf jeden Fall deine Barschaft überprüfen lassen.«

»Wie scheußlich. Aber mir fällt gerade ein, ich habe neulich in der Zeitung gelesen, in Edinburgh sei Falschgeld aufgetaucht. Vielleicht hat einer der Gäste versehentlich mit solchen Scheinen im Hotel bezahlt.«

»In Edinburgh. Gut, dass du es mir sagst. Ich werde nämlich für zwei Tage einen Ausflug dorthin unternehmen. Ich vermute, du wirst mich nicht begleiten.«

»Wenn es dir nichts ausmacht, Tante Henrietta ...«

»Ich finde zwar deine Kumpelei mit den jungen Männern nicht sehr geschmackvoll, aber du bist alt genug, um auf dich selbst aufzupassen.«

»Ja, Tante Henrietta.«

»Grins mich nicht so an.«

»Nein, Tante Henrietta.«

»Margita, du entwickelst dich zu einem sehr vorlauten Mädchen. Und sag nicht wieder in diesem impertinenten Tonfall ›Ja, Tante Henrietta‹!«

»Nein, T...«

»Margita!!!«

Ich bemühte mich wirklich, einen ernsten Gesichtsausdruck zu behalten. Aber mir müssen doch die Züge entglitten sein. Tante Henrietta stand auf und zog sacht an meinem Ohr.

»Du erinnerst mich in den letzten Tagen sehr an deine Mutter. Der saß auch immer der Schalk im Nacken. Aber das ist besser als deine verträumte Schusseligkeit. So, und ich packe jetzt ein paar Sachen zusammen. Wir fahren um elf und sind morgen Abend wieder zurück.«

»Wer ist wir? Arthur und du?«

»Kind, übertreib es nicht. Die Hendersons und ich natürlich.«

»Natürlich. Ich wünsche dir viel Spaß.«

»Mh.«

Damit war ich entlassen. Unbotmäßig vergnügt ob meines tantenlosen Zustands, nahm ich mir noch einmal vor, in den sonnigen Garten zu gehen.

Diesmal mit Erfolg, denn auf dem Weg dorthin traf ich meine frisch adoptierte Cousine, bis zur Unkenntlichkeit verändert. Erstaunlich, was eine Dusche, etwas Make-up und frische, trockene Kleidung bewirken.

»Frau May, warten Sie«, rief sie mir zu. Ich blieb stehen und wartete, bis sie mich eingeholt hatte.

»Noch mal vielen Dank für die kleine Komödie vorhin. Ich glaube, der Hotelbesitzer hätte uns Landstreichern ansonsten kein Obdach gewährt. Verständlich eigentlich. Ich war entsetzt, als ich in den Spiegel sah. Aber heute Nacht hat es gewittert, und wir haben nur ein Minizelt, das wir in so einer blöden Kuhle aufgeschlagen hatten. Dieser sintflutartige Regen hat uns im Schlaf überrascht. Wir waren plötzlich eine einsame Insel inmitten eines kleinen Sees, und das Wasser schwappte fröhlich in das Zelt hinein. Es hat uns völlig durchweicht. Den Rest der Nacht mussten wir retten, was zu retten war, und haben dann die letzten Stunden feucht und mit klappernden Zähnen im Auto verbracht. Was auch kein Spaß war, denn die Tür ist undicht, und es tropfte und tropfte.«

»Wie grässlich. Aber Sie haben trotzdem unheimlich fix reagiert, Cousine Valentine.«

»Ich heiße Val Tinker und mein Mann Carl, mit C. Aber wenn Sie nichts dagegen haben, können wir unseren entfernten Verwandtschaftsgrad gerne beibehalten.

Mir fehlt nämlich eine Cousine. Meine ungeratene Familie produziert am laufenden Band männliche Nachkommen.«

»Ich habe zwar eine Tante, aber die ist auch nicht besonders produktiv in dieser Hinsicht. Also dann, willkommen, Val.«

»Fein. Bist du schon länger in dem Hotel mit dem unaussprechlichen Namen?«

»Wir sind hier vor einer Woche gestrandet.«

Wir schlenderten nebeneinanderher in den Garten, und ich erzählte ihr von den Widrigkeiten des Schicksals, die Tante Henrietta und mich in Drumnadruid Castle festgehalten hatten. Val brach unablässig in Gelächter aus, als ich von den Missgeschicken berichtete. In diesem Licht betrachtet, erschien mir die ganze Angelegenheit ebenfalls überwältigend komisch, und daher kicherten wir in verwandtschaftlichem Einvernehmen vor uns hin, als sich Ken zu uns gesellte.

»Ah, die eingeschmuggelte Zigeunerin.«

»Hallo! Sind Sie ein Cousin von mir?«

»Ich fürchte, nein, aber vielleicht sollten wir unsere Stammbäume vergleichen. Irgendwo wird sich schon was finden lassen.«

»Spätestens bei Adam und Eva.«

»Na, das reicht doch, oder? Ich finde das übrigens fantastisch hier. Ich denke, ich sollte Carl überreden, ein paar Tage zu bleiben. Diese Abenteuerfahrten mit dem Zelt haben zwar einen anregenden Touch von Unabhängigkeit, aber dieses Klima birgt niederschmetternde Überraschungen. Wir sind schon über zwei Wochen unterwegs, von Südengland herauf. Ich könnte eine gepflegte Unterkunft gebrauchen, bevor wir zurückfahren müssen. Zwei, drei Tage sollten wir einfach im Hotel unterschlüpfen. Was gibt es denn Interessantes in der Umgebung?«

»Oh, eine alte Burgruine, einen Golfplatz, Angelwasser und einen furchtbaren Schlossgeist mit glühenden Augen. Und, nicht zu vergessen, den Raben Nevermore!«

»Das wird ja immer faszinierender. Erzählt!«

Der Geist der Distelblüte

Dieses Mädchen, also wirklich. Ich kam die halbe Nacht nicht darüber hinweg. Und anschließend war ich sehr vorsichtig, als ich mich auf meinen Rundgang im Schloss machte. Kein Geist wird gerne gesehen, wenn er nicht gesehen werden will. Und schon gar nicht so einfach angesprochen.

Aber die Neugier, die Neugier. Darum wartete ich, bis sie mit der anderen Frau plappernd abgezogen war, und inspizierte dann etwas genauer ihr Zimmer. Eigentlich gab es nichts Bemerkenswertes. Ein bisschen unordentlich, die Kleine. Ich fand rote Locken, die sich in der Haarbürste kringelten, ein paar ungeputzte Schuhe, drei aufgeschlagene Bücher, alle über die Geschichte Schottlands oder das Hotel. Ein ungesundes Interesse an dieser Materie. Aber nichts Belastendes, was auf ungewöhnliche Kräfte schließen ließ. Als Nächstes suchte ich daher das Zimmer ihrer Tante auf.

Dann allerdings fand ich etwas, das mich tief erschütterte.

Schon zu Lebzeiten haben mich Schränke, Truhen, Kisten und Kästen ungemein angezogen. Einer der wenigen Vorteile meiner jetzigen Existenzform ist es, mit Leichtigkeit in solche Behältnisse eindringen zu können. Ich durchsuchte also den Kleiderschrank. Im Gegensatz zur Nichte sehr ordentlich, die Tante. Alles sauber auf Bügeln oder in Stapeln zusammengefaltet. Auch die Pullover. Und plötzlich spürte ich ein wundersames Ziehen. Es zog mich, ja, es riss mich geradezu in Richtung eines dunkelblauen Kaschmirpullis, an dessen Ausschnitt eine Brosche steckte.

Alle Mäuse! Heilige Bastet! Ich wollte meiner Wahrnehmung erst nicht trauen, aber – kein Zweifel – es war die Gewandnadel. Die Silberdistel, die ich zuletzt vor über zweihundertfünfzig Jahren gesehen hatte. Nicht der Hauch eines Zweifels bestand da. Denn als ich mich auf sie konzentrierte, fing sie im Dunkel des Schranks an zu schimmern und zu leuchten.

Wie kam die Gewandnadel meiner alten Freundin Margaret MacIain an den Pullover dieser Frau?

Ich war so erschüttert, ich geisterte wie verrückt in dem Raum hin und her, ohne auf die Konsequenzen zu achten. Peinlicherweise überraschte mich dabei das Zimmermädchen, gerade als sich durch meine Aufregung die Gardinen vor dem geschlossenen Fenster blähten. Sie sah mit schreckensstarrem Blick auf die Vorhänge, die sich plötzlich vor ihrer Nasenhöhe befanden. Dann kreischte sie und rannte jaulend auf den Flur.

»Der Geist geht um!«, quakte sie. »Hilfe, es spukt!« Dumme Ente.

Warum nimmt sie's nicht mit Humor? 'Tis the wind, and nothing more![17]

Blutige Rosen

»Eine Katze? Ich liebe Katzen. Wir haben zwei. Ach, wie ich die vermisse. Sie sind bei den Nachbarn, und ich weiß, die sorgen gut für sie. Aber das ist wie eine Sucht. Carl lästert schon immer, ich würde im Urlaub mit jeder streunenden Katze flirten.«

»Er soll froh sein. Besser als mit jedem herumstreunenden Mann.«

»Ich bin auch froh darüber, auch wenn ich anschließend von Flohbissen übersät bin. Guten Morgen allerseits.«

»Das ist Carl. Dein angeheirateter Cousin, Margita.«

»Die Verwandtschaft mit Valentine scheint zwangsläufig. Ich erkenne eine nahe charakterliche Ähnlichkeit.«

»Wie hässlich, Carl. Meinen Charakter reißt er nämlich so häufig in Fetzen, dass ich mir gar nicht mehr sicher bin, ob ich überhaupt noch einen habe.«

»Valentine, ich bezog das auf die eine erfreuliche Seite deines Wesens – die spontane Hilfsbereitschaft.«

---

17 Das ist der Wind, und sonst nichts.

»Merci. Die eine erfreuliche Seite.«

Auch Carl hatte sein Aussehen verbessert. Es erinnerte nichts mehr an die Nacht in einem feuchten Zelt.

»Ja, aber was ist denn mit dem Kätzchen passiert?«

»Ich wollte mich heute Morgen danach erkundigen. Wir haben es dem Gärtner gebracht. Möchtest du mitkommen, wenn wir ihn besuchen?«

»Klar. Wo ist das?«

»Geht ihr zwei allein, Arthur Dougal wird sich bedanken, wenn ihm vier Hotelgäste die Bude stürmen. Kommen Sie, wir gehen zur Anlegestelle hinunter.«

Ken verschwand mit Carl, und Val begleitete mich zu dem Feldsteinhaus hinter der Hecke. Arthur öffnete nicht auf unser Klopfen.

»Vielleicht ist er unterwegs?«

»Oder weiter hinten im Garten. Es gibt eine Stelle, wo wundervolle Rosen wachsen. Mir scheint, das sind seine Lieblinge. Ich hörte ihn neulich mit meiner Tante fachsimpeln. Dabei schwang so etwas wie unterdrückte Leidenschaft mit.«

»Na, dann wehe dem Gast, der unbedarft eine Blüte bricht. Am nächsten Tag wird er vermisst, und Jahre später findet man seine Gebeine unter dem Busch blutroter ›Grandhotel‹, wo er verscharrt wurde. Dann bewahrheitet es sich – der Mörder war wieder der Gärtner.«

»Du hast eine schrille Fantasie, Valentine.«

»Wieso? Das ist die Strauchrose ›Grandhotel‹, und ich nehme an, die Gestalt, die darunter im Boden wühlt, ist der Gärtner.«

Ich musste ihr recht geben, Arthur Dougal kniete,

halb verdeckt von den ausladenden Zweigen des dunkelrot blühenden Rosenbusches, auf dem Boden und betrachtete irgendetwas vor sich. Wir näherten uns neugierig und grüßten ihn. Arthur Dougal sah auf und nickte uns freundlich zu.

Ich lugte über seine Schulter und erkannte einen flachen Stein, den er halb von Moos und Erde befreit hatte. »Was haben Sie denn da entdeckt? Einen alten Grabstein?«

Ich beugte mich vor, um besser sehen zu können. Ein flacher grauer Stein, auf dem halb freigelegt einige Buchstaben standen. Ich konnte sie nicht entziffern, aber unter ihnen erkannte ich ein Motiv. Es wirkte unbeholfen eingemeißelt, doch für mich war es überdeutlich. Eine geöffnete Silberdistel.

Ein Rosenzweig schwankte im Wind und nahm mir die Sicht. Ein vollkommener Zweig, dunkelgrün belaubt und zwischen den glänzenden Blättern voller schwellender Knospen. Zwei von ihnen waren eben aufgebrochen und zeigten ihr samtiges Rot. Dunkles Rot, blutiges Rot tropfte aus der Blüte, tropfte auf den Boden, tropfte auf den Stein. Und das bleiche Mädchen, das in dem Rosenbusch stand, sah mit entsetzten Augen zum Schloss hinüber. Ich spürte seine Angst, das Grauen, das sie gepackt hielt. Unglauben vor dem Furchtbaren, das geschah – das ihr geschehen würde. Es näherte sich, unaufhaltsam, unabwendbar. Es nahm mir den Atem, ließ meinen Herzschlag aussetzen.

»Margita!«, rief es. »Helfen Sie mir, sie fällt.«

Ich fühlte mich plötzlich festgehalten, umfangen

von starken Armen, mein Kopf lehnte an einem groben Hemd.

»Kommt auf die Bank. Es ist alles gut, mein Kind. Nichts, was geschehen ist, kann Euch heute verletzen.«

Ich blinzelte, zwinkerte. Die grummelnde Stimme besänftigte mich. Arthur hielt mich noch immer gestützt, verdeckte mit seinem Körper die Sicht auf den blutenden Rosenbusch. Valentine, blass vor Schrecken, setzte sich an meine Seite und nahm meine Hand.

»Was hast du denn? Ist dir schwindelig geworden? Sollen wir Hilfe holen?«

»Nein, nein. Es geht schon wieder. Das hat nichts zu bedeuten.«

»Hast du das öfter?«

»Mein Kreislauf ist nicht besonders stabil, scheint's.«

»Kreislauf? Du sahst aus, als ob dich irgendetwas zu Tode erschrecken würde.«

»Was habt Ihr gesehen, Kind? Ihr scheint Dinge wahrzunehmen, die anderen verborgen sind.«

Ich schwankte zwischen der Angst, mich lächerlich zu machen, und dem dringenden Bedürfnis, einem verständnisvollen Menschen von dieser furchterregenden Entwicklung meiner Visionen zu erzählen. Dann fasste ich mir ein Herz. Arthur Dougal war alt und erschien mir seltsam genug, um mich zu verstehen. Und warum sollte ich Valentine nicht vertrauen? Wenn sie mich auslachte – na gut, in zwei Tagen war sie wieder weg.

»Ich habe schon immer Bilder gesehen, die andere Menschen nicht wahrnehmen konnten. Aber das ist schwer zu erklären. Es kam in der Vergangenheit nicht so häufig vor, aber hier passiert es mir ständig. Es fing damit an, dass ich in der Ruine dort drüben ein junges Paar entdeckt habe. Die beiden gleichen Personen tauchten auch in dem Steinkreis noch mal auf. Es … es war eigentlich sehr schön. Ich denke, es war ein Liebespaar. Und dann hatte ich neulich nachts die erste grausige Vision. Es sah aus, als ob der Boden der Halle blutbefleckt war. Eine Gestalt lag vor dem Kamin, aber ich konnte sie nicht erkennen. Und dann habe ich zusammen mit Ken noch einmal einen wütenden alten Mann in der Ruine gesehen. Die Vision war so stark, selbst Ken hat seine Wut gespürt. Aber das hat mir alles noch nicht so viel Angst gemacht wie dieses Bild. Da stand ein Mädchen im Rosenbusch. Es fühlte etwas Entsetzliches auf sich zukommen. Und ich war sie in diesem Moment. Es war, als beträfe es mich.«

Ich schauderte noch einmal bei der Erinnerung an die Todesangst der jungen Frau.

»Nichts, was war, müsst Ihr befürchten. Ihr habt dort an einem alten Grab gestanden. Ich vermute, es ist das Grab des Mädchens, das Ihr gesehen habt. Es hieß Margaret und ist vor langer Zeit gestorben.«

»Sie hat ein schreckliches Ende gefunden.«

»Das mag wohl sein. Ihr seid um diese Gabe nicht zu beneiden, Kind. Aber Ihr tragt sie nicht allein. Auch ich sehe oft Dinge, die anderen verborgen sind. Wenn sie auch nicht so weit in die Vergangenheit reichen.«

»Früher war das nicht so schlimm. Bei den anderen Malen war ich distanzierter. Das hier – ich fühle mich so betroffen davon.«

»Vielleicht bist du es, Margita. Hast du Vorfahren, die aus dieser Gegend stammen?«

Valentine lachte mich nicht aus.

»Ich weiß es nicht.«

»Völlig abwegig, diese Idee?«

»Nein, natürlich nicht. Meine Großmutter war Engländerin. Wer weiß, wo sie ihre Wurzeln hat. Aber ich habe mich nie dafür interessiert. Und die Familie meines Vaters kenne ich nicht. Also – möglich ist alles.«

»Mich würde das brennend interessieren.« Valentine sprühte geradezu vor Neugier und Unternehmungslust.

»Na ja, ein bisschen habe ich nachgeforscht. Nachdem ich zum zweiten Mal das Liebespaar gesehen habe.«

»Und zu welchem Ergebnis seid Ihr gekommen?«

»Sie müssen irgendwann zwischen Anfang und Mitte des achtzehnten Jahrhunderts gelebt haben. Es muss mit dem Verfall dieser beiden Burgen zu tun haben.«

»Rrrichtig«, bestätigte Arthur Dougal. »Nach dem Sieg über die Schotten fiel das Land an die englische Krone. Von den MacLeods hat – soweit die Aufzeichnungen es berichten – keiner überlebt. Das Land war karg, es fand sich viele Jahre niemand, der es bewirtschaften konnte. Wenn Ihr also vor einem intakten Blair Rath Castle das Paar gesehen habt, so wird es dort vor 1745 gestanden haben.«

»Sie kennen sich in der hiesigen Geschichte gut aus, Mr. Dougal.«

Der weißbärtige Gärtner trug wieder dieses vielsagende Lächeln auf seinem Gesicht, das Weisheit und Güte in seine Augenwinkel zauberte.

»Nennt mich Arthur, wie es alle hier tun. Ich kenne mich in der Geschichte gut aus, denn auch ich bin auf der Suche nach meinen Vorfahren.«

»Haben Sie denn schon etwas gefunden?«

»Valentine, legst du uns gleich auch deine Vergangenheit offen?«

»Soll ich? Aber ich warne dich, ich kann dann nicht mehr aufhören.«

Eine Gruppe Neuankömmlinge tauchte im Garten auf und tat lauthals ihre Bewunderung kund. Die Gegenwart hatte uns wieder. Ich erinnerte mich an unser eigentliches Interesse.

»Lassen wir die Vergangenheit erst mal ruhen. Arthur, wir haben Sie eigentlich gesucht, um uns nach dem Kätzchen zu erkundigen, das wir Ihnen gebracht haben.«

»Oh, Silver geht es besser. Sie hatte großen Hunger und ein verletztes Bein. Wahrscheinlich liegt sie mit einem dicken Bäuchlein am Fenster in der Sonne und schläft sich gesund. Besucht sie, wenn Ihr wollt. Die Tür ist offen.«

Wir fanden das Kätzchen namens Silver auf der steinernen Fensterbank liegen und behaglich schnurren.

»Erstaunlich, wie schnell diese Tiere sich erholen. Sie sieht heute schon viel gesünder aus.«

»Ich habe meine beiden auch in einem total verwahrlosten Zustand gefunden. Sie reagieren auf Fürsorge wirklich rasch. Sieh mal, was für schöne goldene Augen sie hat.«

»Dann kann sie nicht von unserem Schlossgeist abstammen, der hat nämlich rot glühende Augen.«

»Was hat eine kleine weiße Katze denn mit dem Schlossgeist zu tun? Glaubst du, der gefürchtete Spuk ist auf diese Katze zurückzuführen? So etwas hab ich schon mal gehört. Wahrscheinlich würde ich mich auch zu Tode erschrecken, wenn nachts plötzlich eine weiße Gestalt aus dem Kamin geschlichen käme. Außerdem können Katzen erschreckende Töne von sich geben.«

»Sicher eine weitere Erklärung neben Nebelschwaden, schwankenden Bäumen und dem Wind, der hohl um die Zinnen heult. Aber unser Schlossgespenst ist real. Ich habe es gesehen.«

»Echt? Ernsthaft? Eine Vision wie die vorhin? Los, erzähl. Mensch, das ist absolut der Hit. So etwas habe ich noch nicht erlebt.«

»Du glaubst nicht, dass ich spinne, wenn ich dir solche Sachen erzähle?«

»Nein, ganz bestimmt nicht. Ich habe zwar selbst noch keine Geister gesehen, aber, na ja, ich habe manchmal sehr beeindruckende Träume. Ein paarmal habe ich dabei Ereignisse vorausgeahnt. Aber du hast recht, das binde ich auch nicht jedem auf die Nase.«

»Sollten wir doch verwandt sein? Okay, also das Schlossgespenst ist ein Katzengeist. Sehr ulkig und irgendwie niedlich. Ich hab es schon zweimal getroffen.«

Ich berichtete einer hingerissen lauschenden Valentine von dem kätzischen Spuk, während die Mittagssonne meinen Rücken wärmte.

Mein Gott, so wohl hatte ich mich seit Jahren nicht mehr gefühlt.

Das nackte Grauen

Ich war dermaßen von den Pfoten, nachdem ich die Gewandnadel gefunden hatte, dass ich meine überschüssige Energie irgendwie loswerden musste. Wie ein Wilder sauste ich also durch das Hotel, ohne Rücksicht darauf zu nehmen, was um mich herum geschah. Nur so nebenbei bemerkte ich die Probleme, die das Hausmädchen mit dem Staubsauger hatte. Das überdrehte Gerät hatte eine Gardine halb verschluckt und heulte dabei wie ein hungriger Wolf. Ein alter Herr mit Hörgerät bekam plötzlich einen verklärten Gesichtsausdruck. Ein Gesprächsfetzen aus dem kleinen rosa Ding hinter seinem Ohr erreichte mich, und was ich hörte, bestätigte mir mal wieder, was für absurde Wesen diese Menschen sind. Was bringt einen alten Knacker nur zu einem solchen lustvollen Glupschen, wenn eine heisere Frauenstimme haucht: »... und mache ganz langsam den Reißverschluss auf ...«?

Der Kopierer hinter der Rezeption rumpelte kurz und produzierte dann eine Masse geschwärzter Blätter, die leicht angebrannt rochen, die Alarmanlage an der Bürotür gab ein entnervendes Schrillen von sich, und ich verzog mich weiter nach oben. Katzen sind und bleiben eben geräuschempfindlich.

Es herrschte Aufbruchstimmung in den Zimmern. Die blonde Schöne föhnte sich noch einmal die Haare. Ich erhöhte die Umdrehungszahl des Geräts. Sie war nicht sehr zufrieden mit dem Resultat. Ich fand's nett. Es hatte was von einem Besen.

Die jungen Männer packten ihre hübschen kleinen Handys weg. Schade, damit zu spielen hätte mir noch mal Spaß gemacht.

Halt! Da war noch einer!

»Ja, John-Tom hier. Hallo, Nadine, Chérie... Ja, wir fahren heute zurück... Aber sicher, Schatz...Was meinst du? ...Wiiie bitte? ...Gay-Line? Willst du mich verarschen? ...Nadine? ...Was heißt hier Süßer? ...Nein, tut mir leid, ich habe keine solchen Bedürfnisse.«

Völlig irritiert sah John-Tom das Handy an. Er war aber zäh, er wählte noch einmal. Ich half etwas nach.

»Nadine? Wir sind unterbrochen worden... Bitte? – Vatikan?...«

Er tippte leidenschaftlich auf den Tasten herum – ich stippte mit – ein Barthaar genügte.

»Hallo...?«

»Il est dix heures, deux minutes et vingt secondes.«

»Das darf doch nicht wahr sein...«

»Il est dix heures, deux minutes et quinze secondes.«

Sein Gesicht war unbeschreiblich. Mit einem Ausdruck blanken Entsetzens schleuderte John-Tom das Ding in die Ecke. Und die letzte Meldung verhieß: »Il est dix heures, deux minutes et dix secondes.«

Die Tasten, denk ich, das kommt vor – he shall press, ah, nevermore![18]

---

18 Wird er drücken nimmermehr.

»Von wegen arme Studenten!«

»Nicht?«

Ken hatte den Arm um meine Schulter gelegt, als wir einige Schritte hinter unseren neuen Freunden ins Hotel zurückgingen. Seine Berührung trug weiter zu meinem Wohlbefinden bei.

»Er hat ein Planungsbüro mit zehn Angestellten. Das Geschäft scheint zu blühen. Weißt du, Margita, manchmal habe ich auch schon überlegt, ob ich mich nicht selbstständig machen sollte.«

»Ich denke, du willst Karriere machen?«

»Ich möchte mein eigener Herr sein.«

»Glaubst du, das bist du, wenn du ein eigenes Unternehmen hast? Dann ist man genauso abhängig, nur vielleicht nicht von einem Chef, sondern von Kunden und so.«

»Ja, aber sieh mal, die beiden fahren schon über zwei Wochen durch die Gegend, ganz ohne Verbindung nach Hause.«

»Und dich hat dein Dr. von Ermesmühle mal wieder erreicht?«

Letzthin hatte Ken mir sein Leid geklagt. Sein Vorgesetzter vereinnahmte seine Mitarbeiter mit Haut und Haaren. Ken hatte kaum ein freies Wochenende, sein Arbeitstag zog sich nicht selten bis in die Nacht hinein, und Urlaub wurde ihm nur unter der Bedingung gewährt, auf jeden Fall erreichbar zu sein. Ich hatte geglaubt, solche Verhältnisse seien nach der Befreiung der Sklaven abgeschafft worden, aber Ken versicherte mir, dem sei nicht so.

»Der Konkurrenzdruck, weißt du. Wenn man es in diesem Unternehmen geschafft hat, dann ist es gut, aber vorher sieben sie brutal aus. Und das ist nicht nur bei uns so. Meinen Bekannten in anderen Firmen geht das genauso.«

»Ihr lasst das aber auch mit euch machen, weißt du das?«

»Ja, sicher. Aber siehst du eine andere Möglichkeit?«

Ich hatte darüber ernsthaft nachgedacht, sah aber unter den gegebenen Umständen auch keine andere.

»Solange ihr den Konkurrenzgedanken mit der Muttermilch einsaugt ...«

Ken nahm den Arm von meiner Schulter und sah auf die Uhr.

»In einer Stunde muss ich ihn anrufen. Er will mir einige Daten durchgeben, für die er Auswertungen braucht. Willst du dabei sein und darauf achten, was der Computer macht?«

»Aber natürlich, auf jeden Fall, Ken.«

Mit Valentine und Carl verabredeten wir uns für den Abend, denn die beiden waren reichlich müde von ihrer nächtlichen Zeltrettungsaktion und wollten einen langen Mittagsschlaf halten.

Vor dem Hotel waren die beiden Jeeps vorgefahren, und die smarten Jungmanager packten ihre Köfferchen hinein. Gina hatte sich ein Seidentuch um den Kopf gebunden, aus dem Strähnen seltsam strohigen Blondhaars hervorlugten. Womöglich reagierte das weiche

Hochlandwasser nicht gut mit ihren Pflegeprodukten? Sie gab MacDuffnet strenge Anweisungen, wohin er ihr Gepäck bringen sollte. Dann kam sie auf Ken zu, mich ignorierte sie dabei selbstverständlich.

»So, du bleibst noch eine Woche, Kenneth. Dann sehen wir uns erst nächsten Monat wieder, denn ich werde voraussichtlich anschließend Dr. von Ermesmühle nach Japan begleiten.«

»Schön. Mit Stäbchen essen kannst du ja.«

»Ich sehe schon, dich interessiert das alles nicht mehr. Schade, Ken. Ich hatte mir von unserer Beziehung mehr erhofft. Aber du hast inzwischen eine völlig neue Naturverbundenheit entdeckt. Und du kannst deinen Beschützerinstinkt kräftig ausleben, was?«

Sie sah mich mit einem schiefen Lächeln an.

»Bleiben Sie hübsch weiblich, meine Liebe«, riet sie mir, gab Ken einen kühlen Kuss auf die Wange und stolzierte zum Jeep.

Ken sah ihr mit einem Kopfschütteln nach und meinte: »Nicht der einzige Giftzahn hier.«

»Tut mir leid, Ken. Ich weiß, wie das ist, wenn Beziehungen auseinandergehen.«

»Du brauchst mich weder zu trösten noch zu bemitleiden, Margita. Ich hatte mit ihr heute früh eine kleine Aussprache. Wir haben beide nicht so viel Gefühl investiert, dass es wehtun könnte. Was sie eben gezeigt hat, war der erste Anflug eines gekränkten Stolzes, den ich je bei ihr festgestellt habe. Aber sie verliert eben nicht gerne.«

»Wer tut das schon?«

John-Tom sah uns und winkte uns heran.

»Hast du noch mal von hier aus telefoniert, Ken?«, fragte er, ohne mich zu grüßen oder überhaupt zur Kenntnis zu nehmen.

»Ja, warum?«

»Ich hab alle möglichen Verbindungen reinbekommen, die ich nicht gewählt habe. Es war entsetzlich.«

»Sagte ich dir doch. Glaubst du mir jetzt endlich? Flugpläne, Zeitansage und so Sachen.«

»Zeitansage... Ken, in Französisch, und...«, der Ärmste schüttelte sich vor Grauen, »rückwärts!«

»Na, seien Sie froh, dass es nicht im Zeitraffer vorwärtslief, sonst stünden Sie jetzt als Greis vor uns«, konnte ich mir nicht verkneifen.

Ihm fehlte jeder Sinn für Humor.

»Auf diesem Schloss liegt ein Fluch«, flüsterte er und sank auf der Rücksitzbank des Jeeps zusammen.

»Scheint ein guter Tag für spinnende Computer zu werden. Ich bin schon richtig gespannt, Ken. Ich komme nachher zu dir. Verabschiede du dich inzwischen von deinen Leuten.«

Ich gestehe, eine gewisse Schadenfreude über die elektronischen Missgeschicke köchelte in mir. Wenn meine Idee sich als richtig erweisen würde, musste mir unbedingt etwas einfallen, wie ich diese Geisterkatze für ihren wertvollen Einsatz belohnen konnte.

Ich ließ mir ein Tablett mit einem Imbiss auf mein Zimmer bringen und blätterte beim Essen noch ein wenig in den Unterlagen über die schottische Geschichte nach. Das Grauen, das ich an dem Grabstein verspürt hatte, war verflogen, geblieben war die Neugier. Könnte Margaret identisch mit der jungen Frau sein, die ich schon zuvor gesehen hatte? Leider war mir ihr Gesicht nie deutlich erschienen. Ich überlegte, ob ich mich noch an irgendetwas anderes erinnern konnte – Kleidung, Schmuck, Frisur? Aber die erschreckenden Gefühle hatten mich von solchen Feinheiten abgelenkt. Nur – ja, sie war auch blond gewesen, mit langen, goldenen Zöpfen. Ich versuchte, mir das Bild noch einmal vor Augen zu führen, wie sie dort zwischen den roten Rosen stand, aber es wollte mir nicht gelingen. Resigniert stellte ich den Teller auf das Tablett und sah zur Uhr. Ja, ich sollte mich endlich der erheiternden Seite der Erscheinungen widmen und prüfen, ob meine Vermutung über den störenden Einfluss des Schlossgeistes auf die Elektronik stimmte.

Also klopfte ich kurz darauf an die Tür von Nummer vierzehn. Ich bekam keine Antwort. Entweder war Ken nicht da, oder er rang schon wieder verbissen mit den Mächten der Datenverarbeitung. Ich drückte die Klinke herunter, und die Tür öffnete sich.

Ken saß mit dem Rücken zu mir an dem Tisch und bearbeitete wirklich den Laptop. Gerade wollte ich ihn ansprechen, als ich sah, wie sich ganz vage dieser helle Nebel über ihm bildete. Angestrengt blinzelnd, konzentrierte ich mich darauf. Er wurde dichter und eindeutig kätzischer. Na also! Ich verhielt mich ganz still, um das Geschehen nicht zu beeinflussen. Die Geisterkatze schwebte über dem Laptop, sie war dabei ganz deutlich für mich zu erkennen. Der Schwanz schwang animiert hin und her, wie bei einer Katze auf der Lauer. Und dann schoss eine Pfote nach vorn und berührte das Gerät.

»Verdammt noch mal«, zischte Ken und schlug mit der flachen Hand auf die Tischplatte. Ein schlürfendes Geräusch, als ob eine Waschmaschine Lauge abpumpt, war zu hören, und die Tabelle auf dem Bildschirm verschwand strudelnd in der Dunkelheit. Ich glitt lautlos zu Ken und legte ihm die Hand auf die Schulter. Er zuckte zusammen und sah zu mir auf. Mit dem Finger auf den Lippen bedeutete ich ihm zu schweigen. Der Katzengeist schwebte noch immer über dem Laptop, ohne mich zu bemerken.

»Neustart«, flüsterte ich.

Ken drückte die Reset-Taste, der Computer wurde erneut hochgefahren. Ich beobachtete weiter die nebelige Katzengestalt. Kaum war die Tabelle wieder aufgebaut, kam die Pfote in die Nähe des Bildschirms. Ich streckte spontan die Hand aus, um sie abzufangen.

Ein seltsames Kribbeln durchfuhr mich, die Katze drehte sich um, und glühende Augen blitzten aus dem nebelhaften Kopf. Dann löste sich der Nebel auf und verschwand.

»Was war das denn? Margita? Sieh dir das an.«

Ken standen die Härchen auf den Armen zu Berge, und selbst seine Nackenhaare sträubten sich.

»Das war des Rätsels Lösung. Du wirst es mir nicht glauben, aber die Ursache für diese seltsamen Erscheinungen ist wirklich ein Geist.«

»Ein Geist. Natürlich, was sonst.«

»Du glaubst mir nicht, was?«

»Na, sagen wir, die Erklärung ist ein bisschen gewöhnungsbedürftig. War es der Highlander, der mit seinem Geisterschwert die Daten zerhackt hat?«

»Nein, viel harmloser. Der Geist einer kleinen Katze.«

»Du … äh … spinnst nicht ein bisschen?«

»Ich spinne oft, aber diesmal nicht. Du hast doch auch etwas gemerkt, oder? Zumindest haben dir die Haare zu Berge gestanden.«

»N … n … – ja. Es war wie Gänsehaut. Bist du ganz sicher? Solch eine Erscheinung wie in der Ruine?«

»Etwas anders war es schon. Die vorherigen Erscheinungen waren einfach Bilder aus der Vergangenheit, aber das, was hier sein Unwesen treibt, ist ein Geist, der das Geschehen aktiv beeinflusst. Ich habe ihn schon dreimal gesehen, ob du es glaubst oder nicht.«

Ken sah mich an und schüttelte noch einmal ungläubig den Kopf.

»Als ich fünf war, habe ich aufgehört, an den Weihnachtsmann zu glauben. Drachen und Riesen habe ich etwas später aufgegeben. Und im reifen Alter von dreißig soll ich mich mit Geisterkatzen anfreunden?«

»Ist noch nicht zu spät, würde ich sagen.«

Er kicherte: »Margita, du bist ein wunderliches Geschöpf. Aber süß. Komm, erzähl mir von den beiden anderen Erscheinungen, die du vorher hattest.«

»Du nimmst mich ja doch nicht ernst.«

Er stand auf, zog mich mit auf die Bettkante und setzte sich neben mich.

»Doch, Margita. Mir fällt nämlich absolut keine andere Erklärung für die Phänomene ein, die hier aufgetreten sind. Glaubst du, die Störungen bei den Telefonverbindungen werden auch von einem spukenden Katzenschwanz verursacht?«

»Da bin ich mir ganz sicher. Also, pass auf ...«

Ich erzählte ihm von den beiden Gelegenheiten, bei denen ich die Katze vor der Kuckucksuhr und in meinem Zimmer gesehen hatte.

»Sitzt um Mitternacht vor der Uhr und schimpft auf den Raben. Das ist der Heuler. Warum kannst du die Katze überhaupt sehen und ich nicht?«

»Ich weiß nicht. Wahrscheinlich habe ich, wie bei diesen Bildern aus der Vergangenheit, eine besondere Fähigkeit, solche, wie man sagt, feinstoffliche Gebilde sehen zu können. Arthur kann das übrigens auch.«

»Arthur?«

»Dougal, der Gärtner.«

»So, so, Arthur. Soll ich ein bisschen eifersüchtig werden?«

»Hättest du denn Grund dazu?«

»Man weiß nie bei diesen rüstigen alten Männern.«

»Eifersucht lohnt sich doch nur, wenn man selbst ein Interesse hat«, neckte ich ihn. Und wartete mit angehaltenem Atem auf die Antwort.

»Na ja, schließlich opfere ich für dich schon eine ganze Woche Urlaub, oder?«

»Das hatte ich nicht bedacht. Leitest du Besitzansprüche daraus ab?«

»Unbarmherzig! Schließlich hast du zugegeben, du würdest sehr überlegt mit mir flirten.«

»Reine Berechnung. Schließlich müsste ich ansonsten mit Tante Henrietta Bildung aufnehmen. Dagegen bist sogar du eine bessere Alternative.«

»Aha, das Giftzähnchen ...«

Er brachte meine weitere Argumentation ziemlich schnell zum Erliegen, indem er mich an sich zog und küsste. Als ich wieder zu Atem kam, konnte ich mich aber doch nicht enthalten zu fragen: »Und, wie schmeckt das Gift?«

»Süß. Macht süchtig …«

Erst eine ganze Weile später erinnerten wir uns wieder an den Spuk.

»Also gut, wir haben es mit einer Katze zu tun, die auf irgendeine Art elektromagnetische Felder beeinflusst. Ich meine, langsam erscheint mir das glaubhaft. Es gibt verschiedene Theorien über Elektrosmog und derartig furchtbare Sachen, von denen ich auch nichts verstehe. Vielleicht sollte man Messungen vornehmen lassen.«

»Was würde das bringen? Dann gibt es wissenschaftliche Daten, die mit einer Wahrscheinlichkeit von 0,0000089 Prozent nachweisen, das Ozonloch könne für solche Absurditäten verantwortlich sein. Ich finde den Gedanken viel schöner, dass sie wirklich von einem Geist ausgelöst werden. Wer weiß, eine Katze, die in der Burg oder später in dem Hotel zu Tode gekommen ist und nicht den Weg in den Katzenhimmel gefunden hat.«

»Das muss aber eine sehr intelligente Katze gewesen sein, so, wie sie sich verhält.«

»Katzen sind intelligent, wusstest du das nicht?«

»Nein. Ich habe Tiere bislang unter diesem Gesichtspunkt noch nicht betrachtet. Aber vermutlich hast du recht. Meine Schwester unterstellt ihrem Pferd auch fast menschliche Begabungen.«

»Du musst nur lange und eng genug mit einem Tier zusammen sein, dann kommst du auch noch drauf.«

»Würde ich möglicherweise in diesem Fall sogar bei dir Spuren von Intelligenz entdecken?«

Ist es verständlich, dass ich auf eine solch diffamierende Äußerung nichts anderes tun konnte, als diesen Menschen mit dem Kopfkissen zu verprügeln?

Das Gerangel nahm sehr schnell Formen an, die mit einer ernsthaften Schlägerei nichts mehr gemeinhatten. Ich fand Kens Hände plötzlich unter meinem Pullover und ihn selbst herzhaft an meinem Ohrläppchen knabbernd. Es hätte die Grenzen des harmlosen Herumschmusens fast überschritten, hätte nicht der Laptop plötzlich angefangen, wie ein von Dämonen gespielter Dudelsack zu pfeifen.

»Was ist das denn schon wieder?« Ken entknotete sich aus meinen Armen und Beinen und Teilen der Bettdecke und sprang auf.

»Sieh dir das an!«

Ein einsamer Schotte marschierte über den Bildschirm, saugte alle Daten in den Dudelsack hinein und hinterließ das Tartan-Muster der McIntoshs.

»Ich habe den Eindruck, dieser Geist ist mit unserer Beziehung nicht besonders einverstanden. Wir sollten mit ihm darüber reden.«

Schrecklich, wie albern Liebe machen kann.

Aber sein Ziel hatte der Katzengeist erreicht. Ich besann mich auf die Gefahren des Urlaubsflirts und unterband weitere Schmusereien, indem ich den Computer wieder in Ordnung brachte und mich dann mit Ken über seine Bettlektüre unterhielt. Er war ein begeisterter Leser englischer Krimis. Solche mit ausgefeilten Verbrechen und weniger brutalen Szenen, in denen ich auch hin und wieder gerne schmökerte. Aber er war mir mengenmäßig um einiges voraus.

Gespenstische Hoffnung

Sie hat mich schon wieder gesehen. Und mich auch noch bei meinem Vergnügen gestört. Das war nicht fair, das war nicht fein. Darum habe ich sie auch bei ihrem Vergnügen gestört. Rache muss sein. Damit hatte dieses Rumgeschmuse wenigstens ein Ende. Solange sie nicht ihre Pflicht erfüllt hat, soll sie sich nicht an einen nichtsnutzigen Mann wegwerfen.

Ich bin nämlich zu einem Schluss gekommen. Diese rothaarige Margita muss eine Nachfahrin meiner Menschenfreundin sein. Selbst wenn es schwer zu glauben ist, spricht doch vieles dafür. Diese Silberdistel zum Beispiel. Noch hat sie die Tante, aber vermutlich gehört sie ihr. Immer die älteste Tochter hat sie getragen. Ich habe es damals genau mitbekommen, als Flora Margaret die Brosche ansteckte.

Und dann diese roten Haare. Margarets kleine Schwester Mary hatte auch solche roten Haare. Obwohl das eigentlich kein Beweis ist. MacDuffnet hatte früher auch rote Haare, und der ist weit davon entfernt, mit meiner Margaret verwandt zu sein.

Aber was noch mehr dafür spricht, ist, dass sie mich – leider – sehen kann, sogar, wenn ich nicht in meiner Spukgestalt auftrete. Und noch mehr, sie hat mich berührt. Große Bastet, das ging mir durch alle

Pfoten wie ein Stromstoß. Und dadurch fiel mir der Spruch wieder ein, den Arthur zitiert hatte. Er endete:

»Und ihre Hand, sie wird mit Liebe heilen,
was vor Jahrhunderten begann.
Und deine Seele wird befreit
aus diesem Reich im Schattenbann.
Es ist die Zeit dafür bereit.«

Ach, aus diesem Zwischenreich befreit sein. Wieder Mäuse jagen, wieder am warmen Ofen schlafen, wieder durch den Garten streifen. Vielleicht diese süße weißpelzige Kleine beschnurren. Ach …

Die Jahrhunderte haben meine Sehnsucht nicht mildern können. Und jetzt? Ist die Erlösung nah?

Was, ach, was muss ich tun, damit ihre Hand mich mit Liebe berührt? Kann ein Mensch überhaupt einen Katzengeist lieben? Ein nebeliges Wölkchen ohne nennenswerte Substanz? Wie kann ich ihr zeigen, welche Aufgabe sie hat? Wie kann ich sie daran erinnern, dass sie Margarets Erbe angetreten hat – sie muss mir heute die Hand reichen, die mich damals hatte mit hinaufziehen wollen und die ich in meinem Entsetzen und in meiner Trauer nicht ergriffen hatte.

Die Mitternacht liegt still über dem Schloss, der bleiche Mond wirft lange Schatten auf den Boden. Gedrückt sitze ich, ein Häuflein körperlose Seele, auf meinem Stammplatz in der Halle. Wann, oh, wann steig ich empor?

Quoth the raven: »Nevermore!«[19]
Blödes Vieh!

Alberner Hotelklatsch

Die Versuchung war ziemlich groß, durchaus. Aber dann bin ich abends trotzdem allein ins Bett gegangen. Ich weiß nicht, was mich hinderte. Ich bin kein völlig prüdes und viktorianisches Geschöpf. Auch wenn ein kleines Bettgetümmel sicher nicht Tante Henriettas Erziehungsprinzipien entspricht. Im Halbdunkel meines Zimmers schimpfte ich mich auch schon wieder eine dusselige kleine Ziege. Aber noch mal im Bademantel durch die Gänge geistern … Nein, besser wir beließen es so, wie es war.

Es war ein netter Abend, überhaupt eigentlich ein netter Tag gewesen. Ich nährte die Hoffnung, dass meine Gefühle bei Ken auf Resonanz stießen, auch wenn ich mir noch immer nicht ganz sicher war, in welche Richtung sie sich entwickelten. Manchmal ist es eine warme Freundschaft, manchmal flattern die Schmetterlinge in meinem Bauch, manchmal steigen mir die Tränen in die Augen vor lauter Sehnsucht.

Um mir die Laune nicht zu verderben, weigerte ich mich einfach, an die Zukunft zu denken. In sechs Tagen würden wir abreisen, jeder in eine andere Stadt, sechshundert Kilometer weit entfernt voneinander. Was wür-

---

19 Sprach der Rabe: »Nimmermehr!«

de dann noch von einem noch so gut überlegten Urlaubsflirt übrig bleiben? Tante Henrietta hatte sicher recht mit ihrer Warnung. Ob sie selbst auch so etwas durchgemacht hat? Eine unerfüllte Liebe. Komisch, darüber hatte ich mir noch nie Gedanken gemacht. Tante Henrietta ist und war für mich immer der Fels in der Brandung, unanfechtbar durch derartige Torheiten.

Aber hatte ich mir je die Mühe gemacht, hinter ihre raue Schale zu schauen? In der letzten Zeit fing ich an, feine Risse darin zu entdecken. Ich sollte mir die Zeit nehmen, diese Risse ernsthaft zu erforschen.

An Einschlafen war heute wieder nicht zu denken. Heimlich hoffte ich, dass sich der Katzengeist noch einmal einfinden würde. Zu gerne hätte ich versucht, auf irgendeine Weise mit ihm in Kontakt zu kommen. Aber vielleicht ist er in den Nächten des zunehmenden Mondes anderweitig engagiert. Man weiß so wenig über Gespenster.

Man weiß eigentlich auch wenig über Menschen. Ich hatte mir zum Beispiel über MacDuffnet bisher wenig Gedanken gemacht. Valentine, deren überwiegender Charakterzug Neugierde ist, hatte in der kurzen Zeit, seit sie hier ist, eine ganze Menge über ihn herausgefunden. Er war kein rundum sympathischer Mann, den Eindruck hatte ich von Anfang an ebenfalls gewonnen. Sein Theater, als ich für uns die Zimmer haben wollte, die Art, wie er das Personal zusammenstauchte, ohne Rücksicht darauf, ob Gäste das mitbekamen oder nicht, seine schmierig-freundliche Art der schönen Gina gegenüber, seine Verachtung für die durchgeweichten Reisenden Val und Carl …

Die beiden übrigens, die mit ihrem Auto beweglicher waren als Ken und ich, hatten einen Einkaufsbummel im Dorf gemacht und anschließend den Pub aufgesucht. Von dort brachten sie reichlich Klatsch und Tratsch mit.

»Unser Herbergsvater scheint keine Punkte im örtlichen Beliebtheitswettbewerb zu gewinnen«, hatte Valentine berichtet.

»Stehen die Einwohner nicht auf rosa Tweed?«

»Schlimm, nicht? Aber das ist wahrscheinlich nur das Tüpfelchen auf dem i. Er ist anscheinend auch nicht der Pünktlichste, wenn es ums Bezahlen geht, der alte Geizknochen. Es waren zwei Bauern in der Kneipe, die haben ganz schön über ihn geschimpft.«

»Na komm, Val. Die übertreiben vermutlich auch, um sich wichtig zu machen. Es kann doch jedem mal passieren, dass er eine Rechnung zu begleichen vergisst. Das ist bei uns auch schon vorgekommen.«

»Carl, einmal, ja. Aber die sprachen von ständig. Weit mehr werfen sie ihm sein schäbiges Verhalten bei den *Highland Games* vor, die hier im Sommer veranstaltet werden.«

»*Highland Games*? Hier?«

»Klar, jede Gemeinde, die etwas auf sich hält, veranstaltet so ein Fest. Habt ihr so was schon mal miterlebt?«

Ken und ich schüttelten unsere Köpfe.

»Oh, da ist euch was entgangen. Da werfen große, schöne Männer mit Baumstämmen und Steinen …«

»Baumstämme, klar.«

»Doch, wirklich.«

»Ken, das stimmt, gelesen habe ich auch schon darüber. Aber ich dachte, das gehört der Vergangenheit an.«

»Aber überhaupt nicht. Und Schwerttänze werden aufgeführt, die Damen des örtlichen Wohltätigkeitsvereins backen Kuchen und Plätzchen, verkaufen selbst gemachte Marmelade und Handarbeiten. Das ist eine tolle Atmosphäre. Na ja, und die Einzelhändler und vor allem die Gaststätten spenden auch schon mal ein Fässchen Bier. Üblicherweise stellte hier der Besitzer des Schlosshotels die Bänke, Tische und die Verkaufsstände zur Verfügung. Und die abendliche Tanzveranstaltung hat im Schlosshof oder bei schlechtem Wetter in der Halle stattgefunden. Aber unser kniepiger MacDuffnet hat diese Tradition langsam einschlafen lassen. Erst gab's kein Bier mehr, dann keine Stände, und letztes Jahr hat er sogar die Tanzveranstaltung abgelehnt, weil er gerade renovierte. Der Teppichboden, ihr versteht …«

»Du möchtest auch auf unserem neuen Parkett einen Schwerttanz aufführen lassen, Valentine?«

»Natürlich nicht. Aber das ist doch etwas anderes, Carl. Warum nimmst du ihn eigentlich in Schutz? Hat er sein Tartan-Röckchen einmal zu verführerisch geschwungen?«

»Mh, du weißt, wie ich auf haarige Beine stehe.«

»Grrr! Außerdem soll er im Hotel schon mal eine Verbrecherbande beherbergt haben.«

»Ja, der Dorf-Bobby ist vermutlich damals vorbeigekommen, als die Frau Gräfin von Alzheimer ihre Diamantbrosche in Form einer schwarzen Witwe verlegt hat.«

»Und MacDuffnet beschuldigt hat, das gute Stück als Schmucknadel am Saum seines feschen lila Röckchens zu tragen …«

»Dabei war das eine echte Spinne, die aus einem leeren Whiskyfass gekrochen war, als MacDuffnet die Bande der Hochmoor-Mörder im Keller versteckt hielt.«

»Die ihn dann anschließend für seine Dienste mit einem Koffer voll Falschgeld belohnten.«

Wir witzelten fürchterlich über den armen MacDuffnet in seinem lila Tartan-Rock und seiner Bande Hochmoor-Mörder.

»Kein Wunder, dass die Brontë-Sisters derartige Schauerromane verfassen konnten. Der Aufenthalt in solch abgelegenen Gegenden scheint die Fantasie ungemein zu beflügeln«, grinste Carl.

»Oder man wird aufnahmefähiger für die zarten Strömungen. Wie ich am eigenen Leib erfahren habe. Gerade heute.«

Ken legte wieder den Arm um mich, was ich überhaupt nicht besitzergreifend fand.

»Gibt es zarte Strömungen zwischen euch beiden?«, wollte Val wissen, und ihre Augen wanderten animiert zwischen uns hin und her.

»Darf ich das erzählen, Margita?«

»Nur zu. Entweder sterben sie vor Lachen oder vor Entsetzen.«

Wir berichteten, allerdings in gedämpfter Lautstärke, von dem Computerschabernack des Katzengeistes. Ich hoffte, keiner der anderen Gäste in der Bar hörte uns zu. Aber als ich mich umsah und die Gesprächsfetzen der anderen mitbekam, war ich beruhigt. Die beiden Paare, die sich jedes Jahr zum Lachsfischen trafen, erzählten unter Verwendung großräumiger Gesten, welche Ergebnisse sie bisher erzielt hatten. Ein Zahnarzt aus Österreich fiel ihnen ständig ins Wort und tönte, wie er zwischen zwei Weltreisen eben mal kurz im Drumnadruid Castle Station machte, um den schottischen Königslachs zu fangen – alle fünf hatten meines Wissens allerdings bisher nur ein paar mickerige Forellen an der Angel gehabt. Aber der gute Malt gibt der rauen Wirklichkeit manchmal eben ein lachsfarbenes Gesicht.

»Tja, ich zumindest habe ganz real Gänsehaut bekommen. Es war tatsächlich etwas im Raum.«

»Klar. Das gehört doch hier zum Angebot dazu.«

»Carl!«

»Ja, mein Weib … okay, okay. Wenn du damals nicht gewesen wärst, läge ich jetzt Hunderte Meter tief auf dem Meeresgrund. Wisst ihr, wir sollten mit Bekannten eine Südseekreuzfahrt mit einer gemieteten Segeljacht machen. Obwohl Val eigentlich sonst nichts gegen solche Reisen hat, wehrte sie sich damals mit Händen und Füßen. Angeblich, weil ihr die anderen Passagiere nicht passten. Erst nach langem Nachbohren hat sie mir gestanden, dass sie das Schiff nicht besteigen wollte, weil sie geträumt hatte, das Ding würde kentern. Mir zittern immer noch die Knie, wenn ich daran denke. Es ist nämlich wirklich mit Mann und Maus untergegangen. Das hat mich gewissermaßen aufgeschlossen für solche Ideen gemacht. Also, wenn Margita sagt, es gibt einen Geist, dann gibt es den. Die Vorstellung von einer schlitzohrigen Katze, die auf dem Kaminsims sitzt und mit glühenden Augen zwinkert, finde ich einfach knuffig.«

»Ob der Geist unserem MacDuffnet auch schon mal einen Streich gespielt hat?«

»Frag ihn, Val. Es wird deine Beliebtheit bei ihm bestimmt steigern. Vor allem, wenn er entdeckt, dass du die Campingausrüstung zum Trocknen im Badezimmer aufgehängt hast.«

»Hattest du einen besseren Vorschlag?«

Ich mochte die beiden wirklich gern, sie kabbelten sich, was das Zeug hielt, aber man spürte, wie sehr sie einander liebten.

Ich knautschte das Kopfkissen zusammen und suchte mir eine neue Kuhle in der harten Matratze. Hat man nicht bei zunehmendem Mond einen Wunsch frei? Oder war das bei Sternschnuppen?

Blütenlese

Ein Auto zur Verfügung zu haben hatte seine Vorteile. Es war natürlich Valentine gewesen, die den Ausflug angezettelt hatte. Meine Idee, die Identität der verstorbenen Margaret aufzudecken, hatte sie dazu inspiriert, in Tainwick, dem nächsten größeren Städtchen, nachzuforschen.

»Dort soll es ein Heimatmuseum geben. Darin wird bestimmt einiges aus den alten Castles zu sehen sein. Vielleicht gibt es einen Hinweis auf die MacIains und die MacLeods.«

Wir waren nämlich inzwischen gemeinsam zu dem Schluss gekommen, es müsse sich bei dem Liebespaar um eine Margaret MacIain und einen Spross des Clans der MacLeods handeln. Und dass diesem jungen Paar vermutlich ein grausiges Schicksal widerfahren war, da das Mädchen offensichtlich einem frühen Tod ins Auge gesehen hatte.

»Es wäre nicht ungeschickt, etwas Bargeld mitzunehmen, Ken, Margita. In diesen kleinen Nestern sind Kreditkarten noch kein gängiges Zahlungsmittel, wie wir aus eigener Erfahrung wissen.«

»Ja, und es gibt hübsche Dinge zu kaufen. Tauscht lieber noch etwas um. Unser hoteleigener Pfennigfuchser wird euch sicher weiterhelfen.«

MacDuffnet selbst nicht, aber Morrigan nahm unsere Kreditkarten entgegen. Sie verschwand in MacDuffnets Büro und kam mit einem Bündel Banknoten zurück, die sie uns umständlich vorzählte. Oft schien sie diese Transaktion nicht zu machen.

»Übrigens, dieses Unken wegen des Falschgeldes gestern Abend … Meine Tante hat vorgestern einen solchen Schein erwischt. Möglicherweise hat wirklich einer mit einem falschen Zehner bezahlt. Wir sollten die Scheine zur Sicherheit durchsehen.«

»Woran willst du das denn erkennen?«

»Weil ›Falsch‹ draufsteht.«

»Oder ›Monopoly‹.«

»Alberne Meute. Wollt ihr einsteigen oder zu Fuß gehen?«

Tainwick war ein altes Städtchen, in dem die Zeit stehen geblieben war. Allerdings nicht überall im gleichen Moment. Die Feldsteinhäuser mit den weiß gestrichenen Fensterrahmen, die sich um den Marktplatz scharten, mochten das älteste Element sein. Die Farbenpracht der Blumen, die aus den Kästen und Töpfen quollen, milderte den strengen grauen Stein, und das Ganze wirkte noch richtig mittelalterlich.

Die Dekoration in den kleinen Schaufenstern hatte deutliches Vorkriegsniveau. Die Schaufensterpuppen mit den gemalten Gesichtern wirkten wie Stummfilmstars, wenn auch die Bekleidung ein wenig neueren Ursprungs war. Aber nicht viel.

In der Mitte des Dorfplatzes stand ein Denkmal, das den Gefallenen der beiden Weltkriege gewidmet war, und eine rot gestrichene Bank.

»Wir müssen in die *Wool Mill* gehen, Margita. Die führen hinreißende Sachen aus Tartan-Stoffen.«

»Eigentlich ist das nicht mein Stil. Ich bin Faltenröcke in der letzten Zeit so leid.«

»Stimmt, du hast in den ersten Tagen viel damenhafter ausgesehen.«

Ken sah mich an, als hätte er eine plötzliche Erkenntnis gehabt.

»Gibt doch nicht nur Röcke. Auch tolle Schals, Taschen, Hemden …«

»Schon gut. Ich werde aber lieber drüben in diese hypermoderne Jeans-Boutique gehen und mir ein solches neumodisches Teil kaufen.«

»Wie langweilig, Margita. Dann aber wenigstens eine Tartan-Bluse dazu.«

»Darüber können wir reden.«

Man gestattete mir also meinen Einkauf, und dann wurde ich unbarmherzig in die *Wool Mill* geschleppt, wo die drei anderen hemmungslos Geld für Großkariertes ausgaben. Ich beschied mich mit einer Bluse und gönnte mir als Draufgabe noch ein Fläschchen *Heather Perfume*, ein Heideduft, der mich an Honigblüten und Sonnenschein erinnerte.

»Wenn dir das gefällt, dann solltest du dir auch noch ein Glas Heidehonig kaufen.«

»Ja, etwas süßes Gift, Margita. Das wäre nicht schlecht für dich.«

»So, meinst du, ich hätte eine Ergänzung nötig, lieber Ken?«

»Ach, na ja …«

»Na gut, wo bekommt man den?«

»Natürlich in diesem Megastore an der Kirche«, belehrte mich Valentine und deutete über den Platz zu dem kleinen grauen Kirchlein. Daneben hatte ein Lebensmittelgeschäft winzigsten Ausmaßes seine Pforten geöffnet. Das Angebot war äußerst originell. Neben dem berühmten Honig, Strängen ungefärbter Wolle, Haarshampoo und Gartengerät gab es auch ein vollständiges Postamt.

»Man ist richtig multifunktional hier. Was braucht man einen Supermarkt, wenn Tante Emma alles hat?«

Zwei einheimische Damen in geblümten Kitteln lächelten uns freundlich zu. Vermutlich hätten sie zu gerne gewusst, was uns in ihr abseitsgelegenes Dörfchen geführt hatte. Carl lotste uns jedoch aus dem Laden heraus, bevor seine gesprächige Valentine anfing, die Familiengeschichten mit den Frauen auszutauschen.

»Komm, ich bringe die Beute zum Auto, dann treffen wir uns in diesem Pub da hinten.«

»Gute Idee. Mir gefällt es hier. Es hat etwas Behäbiges, das unseren Städten fehlt.«

»Nanu, Ken? Keine Sehnsucht nach Wolkenkratzern, in denen sich ein glastiger Himmel spiegelt?«

»Wo gibt es die denn noch mal?«

»Bei dir scheint der Erholungseffekt eingetreten zu sein. Hast du heute noch nicht mit deinem Chef telefoniert?«

»Mein Handy ist kaputt.«

»Oooooch.«

Wir standen also vor dem *Fox and Hound*, einem heimeligen Haus mit einer alten geschnitzten Eingangstür. Das geschmiedete Wirtshausschild darüber zeigte einen roten Fuchs, der vor einem schwarz-weiß gefleckten Jagdhund davonrannte und dabei frech nach hinten grinste. »Na, gehen wir hinein.«

Drinnen herrschte gedämpftes Halbdunkel, der Geruch von Bier und Pfeifenqualm. Auch die Bar war reich mit Schnitzereien verziert, die Sitzmöbel mit abgewetztem rotem Plüsch bezogen. Die Decke bildeten uralte Holzbalken, und an den Wänden hingen Bilder von erfolgreichen Jägern, meist zu Pferde und neben sich die kläffende Meute.

»Das ist so urig, das kann gar nicht echt sein. Gleich kommt jemand vorbei und schiebt die Kulisse weg, und wir stehen auf einem nüchternen Filmgelände mit Stahlgerüsten und Flutlicht.«

»Wie grässlich unromantisch du bist, Ken.«

»Bin ich gar nicht. Ich habe nur Angst, es könnte tatsächlich passieren.«

»Geschieht aber nicht. Komm, wir bestellen uns eine Platte mit Sandwichs und dazu Bier, dann vergeht die Angst. Dieser Wirt sieht vertrauenerweckend aus.«

Er war es. Eine immense Platte mit unterschiedlich belegten Weißbrot-Dreiecken wurde auf unseren Tisch gestellt.

»Der Belag ist klasse, die Watte darunter nicht so kernig.«

»Das gehört dazu. Trink dein Lager dazu, dann saugt es sich im Magen voll, und du hast ein schönes Sättigungsgefühl.«

»Und was machen wir als Nächstes? Ich für meinen Teil bin satt und träge. Wenn ich eine Parkbank in der Sonne finde, werde ich mich darauf betten und den Nachmittag verdösen. Vorausgesetzt, mein treues Weib setzt sich dazu und dient meinem schweren Kopf als weiche Stütze.«

»Vergiss es, Carl. Ich werde mit Margita das Heimatmuseum besuchen, du wirst mit Kens mageren Schenkeln vorliebnehmen müssen. Oder du musst dir eine dralle Schottin suchen, die den Nachmittag über Zeit hat, dich zu stützen.«

»Woher hat diese Frau diesen unnatürlichen Hang zur Bildung? Das ist doch nicht gesund?«

»Ich habe bei Margita ein ähnlich abwegiges Verhalten beobachten können, Carl. Ich finde das beängstigend. Wusstest du, dass ich sie aus einer Bildungsreise entführt habe …«

»Valentine, ich glaube, wir lassen diese Banausen allein.«

»Recht so. Gib mir den Autoschlüssel, Gatte. Dann kannst du dich für die nächsten zwei Stunden dem hemmungslosen Rausch und Plausch hingeben.«

»Die Schlüssel bleiben bei mir – ich behalte sie als Pfand, damit du wieder zu mir zurückkehrst. Wir warten hier auf euch. Viel Spaß.«

Es waren ein paar Wolken aufgezogen, aber es sah nicht nach Regen aus. Valentine plapperte vergnügt vor sich hin. Sie hatte ein unerschöpfliches Reservoir an Geschichten und Histörchen auf Lager, die von den beiden Gläsern Bier nur noch farbenprächtiger wurden. Ich lauschte ihr und schlenderte, ohne viel zu antworten, an ihrer Seite zu dem kleinen Museum, das sich laut Straßenschild hinter der Kirche befinden sollte.

»Na, mit dem Britischen Museum ist das nur knapp zu vergleichen«, unterbrach ich sie, als ich das winzige Häuschen entdeckte.

»Vielleicht geht es in die Tiefe?«

»Unterhöhlt halb Tainwick und enthält Exponate, die bis weit in die Steinzeit zurückreichen?«

»Und wenn nicht, macht es auch nichts. Ich finde das witzig. Es ist sogar mit einer Art grobem Schilfgras gedeckt. Das gibt es selbst hier nur noch selten. Wir wollen sehen, ob wir fündig werden. Schließlich haben wir einen Auftrag, Margita.«

Eine junge Frau saß an der Tür hinter einem wackeligen Tischchen und verkaufte uns für ein paar Pence zwei Eintrittskarten. Dann tauchten wir in die Vergangenheit ein. In den beiden Räumen versammelte sich alter Hausrat, Töpfe, Trinkbecher, Löffel, Reste von Waffen. Ein sorgfältig beschriftetes Kärtchen belehrte uns, dass wir vor einem Webstuhl standen, auf dem der Tartan gewebt wurde, zwei Spinnräder waren daneben dekoriert, eines davon wies Brandspuren auf.

»Aus Drumnadruid Castle, schreibt man. Sieh mal.«

Valentine hatte das handschriftliche Schildchen entziffert.

»Aus den Trümmern von Drumnadruid Castle gerettet.«

»Davon gibt es noch mehr Gegenstände. Gerettet ist vermutlich der euphemistische Ausdruck dafür, dass man alles, was noch brauchbar war, geplündert hat.«

»Warum nicht? Besonders reich waren die Leute nicht. Darum ist es wenigstens bis heute erhalten geblieben. Wie diese hübsche Wiege. Und es ist sogar eine geöffnete Silberdistel eingeschnitzt.«

»Silberdistel … Komisch. Irgendwie verfolgen mich Silberdisteln in der letzten Zeit. In meinem Zimmer ist im Kaminsims eine ähnliche Distel abgebildet. Auf dem alten Grabstein im Garten befand sich eine, und in dem alten Steinkreis, von dem ich dir erzählt habe, wächst ein wunderschönes natürliches Exemplar.«

»Die Wiege wird auch aus der Burg stammen. Vielleicht gehört sie zu dem Wappen des Clans?«

»Nein, der führt zwar auch eine Distel, aber mit einem Turm dazu. Außerdem keine Silberdistel. Schau, es steht etwas über der Wiege.« Ich zeigte auf eine Erläuterung auf einer Wandtafel. »Die geöffnete Silberdistel erscheint um 1730 als Motiv zum ersten Mal in der hiesigen Gegend. Angeblich gehörte dieses Emblem zu der Familie von Rory MacIains Ehefrau, Flora MacAlpin. Sie brachte es mit, als sie Einzug in Drumnadruid Castle hielt. Mehrere Gegenstände, die nachweislich mit ihr in den Haushalt kamen, waren mit dieser Distel verziert.«

»Dann mag unsere Margaret eine nahe Verwandte der Flora MacAlpin gewesen sein. Vielleicht sogar ihre Tochter.«

Ich nickte. »Wir sollten uns nach etwas umschauen, das uns verrät, was damals passiert ist.«

Wir stöberten eine ganze Weile zwischen dem altem Geschirr, Resten von Kilts und Pullovern, Decken und Kissen herum, betrachteten verstaubte Bilder von markigen Highlandern in voller Tracht, einschließlich Breitschwert, Schild, Felltasche, Sgian-Dubh und Plaid.

»Die Jungs hatten ganz schön was zu schleppen damals.«

»Tja, die brauchten keine Fitness-Studios. Aber weiter bringt uns das auch nicht.«

»Nein, aber bei meiner nächsten Vision werde ich versuchen, etwas mehr auf die Kleidung zu achten. Ah, hier haben wir einen alten Stich der Moorgegend mit den beiden Schlössern. Ein großer Künstler war er nicht, das mit der Perspektive ist ein bisschen schief geraten. Aber der gute Wille zählt. Was sagt uns der erleuchtende Text?«

»Dass es sich um Drumnadruid Castle und Blair Rath Castle handelt, um die Zeit, als die hiesigen Clans unter Chief MacKrief zum Burgfrieden aufgerufen worden waren.«

»Burgfrieden?«

»Na, du weißt schon, sie sollten sich nicht wegen jedes Schafs in die Wolle kriegen.«

»Ja, natürlich, das weiß ich. Aber mir fällt ein, über das Thema Burgfrieden etwas gelesen zu haben. Er stand im Zusammenhang mit dem Krieg gegen die Engländer und sollte verhindern, dass sich in den bedrohlichen Zeiten die Clans gegenseitig die Köpfe einschlugen. Auch das fiel in die Mitte des achtzehnten Jahrhunderts. Ob die arme Margaret der englischen Säuberungsaktion nach dem Sieg über ihre Landsleute bei Culloden zum Opfer gefallen ist? Das würde mit Sicherheit das schreckliche Blutbad erklären, dessen Nachhall ich im Schloss gespürt habe.«

»Die Schlacht bei Culloden war aber 1745. Das Schloss ist 1744 abgebrannt.«

»Während des Burgfriedens? Gab es damals schon englische Übergriffe in die Highlands? Oder war der Burgfrieden doch nicht so friedlich, wie er sein sollte?«

»Du fragst mich was.«

Wir sahen uns etwas ratlos an.

»Du solltest vielleicht einfach in Trance fallen und noch ein paar Bilder hervorzaubern, das würde schon weiterhelfen.«

»Ein reizender Vorschlag. Ich wieder mitten im Gemetzel meiner mutmaßlichen Vorfahren, nein danke. Wir sollten uns lieber darum kümmern, was die Krone der Schöpfung treibt. Unsere zwei Stunden Auslauf sind inzwischen um.«

»Krone der Schöpfung? Die werden einen in der Krone haben, sonst gar nichts.«

Die beiden benahmen sich jedoch besser als ihr Ruf. Sie luden uns noch zu einem weiteren Bier ein und hörten sich interessiert unsere Theorien an. Aber dann gab es einen peinlichen Zwischenfall. Zumindest empfand Ken ihn offensichtlich so, obwohl wir alle ihm versicherten, er habe nun wirklich keine Schuld daran. Da er sich großzügig zeigen wollte, hatte er die Rechnung für uns alle verlangt und mit zwei Zehnpfundnoten bezahlt.

Der Wirt legte mit geübter Bewegung die beiden Scheine aufeinander und strich sie glatt. Dann reichte er den einen mit der Miene höflichsten Bedauerns an Ken zurück.

»Ihnen hat jemand einen gefälschten Schein herausgegeben. Sehen Sie, er ist ein kleines Stück kürzer als das Original. Es tut mir sehr leid, aber wir hatten vor einigen Wochen schon einmal einen solchen Fall.«

Ken sah aus, als ob er im Boden versinken wollte, und ich gab dem Wirt den fehlenden Betrag in Münzen.

»Gehen Sie zu der Bank im Ort und lassen Sie Ihre Barschaft dort überprüfen«, riet uns der Gastwirt, dem es sichtlich leidtat, dass er uns armen Touristen solche Ungelegenheit verursachen musste. Er beschrieb uns dann auch noch genau und umständlich, wo die Filiale der Bank of Scotland zu finden sei.

Wir machten uns ziemlich ernüchtert und schweigend auf den Weg und fanden das Geldinstitut ohne Probleme. In einem neueren Haus – etwa Jahrhundertwende – warteten wir dann in dem Schalterraum, bis der Kunde vor uns sein Geschäft abgewickelt hatte.

Das verlief behäbig, denn der Herr hinter dem Schalter aus gedrechseltem Holz und geschliffenem Glas musste mit ihm noch die neuesten Nachrichten austauschen. Allerdings verstanden wir wenig von dem, was geredet wurde, denn die beiden befleißigten sich der schottischen Mundart in Reinkultur.

Immerhin war der Bankangestellte – vermutlich gleichzeitig auch Bankdirektor – überaus verständnisvoll. Ja, es habe schon mal einen Fall im Ort gegeben, und sie seien auch von ihrer Hauptstelle darauf aufmerksam gemacht worden, dass seit einiger Zeit Falschgeld im Umlauf sei. Man erkenne es tatsächlich daran, dass die Scheine minimal kürzer seien als die echten, neben einigen anderen Merkmalen, die nicht so ohne Weiteres ins Auge fielen. Und ob wir noch wüssten, woher wir das Geld hätten.

»Ich habe es heute Morgen im Hotel gewechselt.«

»Nun, das ist – äh – natürlich eine Stelle, wo viel Geld – äh – umläuft.«

»Ich fürchte auch, in diesem Fall wird jede Rückverfolgung schwierig werden.«

»Ich werde es dennoch – äh – melden«, nickte der gute Mann und prüfte dann gewissenhaft unsere restlichen Banknoten. Sie erwiesen sich alle als rechtsgültige Zahlungsmittel, und wir durften, nach einem ausgiebigen Wetterbericht und Empfehlungen zu weiteren Lustbarkeiten, erleichtert das Gebäude verlassen.

»Kommt, darauf noch einen Malt«, schlug Carl vor, und in dem zweiten Pub am Ort – der *Tiles Bar* – wurde Ken dann wieder etwas munterer und konnte nach dem zweiten Whisky über das Missgeschick mit uns lachen.

Anschließend waren aber weder Carl noch Ken fahrtüchtig. Also setzte sich Valentine hinter das Steuer und warnte uns, als sie den Wagen anließ: »Leute, ich kann wundervoll chauffieren, wenn man meine Eigenart akzeptiert, die rechte Seite der Straße zu benutzen.«

»Wir akzeptieren das. Aber ich weiß nicht, wie die Einheimischen das sehen«, gab Ken zu bedenken. Valentine summte nur vernehmlich: »Who wants to live forever …«

Trotzdem kamen wir heil im Hotel an.

Noch eine Überraschung

Heute in der Hotelrezeption

Valentine hat dem Kater die ihm gebührende Aufmerksamkeit geschenkt, er aalt sich, alle viere in die Luft gestreckt, auf dem Boden und lässt sich den Bauch kraulen.

Carl bringt währenddessen das Gepäck der beiden herein. Vor der Rezeption türmt sich ein immer größer werdender Haufen seltsamster Ausrüstungsgegenstände. Schlafsackrollen, zwei Rucksäcke, Teile eines Zeltes, Töpfe, Pfannen, Essgeschirr.

Valentine kniet neben einer Tasche, verbreitet prall gefüllte Plastikbeutel um sich und wühlt hingebungsvoll in deren Tiefen.

In diese stimmungsvolle Szene platzt natürlich wieder Frau Liebmann, die ihr Mittagsmahl beendet hat.

»Also, Maggi! Müsst ihr jetzt auch schon Asylanten aufnehmen?«

»Nein, Frau Liebmann.«

»Sieht mir aber ganz so aus. Ich finde, ihr solltet auf mehr Niveau achten. Auch wenn ihr ein bisschen knapp dran seid.«

»Ja, Frau Liebmann.«

»Ich kann mir nicht vorstellen, dass deine Tante Henrietta das gut finden würde. Ist sie eigentlich auch noch hier?«

»Ja, Frau Liebmann. Da kommt sie gerade.«

Tante Henrietta, mit einem Blumenkübel im Arm, schwankt durch die Eingangstür. Ihre Erscheinung kann Frau Liebmann nur darin bestätigen, dass es mit uns steil bergab ginge. Die Haare zerzaust, die Hosenbeine feucht, an den Knien Gartenerde, ein ausgeleierter Pullover und schmutzige Gartenhandschuhe sind heute Morgen die Aufmachung meiner Tante.

»Henrietta.«

»Mh?«

»Mein Gott, Henrietta! Lassen sie dich hier die Drecksarbeit machen?«

»Margita, wer ist das?«

»Oh, eine gemeinsame Bekannte. Erinnerst du dich nicht an Hilde Liebmann?«

»Oh, die! Margita, diese Margeriten wollte ich in die Halle stellen. So halten sie länger als Schnittblumen. Ist das da deine unordentliche Freundin Valentine?«

»Ja, Tante Henrietta.«

»Dann sag ihr, sie darf das Zelt aber nicht wieder in der Badewanne trocknen.«

»Ja, Tante Henrietta.«

»Gut, ich hole auch noch die andern Kübel rein.«

Frau Liebmann sieht aus wie ein Schaf kurz vor seiner Verarbeitung zu *Scotch Haggis*, und Valentine plumpst neben ihrem Gepäckberg auf den Boden und lacht Tränen.

Gespenstische Sehnsucht

Meine Trübsal hielt an bis spät in die Nacht. Ich mochte noch nicht einmal meine Pfote in das Kribbelfeld des Radiorekorders strecken, den die Tochter eines neuen Gästepaares mitgebracht hatte, um ihre schrille Musik zu hören. Ich geisterte stattdessen im Garten herum. Und meine Laune hob sich auch dadurch nicht, dass ich unter dem Rosenbusch den freigekratzten Stein fand, der das Grab meiner liebsten Freundin bezeichnete. Und meines.

Ach, damals … Menschen aus dem Dorf waren gekommen und hatten uns alle gefunden. Flora, Rory, Margaret, die tapferen Mannen und die treuen Frauen. Hingemeuchelt unter den Trümmern des Schlosses liegend. Sie hatten sogar meinen schlaffen, blutigen Pelz entdeckt, und die alte Gwen, die unter Tränen meine Margaret in das flache Grab legte, hatte meinen Körper in ihre Arme gebettet, bevor die Männer Steine und Erde auf die toten Leiber häuften.

Heulen könnte ich. Heulen tat ich! Erschreckt fuhr ein Paar auseinander, das sich an der Eibenhecke knutschte.

»'Tschuldigung, wollte nicht spuken. Mir ist viel zu elend.«

Ich verdrückte mich durch die Hecke und landete in Arthurs Häuschen. Silver lag vor dem Kamin und schnurrte. Ahh, Silver. Ich nahm alle Energie zusammen und versuchte, mich ihr zu zeigen. Aber sie war völlig versunken in das Putzen ihres Schwanzes. Ich weiß, wie das ist, wenn man sein Fell bürstet. Nichts ist dann wichtiger.

Ach, hätte ich wieder Fell zum Bürsten!

Gab es denn gar keine Möglichkeit… Oder gab es vielleicht doch eine Möglichkeit?

Konnte nicht – Wunder über Wunder – Margita mich sehen? Könnte ich ihr nicht klarmachen, dass sie die Erbin der Silberdistel ist? Wenigstens versuchen konnte ich es. Sie liegt oft genug schlaflos in ihrem Bett herum. Ein kleines bisschen munterte der Gedanke mich auf. Heute, wenn sie zu Bett gegangen war, wollte ich ihr erscheinen.

Bis dahin würde es aber noch etwas dauern, denn es war wieder Spektakel im Schloss angesagt. Und Arthur war mit seiner Harfe unterwegs. In diesem Fall hielt ich mich besser aus der Halle heraus.

Ich nistete mich also am Dachsparren über seinem Kamin ein und bewunderte Silver, die dazu übergegangen war, ihr flauschiges Bauchfell zu putzen – and my eyes have all this seeming of a demon that is dreaming…[20]

---

20 In meinen Augen wohnt der Ausdruck eines träumenden Dämons…

Wanderer zwischen den Welten

Das Erstaunlichste an diesem Tag war die Rückkehr von Tante Henrietta. Sie war kurz vor uns eingetroffen, und als ich in ihr Zimmer kam, um mich nach ihrem Ergehen zu erkundigen, erwies sie sich als überaus gesprächig. Wahrscheinlich war sie ganz froh, die selbst aufgebürdete Last der Verantwortung für mich abgelegt zu haben. Sie erklärte sich sogar bereit, an diesem Abend an der folkloristischen Belustigung teilzunehmen, die wieder einmal angekündigt war. Auch wenn sie dann doch nicht den Beiträgen der fiedelnden Künstler lauschte, sondern stattdessen mit einigen Gästen Whist spielte.

Erst als Arthur mit seiner Harfe in die Halle kam, tauchte sie wieder auf.

Bevor der Barde sich zu uns gesellen konnte, entwickelte sich noch eine unangenehme Szene. MacDuffnet erschien nämlich und verwickelte Arthur in ein Gespräch. Seine abweisenden Gesten deuteten seinen Unwillen über dessen Absicht, uns mit den alten Gesängen zu unterhalten, an.

Ich schubste Valentine an.

»Komm, wir müssen eingreifen. Mit unserer Cousinenkomödie waren wir auch schon mal erfolgreich.«

Man konnte sich auf sie verlassen.

»Wie wundervoll, Mr. MacDuffnet. Ich meine, dass Sie Arthur Dougal überreden konnten, uns heute Abend etwas vorzuspielen. Wir haben schon sooo viel von ihm gehört. Ich war ganz und gar hingerissen, als meine

Cousine mir erzählte, dass er abends auch auftritt. Einfach so in einem ganz kleinen Kreis. Mr. MacDuffnet, dass Sie ein solches Programm bieten, also, das werde ich all unseren Freunden weitererzählen …«

»Kann bitte jemand diesen Teppich anheben, ich möchte darunter verschwinden«, hörte ich Carl leise flüstern.

»Warum, das macht sie doch wunderbar.«

»Diese Frau ist eine rostige Nervensäge.«

»Valentine ist göttlich. Da kommt unser Barde.«

Wir spendeten gedämpften Beifall, als Arthur sich am Kamin zurechtsetzte.

Die Klänge der Harfe ließen mein Herz erzittern. Melancholische Balladen von Ehre und Liebe spannen ihre Fäden um uns. Ken legte den Arm um mich und zog mich zu sich heran. Valentine hatte sich an ihren Carl gekuschelt und schwieg zur Abwechslung. Und Tante Henrietta? Meine Tante saß stocksteif und aufrecht in ihrem Sessel.

So aufrecht und starr, als ob sie gleich zerbrechen würde. Da stimmte doch etwas nicht!?

Ich beobachtete sie alarmiert. Und dann entdeckte ich, dass ihr Tränen in den Augen standen. Ach du liebe Zeit. Die Risse in der Fassade verbreiterten sich mit unaufhaltsamer Geschwindigkeit.

Wieder waren die meisten Gäste gegangen, und kurz vor Mitternacht saßen nur wir noch beieinander. Arthur spielte eine sanfte, tröstende Melodie ohne Worte, das Feuer im Kamin sank zu einem Gluthaufen zusammen, es war fast dunkel im Raum. Und in die schwebenden Töne hinein berichtete er:

»›Der Wanderer wird finden eine Gefährtin und sie begleiten für ein Stück seines Weges. Er wird sie nicht halten, er wird sie verlieren, doch vergessen wird er sie nie.
Es bleibt selbst den Blicken der Wissenden verborgen,
ob sie einander noch einmal begegnen.‹
So sagt ihm der alte Druide, als er sich aufmacht,
um Abschied zu nehmen. Um den Weg zu wählen,
das Ziel zu suchen, das er selbst noch nicht erkennt.
Er verließ die einsame Insel,
wo raue Stürme das graue Meer
gegen felsige Klippen trieben.
Er verließ das Haus, das die Seinen seit ewigen Zeiten
bewohnten, wo alte Geschichten erzählt wurden und
die Weisheit der Vorderen das Dasein bestimmte.
Er verließ das Land der mageren Wiesen,
auf der Suche nach Gärten und wärmendem Licht.
Auf der Suche nach besserem
Leben und ruhmreichem Tun.
Er folgte dem Locken und dem Verheißen jener,
die sein Streben erkannten. Und er verschloss seine
Ohren vor der Stimme, die von den fernen Inseln her
warnend rief. Denn er wollte die Alten vergessen.
Sah mit Spott auf die Worte zurück, die in stillen
Nächten sein Gewissen zu rühren suchten.
Er wanderte lange, und fern von der Insel wurde die
Weisung der Alten wahr.
Er fand die Gefährtin und schloss sich ihr an.
Doch dann kam die Nacht, in der Wollust und Taumel
die Menschen ergriff, und er traf eine andere,
vergaß sein Weib.

Denn sie tanzte den alten Reigen mit
flammenloderndem Haar um das Feuer.
Sie tanzte den ewigen Tanz, der keine Musik benötigt.
Sie tanzte ihn, bis der Morgen erblühte,
doch blieb sie die Tänzerin ohne Namen.
Als die Feuer erloschen, die Asche verweht,
stand er allein. Und sein trostloser Weg verirrte sich
in der Stille. Dort aber, lauschend,
kam endlich die Hoffnung zurück.«

Ich hatte die Augen geschlossen und ließ mich von den Harfenklängen einhüllen. Schließlich verwehten die leisen Töne, und Arthur räusperte sich leicht.

»Es war nicht recht, Euch diese traurigen Geschichten zu erzählen. Geht nun zu Bett.«

Noch immer verzaubert blinzelte ich in das spärliche Licht der beiden Kerzen auf dem Kaminsims. Ken neben mir reckte sich und gähnte. Val und Carl setzen sich aufrecht hin.

Tante Henriettas Stuhl war leer.

Sehr nachdenklich war ich zu Bett gegangen. Irgendetwas hatte Arthur mit seiner Geschichte bewirken wollen. Nur was? Und wem sollte sie etwas sagen? Wollte er Tante Henrietta damit eine Botschaft vermitteln? Mit der Geschichte von Margaret hatten seine Worte doch nichts zu tun. War er selbst der Wanderer? Ich glaubte es fast. Doch wer war die Tänzerin ohne Namen? Tante Henrietta bestimmt nicht. Auch in ihren besten Zeiten hatte sie nie flammende Haare gehabt. Eher dunkelblonde. Und sie war früh ergraut.

Die Gefährtin konnte sie auch nicht sein, denn sonst hätte sie ihn doch längst erkannt.

Ob sie es mir sehr übel nehmen würde, wenn ich sie morgen danach fragte? Sie hatte irgendetwas mit der Erzählung zu tun – denn nur ein paar rührselige Balladen reichten üblicherweise nicht aus, ihr die Tränen in die Augen zu treiben.

Ich schlug meine Bettdecke zurück und schlüpfte darunter. Noch einmal sah ich mich im Zimmer um, dann löschte ich das Licht.

Dann sah ich ihn.

Der Katzengeist saß auf dem Kaminsims.

Ganz deutlich schimmerte er wie ein blasser Nebel. Seine Augen glommen rötlich und waren auf mich gerichtet. Die Ohren waren furchtsam angelegt, und der Schwanz wischte nervös hin und her. Aber er machte keine Anstalten, sich aufzulösen.

»Hallo, Katze. Oder bist du ein Kater? Schön, dass du mich besuchst.«

Der Geist zuckte zusammen, als ich ihn anredete, blieb aber immer noch in seiner alarmierten Pose sitzen. Dann schien er sich ein wenig zu entspannen. Ich ahnte, was ihn bewegte. Es mag für einen Geist ungewöhnlich oder gar peinlich sein, wenn er einfach so entdeckt wird. Ich konnte mich im Grunde gut in ihn hineinversetzen. Wahrscheinlich war er auch in seinem irdischen Leben eine scheue Katze gewesen. Sein Schicksal, körperlos zwischen den Welten umherirren zu müssen, machte ihn besonders bedauernswert. Aber was war denn das? Er stand auf und tastete mit der Pfote am Kaminsims herum. Dann sah er mich wieder so eindringlich an.

»Katze, willst du mir tatsächlich etwas mitteilen?«

Er stupste zusätzlich die Nase auf den Sims. Ich schob die Decken beiseite und tapste langsam und vorsichtig zu dem Kamin. Oje, das arme Geistertier! Ganz ängstlich kauerte es sich zusammen und schien halb in der Wand zu verschwinden.

»Ich tu dir doch nichts, alter Freund.«

Komisch, diese Worte wirkten Wunder. Er kam wieder ein Stück aus dem Mauerwerk heraus. Dann tupfte die Pfote noch einmal auf den Stein in der Mitte des Simses. Genau an die Stelle, wo das Motiv der Silberdistel eingemeißelt war. Sehr interessant. Hatte der Katzengeist mein Interesse an der Distel herausgefunden? Oder hatte auch er etwas mit ihr zu tun? Wenn ich mich doch bloß mit ihm verständigen könnte.

»Du verstehst mich doch, Katze. Kannst du nicht auf irgendeine Art ›ja‹ und ›nein‹ antworten? Zum Beispiel mit dem Schwanz wedeln, wenn du ›ja‹ meinst?«

Er hatte mich verstanden, ganz klar. Aber das mit dem Schwanz war kein prämierungswürdiger Vorschlag. Der arme Geist zuckte und waberte, aber den Schwanz bekam er nicht unter Kontrolle. Natürlich, damit hatten Katzen auch zu Lebzeiten Probleme. Daran hätte ich eigentlich denken können.

»Nein, nicht mit dem Schwanz. Kratz dich am Ohr, wenn du ›ja‹ meinst, und schüttele den Kopf, wenn du ›nein‹ meinst.«

Das geisterhafte Hinterbein kratzte wie wild an dem Geisterohr. Wunderbar.

»Bist du eine Katze?«

Verwirrt sahen mich die roten Augen an. Okay, eindeutiger formulieren.

»Bist du ein Kater?«

Heftiges Kratzen. Na also.

»Dann komm, Kater, ich kriege allmählich kalte Füße und möchte ins Bett. Du darfst dich auf meine Decke legen.«

Ich brauchte etwas Zeit, um mir weitere Fragen zu überlegen. Aber dann ergab sich eine Ablenkung, die ich nicht erwartet hatte. Kaum war ich wieder in meine warmen Kissen gekrabbelt, kam der Kater wirklich hinterher. Es war schon erheiternd, ihn durch die Luft gleiten zu sehen. Er lief nämlich wirklich, wie auf einer unsichtbaren Brücke setzte er Pfote vor Pfote. Dann senkte er sich etwa auf meiner Bauchhöhe ab, kreuzte die Vorderbeine unter sich und blieb mit dem Blick fest auf mich gerichtet liegen. Genauso, wie es früher meine Katzen auch gemacht hatten. Und ganz selbstverständlich hob ich meine Hand und begann, ihn im Nacken zu kraulen.

Das war ulkig. Es war nicht ein ganz körperliches Gefühl, eher dieses starke Kribbeln. Aber sein Astralleib, oder wie immer man das nannte, war deutlich zu spüren.

Und er fühlte es auch, denn plötzlich begann ein überaus erheiterndes Phänomen.

Der Geist schnurrte.

Der schimmernde Nebel schien wie in Wellen zu pulsieren. Und nicht nur das. Das Wasserglas auf meinem Nachttisch begann leise zu klingeln, eine Blumenvase klirrte sacht, die gläsernen Tropfen an dem Lampenschirm schlugen mit einem zarten Klimpern aneinander, der Spiegel des Frisiertisches summte, und die Fensterscheiben vibrierten in ihren Rahmen. Und inmitten dieses gigantischen Schnurrens schlief ich ein.

Ich träumte. Und ich wusste, dass ich träumte.

Ich lief neben dem schwingenden braunen Wollrock her. Das Heidekraut reichte bis über meine Nase. Der Boden war sonnenwarm, doch an manchen Stellen musste ich schlammigen, morastigen Pfützen sorgsam ausweichen. Nichts war schlimmer, als den klebrig-feuchten Matsch hinterher mit der Zunge wieder entfernen zu müssen. Ein bunter Falter lenkte kurzzeitig meine Aufmerksamkeit ab. Er gaukelte anmutig über einer gelben Blüte. Ein Sprung, ein Platsch. Falter weg, Pfote nass. Unwillig schüttelte ich sie. Dann warf ich einen suchenden Blick nach vorn. Ja, da lief sie. Ich eilte hinterher.

Der Rock hielt an und drehte sich einmal im Kreise. Ich konnte die nackten Beine und die bloßen Füße darunter sehen. Ob das schon der rechte Augenblick war, sich auf die Suche nach einem Mauseloch zu machen? Nein, das war es noch nicht. Der Rock setzte sich wieder in Bewegung, und ich stromerte hinterher. Ah, durch den Eichenhain sollte es gehen. Na, das kannte ich schon. Dort, wo die Steinriesen hoch aufgerichtet im Kreis standen, dort würde sie auf ihn warten.

Ich folgte ihr, obwohl ich die Stelle seltsam fand. Und auch das Verhalten meiner Menschenfreundin hielt ich nicht für richtig. Da war dieser junge Mann, nicht sehr groß, aber kräftig und zäh. Seine schwarzen Locken fielen ihm bis auf die Schultern, sein Kilt flatterte, als er auf uns zugelaufen kam. Nein, das wollte ich nicht weiter mit ansehen. Nein, es war nicht recht, dass sie ihn so zärtlich ansah. Nein, sie sollte nur mich streicheln und kosen und nicht diesen fremden Mann.

Empört vergnügte ich mich stattdessen mit den langohrigen Bewohnern eines Kaninchenlochs.

Aber dann, als die Sonne lange Schatten in den Steinkreis warf, da hörte ich sie nach mir rufen, und Kaninchen konnte Kaninchen bleiben. Sie hob mich hoch, und – mhhhh – ich durfte meinen Kopf an ihren weichen Busen betten. Ich vergrub meine Nase in dem Wollstoff und schnurrte …

»Es hat ein Erdbeben heute Nacht gegeben, und du hast es verschlafen?«

Ungläubig schaute mich Valentine an.

»Ich habe es nicht nur verschlafen, ich habe sogar ganz wundervoll geträumt.«

»Du meine Güte. Dabei haben stundenlang die Fensterscheiben geklirrt und gerappelt.«

»Na, stundenlang ist etwas übertrieben, Val. Aber ich habe es auch gemerkt, bei mir ist ein Glas von der Fensterbank gefallen.«

Ken hatte sich auch in der Frühstücksrunde eingefunden, und ich sah ihn plötzlich mit ganz anderen Augen. Woran erinnerten mich denn nur diese schwarzen Locken?

»Ken, sind deine Vorfahren eigentlich schottischer Herkunft?«, platzte ich heraus.

»Was hat das denn mit dem Erdbeben zu tun?«

»Nichts, aber ich … Na, ich glaube, am besten erzähle

ich euch meinen Traum. Aber nicht hier. Gehen wir ein Stückchen spazieren.«

»Gut, aber wir sollten Regenjacken mitnehmen, es sieht unbeständig aus.«

Eine halbe Stunde später hatten wir den Golfplatz erreicht, und meine drei Begleiter sahen mich teils fassungslos, teils begeistert an. Carl, der Nüchternste in der Runde, tat alles weitgehend als Traum ab, Valentine, die Romantischste, spann sogleich die Geschichte weiter. Sie sah das Mädchen schon nachts mit den Feen tanzen.

Und Ken wirkte sehr nachdenklich.

»Du glaubst, du stehst in einer Verbindung zu dieser Margaret, und dieser komische Geisterkater hat zu ihr gehört?«

»Ich denke schon. Ich kann mir nur nicht erklären, wie die Verbindung aussehen könnte. Meine Familiengeschichte ist verhältnismäßig langweilig. Soweit ich weiß, gibt es keine schottischen Verwandten. Meine Großmutter stammte aus London, aber ihre Familie hat früher in Cornwall gelebt. Es gab Zinngruben dort, und irgendein Urururgroßvater ist dabei richtig zu Geld gekommen. Aber das hat sich über die Generationen hin leider verloren. Es gibt noch ein altes Haus dort. Meine Großmutter erzählte immer davon, sie habe ihre Großtante dort besucht. Man kann also an den Fingern abzählen, wie weit das zurückreicht.«

»Na, dann zeig deine hübschen hundertsechzig Fingerchen vor.«

»Sind das bloß hundertsechzig Jahre?«

»Ohne Computer bist du auch hilflos, was? Oma geboren wann?«

»1910.«

»Zwei Generationen zurück, circa fünfzig Jahre, na, sagen wir, 1850. Fehlen noch hundert Jahre. In denen kann viel passiert sein, meinst du nicht?«

»Natürlich. Und das Haus ist sogar noch älter. Ich war nämlich auch mal dort. Aber wie alt genau, weiß ich nicht. Ich werde Tante Henrietta fragen, vielleicht erinnert sie sich an mehr Details. Allerdings wird sie ziemlich komisch gucken, wenn ich ihr erzähle, warum ich das wissen will.«

»Dir wird schon eine geschickte Ausrede einfallen.«

Und Carl warf ein: »Ja, ansonsten musst du nur mein Weib fragen, die ist nie um eine Erklärung verlegen.«

»Ich … oh, was soll ich tun? Ich habe gerade nachgedacht«, schreckte Valentine auf.

»Hat das wehgetan?«

Sie ignorierte die spöttische Bemerkung ihres Mannes und sah mich fragend an.

»Wieso hast du vorhin gemeint, Ken hätte schottische Verwandte?«

»Weil der Mann in meinem Traum eine gewisse Ähnlichkeit mit ihm hat.«

»Ernsthaft?«

»Ja, mein Lieber.«

»Sie hat Margarets Freund aber als gut aussehend geschildert, Leute. Liegt die Ähnlichkeit in meinem umwerfenden Aussehen?«

»Du bist eindeutig der Zweitschönste im Lande.«

»Bleib doch mal ernst. Ken, wie ist das mit deinen Vorfahren?«

Valentine hatte sich verbissen. Aber Ken hatte nicht viel zu bieten, ihn hatte seine Familiengeschichte bisher nicht sonderlich interessiert.

»Meine Leute sind, soweit ich weiß, zwar aus Schottland eingewandert, aber das muss Ende des achtzehnten Jahrhunderts gewesen sein. Sie sind mit den ersten großen Trecks nach Westen gezogen und haben später eine Farm gegründet.«

»Mackey – natürlich. Irgendein Mac muss euer Stammvater sein. Man hat die unaussprechlichen schottischen Namen in der Neuen Welt gerne vereinfacht«, erklärte Carl.

»Also vielleicht doch ein MacLeod? Wie spannend, wenn ihr beide Nachkommen dieses alten Liebespaares wärt.«

»Spannend? Ich weiß nicht. Ich lebe heute, nicht damals.«

»Vielleicht liegt ein Fluch auf eurer Beziehung?«

»Eine ganze Reihe Leute setzen voraus, wir hätten eine Beziehung, Ken.«

»Und dann noch eine fluchbeladene. Wie grässlich.«

Damit hatten wir es allerdings geschafft, Valentine doch verlegen zu machen. Sie hatte leicht gerötete Wangen und sah uns um Entschuldigung heischend an.

»Tut mir leid, wir haben so viel gemeinsam, ich habe darüber gar nicht nachgedacht. Ich spinne mir manchmal ein bisschen zu viel zusammen, nicht?«

Ich fand das im Grunde auch, aber da ich solche Vorwürfe kannte, sagte ich nichts dazu. Mein Interesse an der ganzen Sache lag nämlich mehr bei dem armen Geisterkater, der so sehr das Streicheln vermisst und dessen Schnurren das Schloss zum Wackeln gebracht hatte, als an der alten, verstaubten Liebesgeschichte. Und weil ich Valentine wirklich mochte und sie ziemlich betreten dreinblickte, nickte ich ihr aufmunternd zu und meinte: »Schreib es auf. Schreib einfach die Geschichte der beiden auf, so, wie sie hätte passieren können.«

»Margita, das ist eine prächtige Idee. Dann schweigt sie wenigstens für ein paar Stunden stille.«

»Kabbelt euch im Hotel weiter. Ich finde, es wird ziemlich feucht.«

Ken zog mir die Kapuze meiner Regenjacke über den Kopf. Wirklich, es hatte angefangen zu nieseln, und wir gingen mit zügigen Schritten zurück.

»Ich habe übrigens MacDuffnet wegen der gefälschten Geldscheine angesprochen«, sagte Ken neben mir.

»Und, hat er zugegeben, dass er sie fabriziert hat?«

»Nein, er war entrüstet. Er kann sich überhaupt nicht vorstellen, wie solche Scheine in sein Hotel gekommen sein könnten.«

»Er kann doch nichts dafür, wenn ihm die jemand untergejubelt hat. Ich prüfe auch nicht immer jeden Schein. Und diese sind mir sowieso völlig fremd.«

»Aber, Margita, was wäre, wenn er tatsächlich Falschgeld wäscht?«

»Ken, du hast zu viele Krimis gelesen. MacDuffnet ist vielleicht nicht der sympathischste Zeitgenosse, aber das wird er sicher nicht tun. Und ich kann mir nicht vorstellen, dass diese Gerüchte mit der Verbrecherbande wahr sind. Wenn hier ein Polizist auftaucht, dann reden die Einwohner ein ganzes Jahr von dem Ereignis. Und jedes Mal wird das Vergehen weiter aufgebauscht.«

»Wenn du meinst.«

Oje, heute war die Stimmung aber verhagelt. Valentine hatte offensichtlich von Carl eine Gardinenpredigt zu hören bekommen. Die beiden mufften sich, gelinde gesagt, an. Und ich hatte Kens Abenteuerdrang so gedämpft, dass er inzwischen zu nichts mehr Lust hatte. Er brummelte, er wolle sich auf sein Zimmer zurückziehen, um zu lesen, und Carl und Valentine wollten Karten an ihre Freunde schreiben. Ich besann mich also auf meine Pflichten als Nichte.

Gespenstischer Zweifel

Sie hat mich berührt. Sie hat mich gekrault. Oh, war das schön! Wie das kribbelte, wie es mich durchschauderte. Ja, ja, ich weiß, ein paar Scheiben haben geklirrt – aber das ließ sich nicht vermeiden. Es ging mir einfach durch und durch.

Nur … kein bisschen körperlicher bin ich dadurch geworden. Sie liebt mich eben nicht. Sie findet mich niedlich, aber sie liebt mich nicht. Sie liebt diesen Menschen. Dessen bin ich mir ganz sicher.

Aber wenigstens hat sie schön geträumt. Dessen bin ich mir auch ganz sicher. Ich habe ihr eine meiner schönen Erinnerungen übermittelt. Endlich jemand, der das zu würdigen weiß. Ahh, wieder in der Sommersonne vor einem Kaninchenloch sitzen, durchs Gras streifen, Falter fangen ...

Weg mit der Sehnsucht. Sie schmerzt.

Tagsüber bleibe ich immer ganz in ihrer Nähe. Ich muss schließlich wissen, was sie vorhat. Vorhin ist sie endlich bei der Tante aufgetaucht, und die beiden haben darüber gesprochen, dass sie in vier Tagen abreisen werden. Nur noch vier Tage – die Zeit wird knapp. Was soll ich nur tun, wenn es mir bis dahin nicht gelingt, von ihr erlöst zu werden?

Höchste Not und große Liebe, hat Arthur gesagt. Gewaltige Gefühle scheinen das Einzige zu sein, was einen einsamen Geist aus diesem traurigen Nebeldasein herausreißen kann. Aber ich will die Rothaarige mit den sensiblen Händen doch gar nicht in höchster Not sehen.

Andererseits, was kann ihr schon passieren? Es wird schon kein Gast durchdrehen und mit dem Breitschwert auf sie losgehen.

Obwohl, das erinnert mich an etwas Wichtiges. Übermorgen ist der Jahrestag des Gemetzels. Da hat das Schwert mal wieder von der Wand zu fallen. Ich muss auch dafür Kräfte sammeln – große Bastet, das wird anstrengend.

Aber wenn es sich lohnt? Vielleicht erschreckt sie das Schauspiel so, dass sie sich wie in höchster Not fühlt. Oder, wenn ich mich richtig sichtbar mache, vielleicht glaubt sie dann sogar, ich sei in höchster Not. Und dann reicht sie mir rettend die Hand. Wird das geschehen?

Doch auf die Frage lautet wie zuvor – that sad answer: »Nevermore!«[21]

Silberdistel

Tante Henrietta saß mit einem Buch in ihrem Zimmer, als ich bei ihr anklopfte.

»Nanu, nicht mit deinen Freunden unterwegs? Schon die erste Missstimmung?«, begrüßte sie mich. Was mich ein wenig ärgerte, vor allem, weil sie nicht ganz unrecht hatte.

»Es regnet, man kann kaum was unternehmen.«

»Das stimmt. Setz dich, Margita.«

Ich zog mir einen Stuhl heran, näher an die Heizung, denn ich fühlte mich durchgefroren.

»Wie war's in Edinburgh?«

»Nett.«

»Wie schön für dich.«

Oje, das würde eine mühsame Konversation werden. Tante Henrietta legte sorgfältig ein Lesezeichen zwischen die Seiten und klappte das Buch zu. Ich registrierte, dass es ein Band mit schottischen Balladen war. Eine ungewöhnliche Lektüre für meine Tante, die ansonsten lieber Sachbücher las. Aber vielleicht konnte ich darüber eine Brücke zu meinem Anliegen schlagen?

»Haben dir die Balladen gestern Abend auch gefal-

---

21 Die traurige Antwort: »Nimmermehr!«

len, die Arthur vorgetragen hat?«, wagte ich zu fragen.

»Mh.«

Sehr mühsam.

»Wir waren gestern in Tainwick. Ein hübsches altes Städtchen. Es gibt sogar ein klitzekleines Museum, in dem Sachen aus dem ursprünglichen Schloss gezeigt werden«, versuchte ich es mit einem anderen Thema.

»So. Na, wie schön.«

Das ging nicht so weiter. Tante Henrietta saß da und sah aus dem Fenster, an das ein regelrechter Schnürlregen schlug. Sie machte ein steinernes Gesicht und wirkte so unnahbar wie nie zuvor. Ob ich sie mit meinen eigenmächtigen Unternehmungen dermaßen verärgert hatte?

»Tante Henrietta, was ist los? Habe ich was falsch gemacht?«

Sie drehte den Kopf langsam zu mir herum, und ich merkte, dass das Steinerne in ihren Zügen von dem Versuch großer Selbstbeherrschung stammte.

»Nein, Margita. Hast du nicht. Aber ich fürchte, ich habe ein paar Dinge nicht ganz richtig gemacht.«

Hoppla! Da war doch was passiert!? So eigenartig hatte sie sich noch nie benommen.

»Doch, Tante Henrietta, du hast alles richtig gemacht. Auch wenn ich manchmal mit den Zähnen geknirscht habe.«

Ein verzerrtes Lächeln huschte über ihr Gesicht.

»Kein Mensch macht alles richtig. Aber ich habe mich bemüht. Wahrscheinlich ein bisschen zu sehr. Für dich muss es ein ziemlicher Schock gewesen sein, damals, als ich dich zu mir nahm. Meine Schwester war solch eine leidenschaftliche Natur, so überschwänglich und fröhlich. Ich war immer das vollkommene Gegenteil von ihr. Vielleicht war der Altersunterschied von acht Jahren, die zwischen uns lagen, ein Grund dafür. Unsere Mutter hat mir ziemlich früh die Verantwortung für sie übertragen, und ich habe mich oft in Situationen wiedergefunden, in denen ich für sie die Kastanien aus dem Feuer holen musste.«

Tante Henrietta sah wieder in den Regen hinaus und schwieg. Die Risse in ihrer harten Schale waren aufgebrochen. Und nun hoffte ich, sie würde mir mehr erzählen. Darum murmelte ich: »Ja, und dann haben sie dir auch noch mich aufgebürdet, nicht wahr?«

»Nicht aufgebürdet, Margita. Ich habe dich gerne zu mir genommen. Aber ich war nicht sehr geschickt im Umgang mit einem verstörten jungen Mädchen. Ich hatte die Absicht, dich unbedingt vor den Fehlern zu bewahren, die Angela in meinen Augen gemacht hat. Darum habe ich dich energisch zur Nüchternheit erziehen wollen. Das mag verkehrt gewesen sein. Ich habe deine wahre Natur damit unterdrückt. Und was das bedeutet, ist mir inzwischen viel klarer geworden.«

»Ich glaube nicht, dass sich eine – wie nennst du sie – ›wahre Natur‹ einfach unterdrücken lässt. Was ist denn deiner Meinung nach meine Natur? Bin ich die Fantastin, die Träumerin? Diese Anlage habe ich zwar oft vor dir versteckt, aber du hast sie nie aus mir herausbekommen.«

»Nein, wahrscheinlich nicht. Aber ich habe sie zu etwas Negativem gemacht. Und das war nicht richtig.«

»Was hat dich dazu gebracht, deine Meinung zu ändern, Tante Henrietta? Ist etwas geschehen?«

»In gewisser Weise, ja.«

»Du möchtest mir das nicht erzählen?«

»Nein, Margita, noch nicht. Ich muss selbst noch eine Weile darüber nachdenken. Aber ich werde dir nichts vorenthalten, was dich betrifft. Das verspreche ich dir.«

Ich nickte. Das war nur fair. Und auch verständlich, nicht immer kann man gleich über seine Erkenntnisse und wirren Gefühle sprechen. Also fragte ich nicht weiter nach, sondern nutzte die Gelegenheit, über die Dinge zu reden, die mich im Augenblick bewegten. Ich hatte den Eindruck, sie würde zumindest einigen der seltsamen Aspekte darin aufgeschlossener sein als bisher.

»Tante Henrietta, ein ganz anderes Thema. Weißt du, ob irgendwelche Vorfahren unserer Familie aus dieser Gegend stammen?«

Sie sah mich verdutzt und ein bisschen misstrauisch an.

»Es ist alles möglich, warum fragst du das?«

»Es … es passiert hier etwas Komisches. Du hast meine … mh … Visionen immer als Spinnerei abgetan, aber ich meine, du solltest dir trotzdem anhören, was mir begegnet ist.«

Leicht fiel es mir nicht, darüber mit ihr zu sprechen. Aber wider Erwarten nickte sie mir aufmunternd zu. Ich berichtete also noch einmal von dem alten Liebespaar, jetzt unter Einbeziehung des Katers, und den beiden blutigen Szenen.

»Im Garten befindet sich ein Grabstein, auf dem der Name Margaret steht. Und weil mich das so erschreckend persönlich getroffen hat, nehmen wir an, es könnte irgendeine Verbindung bestehen.«

»Ein junges Mädchen, ein junger Mann, ein Kater und ein wütender Greis. Anschließend ein Blutbad, in dem das Mädchen den Tod findet.«

»Vermutlich zusammen mit dem Kater.«

»Ein unwichtiges Detail.«

»Nein, Tante Henrietta. Aber dazu kommen wir später noch.«

»Na gut. Also, wenn du mich fragst, ist der wütende Mann der Vater eines der beiden. Du sagst, Drumnadruid Castle ist 1744 geplündert worden. Liegt es nicht nahe, dass es einer der üblichen Clan-Fehden zum Opfer gefallen ist?«

»Ich hatte zunächst vermutet, die Engländer seien hier eingefallen, weil zwischen den Clans angeblich ein Burgfriede geschlossen worden war.«

»Das ist kein Garant für ein harmonisches Zusammenleben gewesen.«

Einen Vorteil hatte es, sich mit Tante Henrietta zu unterhalten – sie half, die Dinge ins rechte Licht zu rücken.

»Richtig. So betrachtet, wird es vermutlich eine Art Romeo-und-Julia-Drama gewesen sein. Der zornschnaubende Alte, den ich in Blair Rath Castle wahrgenommen habe, muss der Vater des jungen Mannes gewesen sein. Und wie die lokale Historie sagt, haben sich die MacLeods und die MacIains oft genug in der Wolle gehabt. Unter diesen Umständen mag eine solch unerwünschte Beziehung schon Ursache für eine blutige Auseinandersetzung gewesen sein.«

»Das Erstaunliche daran ist weniger das frühere Drama als deine Visionen davon, das muss ich zugeben. Margita, du weißt, deine Mutter hatte ähnliche … Wahrnehmungen.«

»Ja, das war unser ganz persönliches Geheimnis. War sie jemals hier?«

»Nein, aber im Haus unserer englischen Vorfahren. Sie erzählte mir, dort sei ihr einmal ein junges Mädchen erschienen. Ich habe ihr damals nicht geglaubt, aber dann berichtete sie von einem ganz besonderen Detail.«

Tante Henrietta stand auf, sie schien überaus angeregt. Sie schloss die Schranktür auf und kramte einen Moment zwischen den Kleidern herum.

»Es gibt etwas in unserer Familie, das uns schon immer ein Rätsel aufgegeben hat. Ich weiß gar nicht, warum ich es mitgenommen habe. Es sollte wohl so sein.«

Sie tauchte aus dem Schrank auf und hielt mir einen silbrigen Gegenstand hin. »Diese Brosche ist traditionsgemäß immer der ältesten Tochter vererbt worden. Ich habe sie aus dem Nachlass meiner Mutter. Sie soll jetzt dir gehören, denn ich werde mit meinen sechsundfünfzig Jahren keine Tochter mehr bekommen. Jedenfalls, genau dieses Schmuckstück will deine Mutter erkannt haben. Die Erscheinung, das junge Mädchen, hat sie an ihrer Schulter getragen.«

Sie legte mir die schwere Gewandnadel in Form einer geöffneten Silberdistel in die Hand, und mich durchzuckte es wie ein Stromstoß. Einen Moment lang flimmerte die Luft um mich herum, dann sah ich sie. Das Mädchen mit den langen blonden Zöpfen saß im Zimmer. Ein Spinnrad drehte sich, und die Spindel hüpfte eifrig auf und ab. Neben ihm stand eine ältere Frau mit dunklen Haaren und sprach mit ihr. Verstehen konnte ich sie nicht, doch ich sah, wie sie ihr etwas überreichte. Eine silberne Brosche war es, geformt wie eine geöffnete Silberdistel in ihren zackigen Blättern.

Dann verschwamm das Bild wieder, und Tante Henriettas fester Griff musste mich stützen.

»Es ist wieder passiert, nicht wahr? Du hast plötzlich so verträumte Augen bekommen und fingst an zu schwanken.«

»Ja. Es war eine Szene, die ich auch schon einmal geträumt habe. Aber ich konnte mich an keine Einzelheiten erinnern.« Ich erzählte ihr von meinem Gesicht.

»Dann wirst du recht haben, Margita. Es gibt eine Verbindung unserer Familie zu diesem Gebäude und seinen früheren Bewohnern.«

»Ja – natürlich.« Mir war noch etwas eingefallen. »Du warst noch nie in meinem Zimmer. Komm mit, Tante Henrietta. Ich will dir etwas zeigen.«

Sie folgte mir kommentarlos, aber als sie das Motiv der Silberdistel auf meinem Kaminsims sah, fuhr sie die Konturen mit dem Zeigefinger beinahe ehrfürchtig nach.

»Ich frage mich, was das alles zu bedeuten hat, Margita«, flüsterte sie.

Noch nie hatte ich meine gestrenge Tante so ratlos und verblüfft gesehen.

Ich selbst hatte mir eigentlich noch nie besondere Gedanken darüber gemacht, ob hinter all dem ein tieferer Sinn steckte. Wahrscheinlich, weil mir diese Erscheinungen ganz gewöhnlich vorkamen. Diejenigen, die das nicht kannten, mussten es für viel bedeutungsvoller halten.

»Vermutlich hat es gar nichts zu sagen«, beruhigte ich sie. »Es sind einfach nur Spuren heftiger Gefühle, und ich bin komischerweise fähig, sie in Form von Bildern wahrzunehmen.«

Tante Henrietta sah mich ungläubig an. Dann lächelte sie unerwartet und nickte.

»Du magst in bestimmter Weise übersensibel sein, aber du betrachtest diese ganze Angelegenheit mit unerwarteter Nüchternheit. Das hätte ich nicht von dir gedacht.«

»Diese schon, aber es gibt noch einen Punkt, den du nicht weißt.«

Und dann hatte ich die ungeheure Genugtuung, sie gänzlich sprachlos zu erleben, als ich ihr die Geschichte von dem Katerspuk erzählte.

Kleine Spukereien

Ich werde heute Nacht wieder bei Margita vorbeischauen. Sie scheint mit dem Mann herumzumaulen, das gefällt mir. Dann ist sie von ihm nicht abgelenkt und entdeckt vielleicht ihre wahre Bestimmung.

Bis dahin vergnügte ich mich damit, für das Schwertgeklapper am Meuchelmord-Gedenktag zu proben. Mit einem Küchenmesser hatte ich angefangen. Es klappte nicht besonders gut. Mir gelang nur, es auf dem Tisch herumrutschen zu lassen – immer wenn Peggy wegsah. Sie war hinterher etwas sauer und pfiff den Lehrling an, er würde ihr das Messer ständig verstecken.

Peggy ist aber nicht so übel, sie wollte ich eigentlich nicht ärgern. Also suchte ich den rotnasigen MacDuffnet auf. Der war wie üblich wieder beim Geldzählen, der alte Geizkragen. Ich ließ ein paar Münzen verschwinden und wieder erscheinen. Er rechnete und rechnete und kam jedes Mal auf ein anderes Ergebnis. Seine Gesichtsfarbe machte hübsche Übergänge von rosig bis purpurrot durch. Mich wunderte schon geraume Zeit, warum er diese Zählerei niemand anderen machen lässt. Er tut furchtbar geheimnisvoll mit seinen Abrechnungen. Der junge Mann schien das auch so empfunden zu haben. Er hatte angefangen, in der Hotelhalle und an der Rezeption herumzuschnüffeln. MacDuffnet hat fürchterlich empört getan. Ich vermute, neben seinen anderen unangenehmen Eigenschaften wie Geiz, Jähzorn und Dummheit hat er auch noch eine ganz schöne Portion Dreck am Stecken. Wäre gar nicht schlecht, wenn das jemand aufdecken würde.

Zumindest hatte ich den alten Katzenhasser mit meinen Münzspielereien bis kurz vor den Herzanfall getrieben. Als ich ihn verließ, tobte er brüllend in seinem Büro herum. Leider bekam Morrigan wieder seinen Segen ab.

Dann levitierte ich noch einmal in Margitas Zimmer.

Sie selbst war nicht da, dafür aber die Brosche. Ah, und mit der hatte ich dann das richtige Erfolgserlebnis – wie immer mit solchen Dingen, die ich schon zu Lebzeiten beschnüffelt hatte. Ich ließ sie im Raum tanzen, sich drehen und wenden und Kapriolen schlagen.

So findet sich, was ich verlor – in the saintly days of yore.[22]

Trübselige Regenstimmung

Der Regen hatte auch noch den ganzen Nachmittag angehalten, und wir, Ken, Valentine, Carl und ich, verbrachten ihn am Kaminfeuer sitzend. Tante Henrietta hatte uns ihr Kartenspiel geliehen, und wir spielten verhältnismäßig lustlos ein paar Partien Rommé. Sie selbst wollte trotz des schlechten Wetters noch einmal fortgehen, sagte aber nicht, wohin.

»Ich denke, morgen machen wir uns auf den Weg nach Hause«, meinte Carl schließlich mit einem Blick auf die regennassen Fensterscheiben und schob die Karten zusammen.

»Ach, Carl. Ich würde gerne noch etwas bleiben. Mich interessiert diese alte Geschichte und der spukende Kater.«

»Wir werden gut zwei Tage von hier aus brauchen. Und es sieht aus, als ob der Regen zu einem Dauerzustand wird.«

---

22 In den heil'gen Tagen lang zuvor.

»Na und? Wie lange seid ihr noch hier?«, fragte Valentine, an mich gewandt.

»Wir bleiben nur noch vier Tage. Dann kommt der Bus von *History Tours* vorbei und nimmt uns wieder auf.«

»Und du, Ken?«

»Ich habe meinen Flug ebenfalls in vier Tagen gebucht. Aber große Lust habe ich auch nicht mehr, hierzubleiben.«

Das tat weh.

»Ich glaube, wir sind alle ein bisschen genervt«, meinte Valentine, die meinen enttäuschten Blick bemerkt hatte. »Komm, Margita, wir spuken eine Weile im Schloss herum. Ich mag diese missgelaunten Männer nicht mehr um mich haben.«

Begeistert war ich nicht davon, ihren permanenten Wortschwall über mich ergehen lassen zu müssen, aber sie zog mich halb mit Gewalt aus dem Sessel.

»Steigen wir auf den Turm hoch und schauen aus dem Fenster. Etwas Besseres fällt mir auch nicht ein. Aber die Stimmung ist ziemlich dumpf hier unten«, murmelte sie. Als wir außer Hörweite waren, fragte sie lauter: »Was ist denn bloß los? Habt ihr euch gestritten?«

»Nicht direkt, aber ich finde es dumm, dass Ken sich so in diese Falschgeldsache verbissen hat. Wie ein kleiner Junge, der auf ein Abenteuer aus ist. Er hat sich in den Kopf gesetzt, MacDuffnet betreibe eine gut gehende Fälscherwerkstatt im Hinterzimmer, und möchte ihn unbedingt entlarven. Er hat sogar schon die anderen Gäste befragt. Und seine Freunde angerufen, die letzte Woche mit ihm hier waren.«

»Typisches Beschäftigungssyndrom. Kann nicht abschalten und sucht verzweifelt eine Aufgabe. Das kenne ich von meinem Carl auch. Der Junge hat wahrscheinlich schon lange keinen Urlaub mehr gemacht.«

»Soweit ich weiß, nicht. Uff …«

Die Wendeltreppe war eng und steil, aber endlich waren wir oben angekommen und lehnten an einem kleinen Bogenfenster. Es war nicht viel von der Landschaft zu sehen, der See lag grau und glanzlos zu unseren Füßen, die Berge waren von Wolken und Regen verhüllt.

»Ich habe mich heute Morgen ein bisschen zu sehr eingemischt, nicht wahr?«

»Schon gut, Valentine. Ich nehme dir das nicht übel. Du kannst nichts dafür, dass ich so ein Dummkopf bin.«

»Du hast dich in ihn verliebt?«

Ich zuckte wortlos mit den Schultern.

»Und er hat dich nur als willkommene Abwechslung betrachtet.«

»So wird es sein. Jetzt hat meine Spinnerei überhandgenommen. Darum hält er sich lieber an diesen gefälschten Geldscheinen fest. Und das Spiel mag ich nicht mitspielen. Also – aus die Maus.«

»Arme Margita. Aber ich finde die Spinnerei gar nicht so verrückt. Deine Idee mit dem Aufschreiben hat was für sich. Weißt du, ich habe hin und wieder für Familienchroniken recherchiert. Mich würde es reizen, diese historischen Zusammenhänge der MacLeods und MacIains auszuarbeiten.«

»Dann tu es. Wir haben eine Menge Material zusammenbekommen. Und dies hier kannst du auch noch verwenden.«

Ich erzählte ihr von der Brosche in Form der Silberdistel. Es munterte mich merklich auf, eine so hingerissene Zuhörerin zu haben.

Sie war genauso hingerissen wie Tante Henrietta zuvor, als ich ihr von dem geisternden Kater berichtet hatte. Es war erstaunlich, wie kritiklos meine Tante das alles hingenommen hatte. Ja, sogar nicht den geringsten Zweifel geäußert hatte. Zum Ende meines Berichts hatte sie sogar geschmunzelt und gemeint: »Na, wir sind noch bis Ende der Woche hier. Vielleicht habe ich auch noch das Vergnügen.«

Viel besser gelaunt liefen Valentine und ich anschließend in mein Zimmer hinunter und sahen uns die Brosche an. Diesmal konnte ich sie ohne Probleme anfassen. Es war ein hübsches Stück, eine etwa acht Zentimeter große, runde Silberscheibe, in der Mitte ein Bernstein, der den Blütenkorb darstellte, außen herum die Blütenblätter und die zackigen Distelblätter ausgearbeitet.

»Man trug sie, um das Plaid an der Schulter zusammenzuhalten oder als Schmuck am Gewand«, erklärte ich Valentine.

»Also müsstest du nur noch herausfinden, wie sie in deine Familie gekommen ist, nicht wahr? Interessiert dich das nicht?«

»Doch, aber ich weiß keinen Ansatzpunkt. Wenn die MacIains ausgerottet worden sind, wie man annehmen kann, dann könnte jeder Plünderer diesen Schmuck an sich genommen haben. Wenn die schon angesengte Spinnräder aus der Ruine geklaut haben, dann werden sie auch vor Leichenfledderei nicht haltgemacht haben.«

»Du bist grässlich ernüchternd.«

»Sagte Tante Henrietta auch schon«, musste ich kichern. »Die Welt scheint auf dem Kopf zu stehen.«

Ein wundervoller Abend

Valentines Interesse an der Ahnenforschung hatte mich auf eine Idee gebracht. Mir war etwas eingefallen, das ich ihr unbedingt noch mitgeben musste. Darum hatte ich mich nach dem Abendessen bei den anderen entschuldigt und war durch den nassen Garten gelaufen. Der Regen hatte etwas nachgelassen, aber es tröpfelte noch immer heftig von den Büschen und Bäumen. Und natürlich landete ich mit einem Fuß auch in einer knöcheltiefen Pfütze. Aber wenigstens war der Weg nicht umsonst gewesen. In der Hütte des Gärtners brannte noch Licht.

Arthur machte auf mein Klopfen auf, und Silver sprang vom Sessel, humpelte auf mich zu und strich mir um die Beine.

»Na, dir geht es wieder richtig gut, Silver. Es sieht ja sogar so aus, als hätte sie sich inzwischen ein Bäuchlein angefuttert?«

Arthur lachte und nahm das Kätzchen auf die Arme.

»Nachdem sie mir das Abendessen vom Teller geklaut hat, kann das wohl sein. Kommt herein, es ist nass draußen.«

In dem heimeligen Raum brannte ein lustiges Feuerchen im Kamin, und ich setzte mich auf den Cordsessel, auf dem Silver gelegen hatte. Vermutlich war ich nachher voller weißer Katzenhaare, aber das machte mir im Moment nichts aus.

»Gemütlich ist es hier. Viel netter als in der schrecklichen lila Halle.«

Braune Wollteppiche lagen auf dem Boden, ein paar schlichte Regale, die wie selbst gezimmert aussahen, zogen sich an den Wänden entlang, darin Reihen von Büchern, nicht akkurat ausgerichtet, sondern so, als würden sie oft herausgezogen und gelesen. In einer Ecke stand die Harfe, auf dem Tisch ein Tonkrug und zwei Becher.

Zwei? Ich wunderte mich. Aber dann fragte Arthur mich: »Mögt Ihr einen Becher von meinem Holunderwein trinken?«

»Wenn ich davon nicht sofort unter den Tisch sinke.«

»Nein, gewiss nicht.«

Er nahm einen weiteren Becher von dem Bord über dem Kamin und schenkte mir ein. Silver klagte ihren Platz ein und hüpfte auf meinen Schoß.

»Sie liebt es, sich am Feuer zu wärmen. Euch stört es doch nicht, wenn sie dort liegt?«

»Nein, ich mag Katzen.«

Und wie schön war es, die Hände in dem weichen Pelz zu vergraben. Ganz plötzlich dachte ich an den

Geisterkater. Ob er sich auch danach sehnte, wieder ein Fell zu haben, das man kraulen konnte? Wenn meine Vermutung stimmte, dann war der Arme nun schon über zweihundert Jahre pelzlos.

Ich kostete den Wein und fand ihn fruchtig und erfrischend. Arthur hatte mir gegenüber Platz genommen und schwieg, sein bärtiges Gesicht vom Feuerschein beleuchtet. Ein ruhiges Gesicht, doch nicht ohne Spuren von einem bewegten Leben. Ein Gesicht, das mir eigenartig vertraut erschien, zu dem ich Vertrauen haben konnte. Ich fühlte mich ruhiger werden, als ich es den ganzen Tag über gewesen war.

Arthur schien es nicht besonders zu überraschen, dass ich ihn aufgesucht hatte. Er fragte nicht, was mich hergeführt hatte, er saß nur da und lächelte mich über den Rand seines Bechers an. Ich suchte nach einem Anfang.

»Arthur, Sie … Sie wissen, ich habe vorgestern an dem Grabstein etwas gesehen.«

Er nickte.

»Wir haben ein wenig nachgeforscht und eine alte Geschichte herausgefunden. Valentine möchte sie gerne aufschreiben und auch etwas in der Genealogie der Clans recherchieren. Dabei habe ich mich an die Ballade erinnert, die Sie letzte Woche drüben in der Halle gesungen haben. Könnte sie möglicherweise auf dieses Ereignis anspielen?«

»Daran erinnert Ihr euch? So, so. Welche war es denn? Ich kenne viele Balladen.«

Funkelte da eine Spur von Schalk in seinen Augenwinkeln?

»Oh, es war diese schaurige Geschichte, die immer mit dem Namen von MacTiger endet. Wer immer das auch war.«

»Und Ihr wisst es immer noch nicht, Margita?«

Ich sah ihn völlig fassungslos an.

»Arthur …? Ihr kennt den Spuk? Den Kater? Ist er das?«

»Ja, Kind, ich kenne den armen herumgeisternden Kater schon lange. Aber wer will heute noch an Gespenster glauben. Außerdem ist es ein sehr ängstlicher Geist.«

»Nicht ängstlicher als jede scheue Katze auch. Ich … ich denke, ich habe irgendwie sein Vertrauen gewonnen.«

»Erstaunliches Mädchen. Erzählt.«

Zum dritten Mal an diesem Tag erzählte ich die nächtliche Begebenheit und meine Schlussfolgerungen daraus.

»Ja, die alte Ballade erzählt davon. Die Maid war Margaret MacIain, der Junge Alasdair MacLeod of Blair Rath Castle. Auch ich habe in den alten Geschichten nachgeforscht – vielen alten Geschichten, denn ich bin kein ganz Fremder in dieser Gegend. Doch vorgestern erst fand ich das alte Grab, den Nachweis, dass Margaret wirklich hier gelebt hat.« Er war aufgestanden und zog ein schmales Heft aus dem vollgestopften Regal. »Gebt dies Eurer Freundin. Es enthält die Ballade und die Geschichte, soweit ich sie kenne. Es ist nicht viel, aber mit Euren Gesichten und der Neugier Eurer Freundin mag die Vergangenheit von Drumnadruid Castle wieder aufleben.«

»Oh, vielen Dank, wir werden die Seiten kopieren…«

»Behaltet das Original.«

»Aber dann haben Sie doch…«

»Ich habe meinen Kopf, und darin sind alle Originale«, lächelte Arthur.

»Auswendig?«

»Ihr jungen Leute lernt das nicht mehr, aber dort, wo ich herkomme, werden die alten Geschichten noch mündlich weitergegeben. Deshalb ist es nicht ungewöhnlich, den ganzen Balladenschatz auswendig zu beherrschen.«

Da, wo er herkam. Es war so gemütlich, so warm in dem Häuschen, dass ich einfach fragen musste.

»Die Geschichte, die Sie gestern Abend erzählt haben, die von dem Wanderer – war das Ihre Geschichte?«

»Ja, Kind.«

»Und… und warum ist meine Tante… Oh, Verzeihung, das geht mich gar nichts an.«

Ich fühlte meine Ohren heiß werden, und das nicht nur vom Feuerschein.

Arthur legte ein neues Scheit nach, und ein Funkenregen sprühte knisternd im Kamin auf. Draußen tropfte der Regen wieder unablässig auf die Blätter, auf meinem Schoß schnurrte die weiße Katze. Sonst hörte man keinen Laut.

Ob es doch an dem Wein lag, den Arthur mir eingeschenkt hatte? Ich fühlte mich entspannt, wie schwebend. Meine Gedanken wanderten, suchten. Nicht in der fernen Vergangenheit, sondern in den Ereignissen der letzten Tage. Ich sah diejenigen, die mir etwas bedeuteten. Ihre Gesichter tanzten vor meinen Augen – Tante Henriettas, das sich von steinerner Selbstbeherrschung zum liebevollen Lächeln wandelte, Valentines, übermütig und voller Freundschaft. Da war Ken, der sich vom fröhlichen Gefährten wieder zum arroganten Wichtigtuer entwickelte, MacDuffnet, rotgesichtig, ständig auf seinen Vorteil bedacht, Arthur, von eigenartiger Weisheit geprägt und doch zufrieden lebend als einfacher Gärtner. Und natürlich MacTiger, der ruhelos spukende Kater mit seiner Sehnsucht nach Berührung. Und die silberne Distel in all ihren Formen. Sie waren um mich herum, und zwischen ihnen spannen sich leuchtende Fäden. Einige dünn wie Seide, einige dichter und fester. Sie wuchsen und verwebten sich, bildeten ein Netz, lösten sich hier, verbanden sich dort, spannen mich ein in das Muster der Beziehungen, zogen mich, fesselten mich, ließen mich los, umgarnten mich. Und ich fühlte mich verbunden mit ihnen allen, durch Liebe, durch Angst, durch Hoffnung, durch Vertrauen und – Gefahr.

Ich hatte anscheinend die Katze, ohne es zu wollen, zu heftig angefasst, sie sprang mit einem Maunzer von meinem Schoß, ich war wieder in Arthurs Zimmer. Er saß am Kamin und strich sacht über die Saiten der Harfe. Die Töne schienen den Raum zu füllen, auch wenn sie kaum hörbar waren.

»Ihr wandert auch, Margita. Ihr wandert in den Weiten und in den Tiefen. Das ist wichtig und gut, mein Kind. Doch auf den Wanderungen erwartet einen zuzeiten Erschreckendes.« Sehr leise sprach der alte Barde, und über meinen Rücken zog ein kalter Schauder.

»Aber wenn Ihr den Schrecken auf Euren Wanderungen durch Eure eigenen Tiefen überwunden habt, werdet Ihr stärker daraus hervorgehen. Ihr werdet dann in der Lage sein, anderen zu helfen.«

»Ich habe aber Angst, Arthur …«, flüsterte ich. »Ich habe zweimal das Grauen erlebt.«

»Angst kann man überwinden, denn auch wenn Ihr es nicht merkt, auch wenn Ihr es nicht seht, Ihr werdet geführt auf Eurem Weg. Vertraut mir, ich weiß, wovon ich spreche. Und glaubt mir, Ihr habt die Kraft für alles das, was Euch zu tun geboten werden wird.«

Die Harfe klang lauter, beinahe beschwörend. Und mich erfüllte plötzlich ein wundersames Gefühl von Zuversicht und – seltsamerweise große Zärtlichkeit für den Mann am Kamin.

»Geht nun zurück ins Hotel, Kind. Es ist schon Mitternacht vorbei, der Rabe hat sein ›Nevermore‹ gekrächzt, Eure Tante ruht und träumt von einer glücklicheren Zeit, Eure Freunde vergessen ihre Sorgen in den ersten Wogen des Schlummers, und MacTiger harrt Eurer auf dem Kaminsims über der silbernen Distel. Geht, Kind, der Regen ist vorüber.«

Hochenergie-Spuk

Ich wartete auf sie auf dem Kaminsims über der Silberdistel. Ungeduldig. Endlich trat sie in den Raum, und auf ihrem Gesicht lag ein seltsamer Schein. Sie sah sehr hübsch aus. Doch dann …

»Hallo, MacTiger …«

Mehr bekam ich nicht mehr mit. Ich war derartig erschrocken, meinen Namen zu hören, dass ich spornstreichs in die Höhe fuhr. In der Etage darüber ließ ich eine kreischende Jungmaid im Himmelbett hinter mir, im obersten Stockwerk die arme Peggy mit ihren gesträubten Haaren und unter den Dachsparren die verschreckten Fledermäuse, als ich vorbeischoss wie ein Komet mit rot glühenden Augen. Ich kam erst wieder zum Halten, als ich gut fünfzig Meter über dem Schloss schwebte.

»MacTiger« hatte sie gesagt. Meinen Namen hatte sie ausgesprochen. Woher wusste sie ihn? Als ich ihn hörte, wurde ich ganz ungeheuerlich sichtbar, als ob ich einen Energiestoß bekommen hätte. Meine Bastet, so konnte ich doch nicht zurück ins Hotel. Dort würde das blanke Chaos ausbrechen. Das aber war erst für morgen geplant. Gerade heute wollte ich nicht spuken. Wie absolut grässlich.

Ich überlegte, während ich mich langsam in Richtung Schornstein sinken ließ, wie ich so unauffällig wie möglich zu Margita zurück ins Zimmer käme. Bloß nicht wieder Aufmerksamkeit erregen. Vielleicht ging es hier durch diesen schwarzen Schlund? Mich ekelte es, durch diesen verrußten Schacht zu gleiten, aber ein Fell, das verschmutzen konnte, hatte ich ja nicht mehr. Also auf. Oder besser ab.

Margita lag inzwischen in ihrem Bett, als ich bei ihr landete. Sie hatte die Augen geschlossen. Schlief sie schon? Vorsichtig näherte ich mich. Ah, war das gestern schön, auf ihrem Bauch zu liegen. Ob ich noch mal …

Kaum hatte ich mich niedergelassen, blinzelte sie mir zu. Sehr feinfühlig, die Kleine.

»Du bist doch MacTiger, nicht wahr?«, flüsterte sie.

Ich rückte näher zu ihr heran. Wie vereinbart, kratzte ich mich am Ohr.

»Fein, alter Freund. Schön, dass du wieder da bist. Wie bist du nur zum Geist geworden? Aber das kannst du mir sicher nicht erzählen. Wir werden das schon herausfinden. Möchtest du noch mal gekrault werden?«

Ich schnurrte schon in Vorfreude. Sie schien das zu verstehen.

Doch bald schlief sie ein, und ich traute mich einfach nicht, ihre Frage nach dem Beginn meiner Geisterkarriere zu beantworten. Ich ließ sie stattdessen davon träumen, wie ich zu meinem Namen gekommen war.

Später suchte ich mir wieder einen Weg durch die Essen. Irgendwie musste ich mich vertan haben in dem ganzen Kamingewirr. Ich landete bei dem schnarchenden MacDuffnet. Bäh! Ich schüttelte mich, und die Energie, die ich durch Margitas Hände aufgenommen hatte, reichte aus, eine prächtige Rußwolke im Kamin aufzuwirbeln. Er wurde schwarz drauf wie ein Mohr – like this omnious bird of yore.[23]

23 Wie jener Vogel einst zuvor.

Trunkene Geständnisse

Dieser Geisterkater war offensichtlich sehr angetan davon, mit seinem Namen angesprochen zu werden – nach einem anfänglichen Schock. Unter seinem Schnurren schlief ich ein, und wieder füllten bunte Träume meinen Schlaf. Ein Mädchen war ich, barfüßig und in einfache Wollkleider gehüllt. Ich saß auf dem strohbedeckten Lehmboden in der Halle und lauschte fasziniert dem Geschichtenerzähler, der mit dem fahrenden Volk zusammen eingetroffen war. Mit mir zusammen hockten die anderen Kinder um ihn herum, und bei mir war natürlich wieder der junge Kater, der sich seit einiger Zeit besonders eng an mich angeschlossen hatte. Begonnen hatte es an dem Tag, an dem ich die Wunde behandelt hatte, die er sich bei seiner neugierigen Erkundung des Herdfeuers zugezogen hatte. Während ich zuhörte, hatte er sich wie üblich zu einer Pelzkugel in meinem Arm zusammengerollt und schnurrte leise. Der bunt gekleidete Mann in unserer Mitte hatte Unglaubliches zu erzählen, und die Ohs und Ahs meiner Freunde unterbrachen immer wieder seine Geschichte. Er schilderte fantastische Begebenheiten, die von furchterregenden Tieren aus fremden Ländern handelten. Die mochten wohl ihren Körper mit großen Platten panzern und ein mächtiges Horn auf der Nase tragen. Andere hatten gewaltige Ohren und einen langen Rüssel statt einer Nase, mit dem sie ganze Bäume umknicken konnten. Von riesigen Katzen wusste er zu berichten, gestreift und mit scharfen Reißzähnen. Und plötzlich wandte er sich mir zu und lächelte: »Katzen, wie dieses Tier in Eurem Schoß, Jungfer. Doch viel, viel gefährlicher. Man nennt sie Tiger, und sie jagen nicht Mäuse und Kaninchen, sondern Wildschweine und manchmal auch Menschen.«

Ein wohliges Schaudern ergriff uns, und ich sah in dem Kätzchen in meinem Arm plötzlich den Nachfolger des gewaltigen Herrn der Steppe. In seine gespitzten Ohren flüsterte ich: »Sohn des Tigers, so sollst du heißen. MacTiger will ich dich von heute an nennen.«

Ich lächelte noch, als ich erwachte.

Der Morgen war immer noch verregnet, und nach dem Frühstück machten sich Val und Carl daran, ihr Auto mit dem umfangreichen Gepäck zu beladen. Die Eingangshalle sah wieder aus, als ob Wegelagerer ihr Camp darin aufgeschlagen hätten. MacDuffnet musterte mich mit einem stechenden Blick und meinte im Vorbeigehen: »Das ist natürlich nicht Ihre Cousine.«

»Nein, aber gut zahlende Gäste. Können Sie auf die verzichten?«, flötete ich in meinem höflichsten Ton. Dieser bornierte Affe. Er drehte sich um und verschwand in seinem Büro hinter der Rezeption.

»Was hat der denn?«

Valentine, mit dem letzten Beutel in der Hand, stand neben mir.

»Er bezweifelt unsere verwandtschaftlichen Beziehungen, Cousine. Aber das ist nicht weiter wichtig. Es tut mir leid, dass ich gestern den Abend nicht mit euch verbracht habe, aber ich denke, ich habe etwas Wichtiges für dich erhalten. Schau, das sind die Aufzeichnungen, die der alte Barde, du weißt schon, der Gärtner, über die Geschichte von Margaret gemacht hat.«

Ich gab ihr das Heft, und ihre Augen leuchteten höchst animiert auf.

»Und den Traum von heute Nacht erzähle ich dir auch noch schnell.«

»Los!«

Anschließend sah Valentine ein wenig traurig aus.

»Wirklich schade, dass wir schon fahren müssen. Aber Carl hat recht, wir brauchen gut zwei Tage, vielleicht sogar drei. Und zu Hause wartet viel Arbeit auf uns. Margita, du bist mir mehr Cousine als meine ganze Sippschaft zusammen. Wir werden uns auf jeden Fall schreiben und telefonieren. Und so weit entfernt voneinander wohnen wir auch wieder nicht. Du musst uns unbedingt besuchen kommen.«

Ich versprach alles, obwohl – wenn wir wieder in unserem Alltagstrott waren, wer würde dann noch an MacTiger und die alte Liebesgeschichte denken…

Ken kam auch dazu, als die beiden ins Auto stiegen, und verabschiedete sich. Wir winkten ihnen zu, bis sie hinter den Kurven der engen Straße verschwunden waren.

»Scheußliches Wetter heute, nicht? Wir werden wieder die Zeit am Kamin totschlagen müssen.«

»Ist das so schlimm, Ken?«

Er zuckte mit den Schultern.

»Ich langweile mich eben.«

»Du bist noch immer schlecht gelaunt. Weißt du, mir macht das auch keinen besonderen Spaß, die Nase am Fenster platt zu drücken und Regentropfen zu zählen.

Ich werde mit Tante Henrietta die Tour nach Glen Ord mitmachen, die hier angekündigt ist.«

»Aha, zurück in die Leibeigenschaft.«

»Ken …«

Er hatte sich von mir abgewandt und sah interessiert zur Rezeption, wo sich Morrigan um zwei neue Gäste kümmerte. Ja, Morrigan war eine schöne Frau, mit wundervollen langen schwarzen Haaren und einer üppigen Figur. Und sie wirkte auch durchaus nicht uninteressiert, wenn ich den Blick richtig deutete, den sie Ken zurückwarf.

Na dann.

Ich schlich mich, wieder zur grauen Maus degradiert, zurück zu den Zimmern und klopfte bei Tante Henrietta.

»Wollen wir uns auf den Weg machen? Ich bin fertig.«

»Ich komme, Margita.«

Wir gingen zusammen nach unten, Tante Henrietta wieder in ihrem unverwüstlichen Tweed, doch seit der Golfballbeule noch immer sehr viel weniger streng frisiert. Sie sah auch ansonsten gut erholt aus, hatte ein wenig Farbe bekommen, und ein, zwei Falten schienen sich geglättet zu haben. Vor allem gab es da ein kleines Lächeln, das immer häufiger in ihren Mundwinkeln zuckte. Sie hatte auch nichts mehr gegen meine Aufmachung – Jeans und ein Tartan-Hemd, ein bunter Schal, um meine Locken zurückzuhalten.

Unten am Eingangstor wartete noch ein älteres Ehepaar, das sich der Besichtigung anschließen wollte. Ken stand an der Rezeption und flirtete heftig mit Morrigan. Mich bemerkte er noch nicht einmal. Tante Henrietta sah es auch und legte mir die Hand auf die Schulter.

Es linderte den bösen Schmerz nicht, aber es tröstete trotzdem ein klein wenig, und so konnte ich mit einigermaßen Haltung in den Kleinbus steigen.

Die beiden anderen stellten sich als Dorothy und Ernst Halbacher vor, und gesprächsweise erfuhren wir ihre Geschichte. Sie machte mich betroffen, und mir wurde bewusst, wie viel schlimmere Schicksale es gab als einen vorübergehenden Liebeskummer. Dorothy war eine in Deutschland lebende Schottin, die vor vierzig Jahren ihren Mann kennengelernt hatte, der als Zimmermann auf der Walz in den Highlands gelandet war. Als ein heftiges Unwetter das Dach ihres Hauses zerstört hatte, war er ihr schnell und kundig zu Hilfe geeilt – und sie hatten sich prompt ineinander verliebt. Dies nun war ihr letzter Urlaub, denn Dorothy war krebskrank und wollte noch einmal die Heimat sehen. Aber sie machte kein Aufhebens davon, sondern die beiden nahmen alles mit Begeisterung auf, was sie sahen.

Wir kamen in der Brennerei an und erfuhren, dass gerade eine Führung beginnen sollte. In dem Besucherzentrum, wo wir uns mit sechs weiteren Personen versammelten, wurde uns wortgewaltig die Wichtigkeit des weichen Wassers, die Reinheit der Gerste und das sorgfältige Brennverfahren erklärt. Ich unterdrückte einen Gähnkrampf. Zu meiner Überraschung ging es Tante Henrietta ebenso. Ich zwinkerte ihr zu.

»Wirst du wohl aufmerksam zuhören, Margita.«

»Ja, Tante Henrietta.«

Sie grinste. Und ich staunte.

Dann wurden wir durch die Mälzerei geführt, wo das Getreide bis zur Verzuckerung keimte, betraten die Darre, wo es über Torffeuer getrocknet wurde, die Maischerei und die Brennerei. Die auf Hochglanz polierten *Stillpots,* die Kupferkessel, auf die jede Brennerei stolz war, wurden besonders gewürdigt. Und dann natürlich das Lager, wo der Whisky bis zu zwanzig Jahren in alten Jerez-Fässern lagerte.

Schließlich aber hatte der Führer ein Einsehen, und der gesellige Teil sollte im Souvenirladen stattfinden. Zwischen Gläsern, Karaffen, Whisky-Gebäck und anderem Schnickschnack bekamen wir Kostproben ausgeschenkt.

Die Lagerung in den Fässern, in denen früher der Sherry von Spanien transportiert wurde, machte sich in der Tat noch in dem Whisky bemerkbar. Ich fand die Flüssigkeit in meinem Probiergläschen ganz ansprechend. Aber ein weiteres Glas lehnte ich vorsichtshalber ab. Die Wärme in meinem Magen und die Leichtigkeit in meinem Kopf zeigten mir an, dass die Wirkung bereits eintrat. Ich hätte vielleicht doch etwas mehr zum Frühstück essen sollen? Aber Valentines Aufbruch hatte die Prozedur an diesem Morgen deutlich abgekürzt, und ich hatte nur einen Buttertoast und einen Schluck Kaffee bekommen. Erstaunt beobachtete ich allerdings, wie Tante Henrietta die verschiedenen Jahrgänge verkostete. Das konnte ja lustig werden.

Wurde es auch. Mehr oder weniger.

Auf der Rückfahrt war Tante Henrietta noch schweigsam, aber als wir wieder im Hotel waren, bat sie mich noch mal auf ihr Zimmer. Sie hatte gerötete Wangen, was ihr gut stand. Und sie schenkte uns beiden jeweils noch ein Glas von dem Whisky ein, den wir erstanden hatten.

»Meinst du nicht, wir sollten noch einen Happen essen, Tante Henrietta?«

»Später, später.«

»Na, dann ergeben wir uns eben dem Suff.«

Sie kicherte, fasste sich aber dann ziemlich schnell wieder. Wir nippten an unseren Gläsern, und ich wartete schweigend auf das, was als Nächstes kommen würde.

»Du wunderst dich, Margita?«

»Och, nur wenig, Tante Henrietta. Du bist ja erwachsen.«

»Ja, leider. Ach, ich will einfach ein bisschen leichtsinnig sein. Das bin ich mein ganzes Leben lang nicht richtig gewesen. Weißt du, deiner Mutter habe ich das immer vorgeworfen. Ich bin immer nüchtern geblieben, wenn sie sich amüsiert hat. Hab mich immer zurückgezogen, wenn sie flirtete, bin ernst gewesen, wenn sie albern war. Und was habe ich davon?«

»Ein geordnetes Leben?«

»Ja. Das habe ich. Aber nichts, woran ich mich gerne erinnern mag.«

Ich nahm noch einen Schluck. Was sollte ich dazu sagen?

»Angela hat mir immer vorgeworfen, ich sei viel zu ernst, viel zu prüde. Das Leben sei so herrlich. Man müsse sich nehmen, was man bekommen könne. Sie hatte Freunde, ging auf Partys, zog sich ausgefallen an, diskutierte mit Enthusiasmus alle möglichen und unmöglichen Themen. Ja, es war eine wilde Zeit damals, Anfang der Achtziger. Vor deiner Geburt hatte sie studiert, Kunst und Geschichte. Sie war engagiert in den verschiedensten Gruppen. Sie leitete einen Debattierklub, arbeitete stundenweise im Tierheim, nahm Tanzkurse und hatte sogar eine Zeit lang politische Ambitionen.«

Tante Henrietta sah mit leicht verklärten Augen aus dem Fenster. Verklärt aufgrund des Alkohols oder wegen der Erinnerung?

Plötzlich drehte sie sich zu mir um.

»Ich muss dir etwas gestehen, Margita. Wir… wir sind nicht zufällig hier.«

Ich glaube, ein durch die Luft fliegender MacDuffnet mit glühenden Augen hätte mich weniger überrascht. Beinahe hätte ich das ganze Glas auf einen Schluck ausgetrunken.

»Bitte?«

»Nein, ich hatte es geplant.«

»Dann war dir gar nicht schlecht, als wir ankamen?«

»Doch, aber lange nicht so schlimm. Es war ein Vorwand.«

Sie holte tief Luft und schien sich für ein weiteres überwältigendes Geständnis zu wappnen. Ich zog ganz vorsichtig ihr Glas außer Reichweite.

»Ich hatte einen Brief bekommen. Von jemandem, der mir vor langer Zeit einmal viel bedeutet hat. Ganz zufällig hatte er meinen Namen auf der Liste der Gäste gefunden, die mit *History Tours* hierherkommen sollten.«

»Tante Henrietta?«

»Du … du wirst es nicht erraten. Ich … ich selbst konnte es nicht glauben. Ich habe ihn auch nicht gleich erkannt.«

Mir schoss eine Ahnung durch den Kopf. Unmöglich, völlig unmöglich. Oder?

»Arthur Dougal.«

Sie nickte.

»Wann und wo habt ihr euch denn kennengelernt? Ich dachte, er sei Gärtner in Edinburgh gewesen?«

»Er ist viel gereist, in Edinburgh war er erst in den letzten zwanzig Jahren. Er war so etwas wie ein Globetrotter, ist zur See gefahren, hat hier gejobbt und da. Er war schon beinahe vierzig, als ich ihn kennenlernte. Ich war damals Anfang dreißig. Er arbeitete für eine Gärtnerei, in der ich immer meine Pflanzen kaufte. So kamen wir ins Gespräch. Ich, nun ja, fand ihn faszinierend. Ich habe mich …«

Sie angelte sich das Glas zurück und trank, als ob sie Mut daraus schöpfen könnte.

»Ich habe mich in ihn verliebt. Aber dann kam eine andere. Ich wollte ihn nicht mehr sehen. Er ging fort. Danach habe ich nie wieder etwas von ihm gehört.«

»Ach du lieber Gott. Die Geschichte …«

»Ja, die Geschichte«, murmelte Tante Henrietta und kippte vornüber. Ich konnte sie gerade noch auffangen. Und dann saß ich da, bis in die Grundfesten erschüttert und mit meiner volltrunkenen Tante im Arm.

Es widerstrebte mir, Hilfe zu holen, das wäre ihr bestimmt später peinlich gewesen. Darum bugsierte ich unter Aufbietung aller Kräfte den leblosen Tantenkörper ins Bett. Ich deckte sie zu und nahm sicherheitshalber die beiden Flaschen an mich. Ganz nüchtern war ich auch nicht mehr, darum vermied ich es, mir etwas zu essen zu bestellen. Ich knabberte stattdessen ein paar von den Keksen, die ich aus dem Shop mitgenommen hatte, und legte mich auf mein Bett. Das Schicksal wusste wunderliche Kapriolen zu schlagen.

In den Achtzigern hatten sie sich kennengelernt. Das muss kurz vor oder kurz nach meiner Geburt gewesen sein. Arme Tante. Kein Wunder, dass sie mich vor unüberlegten Urlaubsflirts warnte. Es muss ihr sehr wehgetan haben. Aber warum hatte Arthur sie betrogen? Er erschien mir als ein Mann von großer Einfühlsamkeit und Verantwortungsbewusstsein. Andererseits hatte er aber auch gesagt, er habe auf seinen Wanderungen Fehler gemacht. Was für ein Zufall, dass er sie dennoch wiedergefunden hatte. Ob es für die beiden noch eine Chance gab?

Ich schalt mich überzogen romantisch. In sechsundzwanzig Jahren verblassen bestimmt die Gefühle. Es mochte Neugier gewesen sein, die ihn getrieben hatte, Henrietta zu schreiben, ein Kuriosum, weil er ihren Namen entdeckt hatte.

Vielleicht würde ich Ken in einem Vierteljahrhundert auch zufällig einmal wiedertreffen, und wir würden von dem seltsamen Urlaub im schottischen Hochland sprechen, ohne dass es mir die Tränen in die Augen trieb.

Mist, elender. Warum hatte ich mich nicht vorgesehen? Es war mir doch von Anfang an klar gewesen.

Ken gehörte zu den Männern, die sich über einen lustig machten und einen dann fallen ließen wie eine heiße Kartoffel, sobald ein lohnenderes Objekt in Sicht war. Was auch immer an Morrigan lohnend war. Vielleicht war sie williger, mit ihm in die Federn zu hüpfen. Mit mir hatte er immer nur kameradschaftlich herumgeplänkelt, von ein paar Küsschen und Umarmungen abgesehen. Was war ich blöd, daraus eine dauerhaftere Zuneigung abzuleiten.

Außerdem war er doch gar nicht mein Typ, dieser Workaholic, der mehr mit seinem Chef und seiner Firma zusammen war als mit seinen Freunden. Was hätte da eine Freundin schon zu melden?

Nein, als Absteigequartier für einen viel beschäftigten Helden dienen, das wollte ich nicht noch einmal. In diese Richtung hatte sich meine Beziehung mit Peter zum Schluss bewegt. Ein gemeinsames Wochenende? Nein, da habe ich mit dem und dem einen Termin. Du kannst abends gerne mit zum Essen kommen. Urlaub – nein, den müssen wir verschieben, eine wichtige Konferenz. Weihnachten? Nein, da muss ich endlich mal zu meiner Familie …

Ich schimpfte mich ein dummes Huhn, eine einfältige Maus. Ich belegte mich mit allen Attributen der Unvernunft. Es nützte nichts. Wenn ich die Augen schloss, sah ich sein Gesicht vor mir, die strahlenden grünen Augen, das neckende Lächeln – es tat einfach weh.

Ich ärgerte mich über mich selbst, und es war vermutlich nur dem Whisky zuzuschreiben, dass ich schließlich über meine Tränen hin einschlief.

Gespenstischer Kräftezuwachs

Oje, oje, was war da passiert? Meine Margita lag im Bett und weinte im Schlaf das Kopfkissen nass. Und das mitten am Nachmittag. Irgendwas musste mir entgangen sein. Dabei hatte ich heute Morgen noch den Eindruck, als ob es mir ganz gut gelungen war, ihr meine Dankbarkeit zu vermitteln. Und dann ist sie mit der Tante weggefahren und hat sich einen angetrunken. Das ist doch immer wieder die Wurzel allen Übels. Auch damals, als der Verräter kam und das große Unglück geschah. Hätte Rory MacIain nicht so viel Whisky ausgeschenkt, wären er und seine Mannen wachsamer gewesen. Dann hätte MacLeod vielleicht auf Margarets Flehen gehört. Hätten die jähzornigen Kämpen nicht auch noch den kleinen Kater gemeuchelt.

Aber, warum darüber jammern. Es ist geschehen. Ich irre zwischen den Welten umher, und Margita ist weit davon entfernt, mir helfen zu können.

Ob das mit diesem Ken zu tun hat? Eigentlich kann ich mir das gar nicht vorstellen, so, wie er sich benommen hat. Er hat doch nur die Morrigan überredet, ihn in MacDuffnets Büro zu lassen. Ich folgte ihm natürlich, denn er wollte etwas durch das Faxgerät schicken. Dabei hätte ich doch wieder eine hübsche kleine Anormalität erzeugen können.

Aber dann hat er gar nicht gefaxt, sondern als Morrigan hinausgegangen war, fing er an, in den Schubladen zu wühlen, als ob er heimlich etwas suchte. Schade. Also verzog ich mich in die Halle, um mich auf das

Schwert einzustimmen. Als keiner hinsah, wackelte ich vorsichtig daran.

Mh, dieses Jahr schienen meine Kräfte größer als je zuvor. Ob das von dem Kontakt mit den Kribbelfeldern kam, die sich um die Geräte bildeten? Oder ob Margitas Streicheln mir irgendwie half?

Ah, bald wird es krachen und scheppern.

Schaudern werden sie davor – only this, and nothing more![24]

Im Heiligen Hain

Ich wachte benommen und mit verklebten Augen auf und war erstaunt darüber, dass es erst halb vier war. Ziemlich mühsam stabilisierte ich meinen Kreislauf. Eine kalte Dusche half mir dabei. Danach trat ich ans Fenster und versuchte, ein wenig Klarheit in meine Gedanken zu bringen.

Der Regen machte eine Pause, zwischen den hastig dahinziehenden Wolken zeigten sich Stücke eines blauen Himmels. An den Berggipfeln ballten sich die grauen Gebilde hier und da noch zusammen, doch lange Streifen von Sonnenlicht warfen goldene Bahnen über die Hänge. Die Wellen des Loch Naw blitzten schon wieder fröhlich auf. Es war klar, kein Nebelfetzen verschleierte die Sicht, und die grünen Wiesen am Fuß der Berge wirkten wie frisch gewaschen. Wieder streifte mich das Gefühl, dieses

---

24 Alles das, und sonst nichts.

Land schon seit Ewigkeiten zu kennen. Es konnte nur so etwas wie ein archaisches Gedächtnis sein, das über die Generationen hin bis zu mir gelangt war.

Die zusammengedrängten Erfahrungen der letzten Tage musste ich auf eine bestimmte Weise in ein Muster bringen, sagte ich mir. Zu viel war auf mich eingeströmt, zu viel für jemanden, der bisher ein ereignisloses Leben in stetiger Routine geführt hatte.

Ich fasste also zwei Entschlüsse. Erstens, ich brauchte dringend etwas zu essen. Zweitens, ich würde einen ausgedehnten Spaziergang machen. Allein und am besten an Stellen, an denen ich zuvor schon einmal so etwas wie Frieden gefunden hatte.

Die Wahl fiel mir leicht. Ich würde in den Eichenhain gehen, dorthin, wo sich die tanzenden Maiden in ihrem stummen, bewegungslosen Reigen drehten. Wo die Ruhe und Erhabenheit einer heiligen Stätte vielleicht mein Gemüt beruhigten.

Leise öffnete ich die Tür zum Zimmer meiner Tante. Sie lag noch immer tief schlafend in ihre Decken gewickelt. Darum schrieb ich auf einen Zettel mein Ziel, denn vermutlich würde sie mich vermissen, wenn sie aufwachte. Ich deponierte ihn auf dem Nachttisch, an den Wecker gelehnt, damit sie ihn auch gleich bemerkte. Dann suchte ich die Küche auf, wo mir die freundliche Peggy eine Portion Sandwichs machte, die ich mitnehmen wollte.

Als ich an der Rezeption vorbeiging, sah ich durch die halb offene Tür Ken in MacDuffnets Büro. Vermutlich zusammen mit Morrigan, denn die Schöne war nicht an ihrem üblichen Platz hinter der Theke.

Ich schob den Gedanken daran resolut zur Seite und machte mich auf den Weg.

Ich war froh über meine festen Schuhe, denn selbst die steinigen Pfade wiesen große Pfützen auf. Licht und Wolkenschatten wechselten in schnellem Rhythmus, mal glitzerten Tropfen in den Hecken, mal wirkten sie düster und melancholisch. So, wie ich mich auch seit Tagen fühlte, überschwänglich und dann wieder voller deprimierter Hoffnungslosigkeit. Die Steinwälle entlang des Weges waren nass, die Wiesen dahinter glänzten vor Feuchtigkeit. Vermutlich war es nicht angeraten, auch nur einen Fuß hineinzusetzen. Das schwarze Moor würde ihn sofort mit einem genüsslichen Schmatzen hinunterziehen. Eine ekelige Vorstellung.

Als ich die Ruine erreicht hatte, brach die Sonne für eine längere Weile durch, und mir wurde sogar ein wenig warm. Den Weg zum Eichenhain legte ich in leuchtendem Licht zurück, und als ich zwischen den Bäumen angelangt war, flimmerte es verwirrend durch das Grün der Blätter. Die Luft war voller Feuchtigkeit und Süße. Sie wirkte wie ein beruhigender Balsam auf meine verletzte Seele. Ich dachte an nichts, und es fiel mir leicht.

Dann erreichte ich die Lichtung, wo mich die uralten Steine begrüßten. Und ich, ja, ich fühlte mich gedrängt, sie ebenfalls zu grüßen. Darum schritt ich langsam um sie herum, berührte jeden der acht Menhire achtungsvoll. Es war kein großer Henge, Stonehenge zum Beispiel war gewaltiger, doch er wirkte schon fast vertraut auf mich. Anschließend fand ich einen flachen Felsbrocken innerhalb des Kreises, der beinahe getrocknet war. Dort setzte ich mich nieder und ließ meine Gedanken in der Hoffnung schweifen, es möge sich mir an dieser Stelle ein Sinn auftun. Eine Verbindung zu dem jungen Mädchen und seinem Kater MacTiger, das sich hier gegen den Willen ihrer Eltern mit einem jungen Mann getroffen hatte. Sollte meine Liebe zu Ken ebenso verboten sein? Mit einem Teil meines rationalen Denkens erschien mir die schwärmerische Liebe des schottischen Paares bei Weitem nicht schicksalsträchtig genug, um all dieses auszulösen. Das Mädchen war jung gewesen, vielleicht fünfzehn oder sechzehn. Nicht viel älter der junge Alasdair. Ich streifte zu den anderen Ereignissen. Was hatte Tante Henriettas unglückliche Liebe zu Arthur damit zu tun? War es Zufall, dass Arthur hier lebte, war es Zufall, dass er auf Henriettas Namen gestoßen war? Ein Zufall, der sie nach einer so langen Zeit wieder zusammengeführt hatte? Auch Tante Henrietta stand in irgendeiner Verbindung zu dem Mädchen Margaret, sie besaß sogar die Silberdistel, die diese einst von ihrer Mutter Flora MacAlpin erhalten hatte. Und woher stammte Arthur? Er war ein Schotte, sein Stamm seit Generationen im Hochland ansässig.

Ich saß und grübelte. Ich bemerkte nicht, wie das Licht sich eintrübte. Erst als der kalte Hauch des Nebels mich berührte, tauchte ich aus meinen Gedanken auf.

Wie eine weiße Wand hatte sich die Wolke auf die Lichtung gesenkt, die Bäume verschwammen darin zu schattenhaften Konturen. Mich fröstelte, doch konnte ich mich nicht überwinden, aufzustehen und fortzugehen. Darum schlang ich die Arme fest um mich und starrte in die weißen Schleier.

Wie eigenartig sie wogten. Wie sie zu wirbeln begannen. Sie wirbelten um einen der Steine gleich rechts von mir. Wirbelten und formten sich, wurden dichter und lösten sich von dem Stein. Ein kleines Mädchen trat aus den Schleiern. In einem weißen Kleidchen tanzte es, hüpfte es, lief es von Stein zu Stein, und ihre roten Haare flatterten wie eine Lohe um ihren Kopf. Dort, wo sie den Boden mit ihren bloßen Füßen berührte, sprossen Veilchen aus dem Gras. In meiner Nähe verweilte sie für einen Augenblick, und ich sah ihr Gesicht. Es war eigenartig, die noch unfertigen Züge schienen mir fremd und doch bekannt.

Dann verschwand sie, und die Nebel beruhigten sich wieder. Ich war gefesselt von der Erscheinung. War es eine Elfe? Gab es sie wirklich?

Wieder begannen die Nebel zu wirbeln, breiteten sich in Wellen aus, und ein älteres Mädchen trat hinter dem nächsten Stein hervor. Wie das erste in Weiß gewandet, doch goldblond und bekränzt mit Frühlingsblumen. Ich erkannte in ihr Margaret, wie sie mir im Traum erschienen war. Margaret, die ich am Grab gesehen hatte, ein Mädchen an der Schwelle zur Frau, einen Kranz von Weißdorn auf den Locken, mit roten Bändern gebunden. Sie huschte zwischen den Steinen hindurch, und als sie an mir vorbeikam, lag ein sehnsüchtiger Ausdruck auf ihrem Gesicht. Sie wirkte durchscheinend, ätherisch, und sie umrundete den Steinkreis mit seltsamer Grazie, bevor sie lautlos davontanzte.

Ich spürte keine Kälte mehr, ich spürte keine Angst, ich spürte auch die Feuchtigkeit nicht, die meine Haare, meine Kleider tränkte.

Sodann löste sich eine junge Frau aus den Nebeln, rothaarig und zierlich. Rosen schmückten ihr Kleid, Rosen trug sie in den Händen. Weiße und rote Rosen. Sie begann einen fröhlichen Reigen, doch als sie an mir vorbeikam, senkte sie traurig die Augen und bewegte sich mit ängstlichen Schritten. Dann hob sie ihren Kopf, und ich sah – in mein Gesicht.

Für eine Ewigkeit blieb ich atemlos, schien es mir. Doch Zeit und Raum hatten in dieser unwirklichen Welt jeden Sinn verloren, und so erlebte ich dann, wie eine weitere Gestalt sich näherte, Kornähren in der Hand und lachend durch den Steinkreis laufend. Ich konnte nicht anders, ich lachte zurück. Und die Tränen rannen aus meinen Augen, denn es war meine Mutter, so, wie ich sie in Erinnerung hatte. Aber auch sie verschwand, und eine würdevollere, etwas ältere Frau mit langen, glatten schwarzen Haaren, in einem dunklen Gewand, trat aus den Nebeln hervor. Sie umrundete würdevoll die Lichtung und blieb in meiner Nähe stehen. An ihrem Arm trug sie einen Korb mit roten Äpfeln, und an ihrer Schulter schimmerte die Silberdistel. Flora, Margarets Mutter, lächelte mir zu und verschmolz mit dem Dämmer.

Ich zwinkerte. Die graue Frau mit den grauen Haaren schwebte fern von mir zwischen den Bäumen. Mochte mich der Nebel narren oder meine Augen. Aber für mich war es eine wunderbar anmutige Tante Henrietta. Sie kam nicht herbei, sondern löste sich in den wogenden Schwaden auf. Ihr folgte eine weitere vertraute Gestalt, alt schon, umweht von fallendem Herbstlaub, wandelte sie zwischen den Steinen. Auch sie näherte sich mir, ich spürte ihren Blick auf mir ruhen und wusste, dass meine Großmutter zu mir gekommen war.

Die Nebel schlossen sich um sie, und mir schien es, als ob eine noch größere Stille sich über die Lichtung senkte. Dann riss der Schleier entzwei, und hinter dem Stein direkt neben mir trat eine Uralte hervor. Weiß war ihr Gesicht, weiß wogten ihre Haare, ihr Umhang war schwarz, schwarz waren ihre Augen, dunkel und unergründlich. Sie stütze sich auf einen knorrigen Stab, und doch, das war keine hilflose Greisin. Das war eine mächtige Weise. Majestätisch umwandelte sie den Henge und verweilte im Zentrum des Kreises. Zu ihren Füßen glänzte silbrig die sternenförmige Distel. Dann breitete sie die Arme aus, darin sie das ganze Rund einschloss – das kleine Mädchen, Margaret, mich, Mutter, Flora, Henrietta und Großmutter.

Ich weiß nicht, wie viel Zeit vergangen war. Ewigkeiten? Sekunden?

Ich tauchte erst wieder aus meiner Verzückung auf, als mich Arthurs brummige Stimme ansprach.

»Gut, dass Ihr hier gewartet habt, Margita. Die Nebel sind tückisch und führen den Wanderer in die Irre, der ohne Kenntnis der Wege durch das Moor läuft.«

»Arthur! Sie scheinen diese Wege gut zu kennen.«

»Einige, Kind. Nun kommt, Ihr habt lange Zeit im Kalten gesessen. Ich habe Euch eine warme Decke mitgebracht.«

Er hatte recht, ich fühlte mich wie erstarrt. Er hüllte mich in das grobe Wollplaid ein und hielt mich fest in seinen Armen. Ich empfand eine wunderbare Geborgenheit und musste mit den aufsteigenden Tränen kämpfen.

»Weint, Kind, wenn Ihr müsst. Es ist einsam im Nebel und unheimlich an den Stätten der Alten.«

»Nein, nicht unheimlich, Arthur. Und nicht einsam. Ich habe viele gesehen, die zu mir gehören.«

»So, die habt Ihr gesehen? Wollt Ihr mir davon berichten?«

Ich erzählte ihm von den Frauen, die aus den Steinen kamen. »Nur zwei kannte ich nicht. Das rothaarige Kind und die weise Alte.«

»Nein? Nun, das rothaarige Kind, das kenne auch ich noch nicht. Doch die Alte, die hat man im Hain schon oft gesehen.«

»Wer ist sie?«

»Wer weiß?«

»Arthur?«

»Kommt, steht auf und bewegt Euch ein wenig. Wir müssen nach Hause gehen.«

Wie schon häufiger kam mir der Gedanke, dass Arthur Dougal viel mehr wusste, als er sagen wollte.

Wir wanderten zurück, immer nahe beieinander, denn der Nebel machte wahrhaft orientierungslos. Doch selbst in den dichtesten Schwaden war mir, als könne ich einige Wegmarken erkennen. Hier ein Brombeergestrüpp, über die Feldsteinmauer kriechend wie eine bösartige Spinne, da ein Steinhaufen, geformt wie ein geduckter Riese, ein bizarrer Strauch, der wie ein jammerndes Skelett die Arme flehend himmelwärts streckte, die eingefallenen Mauern einer alten Kate, die wie ein archaisches Ungeheuer im Dunst lauerte.

»Wie haben Sie mich hier gefunden, Arthur?«

»Eure Tante hat sich Sorgen gemacht und hat mir den Zettel gezeigt.«

»Oh.«

»Sie hat Euch von unserer lange zurückliegenden Freundschaft erzählt?«

»Ja, das hat sie. Ich freue mich, dass ihr euch wiedergefunden habt. Tante Henrietta war gestern Nachmittag bei Ihnen, nicht wahr? Kurz bevor ich gekommen bin.«

»Das war sie. Woher wisst Ihr das?«

»Die zwei Becher.«

Arthur lachte leise.

»Scharfe Augen habt Ihr, Margita.«

Die Eibenhecke tauchte auf, und Arthur nahm mir die Decke ab. Ich bedankte mich noch einmal bei ihm, dass er sich die Mühe gemacht hatte, die verirrte Wanderin aus dem Nebel zu fischen. Er winkte ab und wandte sich seinem Häuschen zu.

Überraschte Besucher

Heute in der Hotelrezeption

»So, so, und das ist der junge Sohn und Erbe?«

Valentine beugt sich interessiert über das Kinderbettchen, in dem Alasdair leise im Schlaf gurgelt. »Niedlich, wenn man dafür etwas übrighat.«

»Wir müssen eben an die Erbfolge denken«, kichere ich, und Valentine lächelt weise.

»Mehr, als du denkst. Wart ab, bis du erfahren hast, was ich herausgefunden habe.«

»Was, noch mehr, als in Arthurs Aufzeichnungen stand?«

»Ja, Margita, noch eine unwesentliche Kleinigkeit mehr.«

»Mach es nicht so spannend, Val. Meine Güte, du weidest dich ja förmlich an meinen Qualen. Himmel, grins nicht so. Sag's!«

»Das Gemetzel hat jemand überlebt, Margita.«

»Nein …«

»Doch. Die kleine Schwester von Margaret, Mary. Eine alte Kinderfrau hat sie gerettet und später als ihr eigenes Kind aufgezogen. Sie sind aus der zerstörten Burg geflohen.«

»Valentine, mir wird ganz anders … Du meinst …«

»Wir haben Aufzeichnungen in einem alten Kirchenbuch gefunden, die …«

Sie taucht aus einer Tasche auf und wedelt mir mit einem Päckchen vor der Nase herum.

»Das ist es – die Überraschung.«

Sie reicht mir eine in buntes Geschenkpapier eingewickelte Rolle.

»Nun mach schon auf«, drängelt sie mit einem Gesichtsausdruck, der höchsten Genuss und Vorfreude verrät. Ich werde angesteckt von ihrem Eifer und reiße neugierig an der Schleife.

»Etwas weniger Klebeband hätte es auch getan«, murre ich, denn das zähe Papier will sich nicht aufreißen lassen. Aber dann halte ich endlich das Geschenk in der Hand.

Ein Pergament, sorgsam zusammengerollt, versiegelt mit einer Silberdistel und dem Turm von Drumnadruid Castle.

»Valentine ...!«

Ich bin noch immer ganz aus dem Häuschen, da unterbricht uns schon wieder diese Nervensäge Liebmann.

»Maggi, was ist mit dem Schwert über dem Kamin geschehen? Musstet ihr das auch verkaufen?«

Da war es um meine Geduld geschehen.

»Nein, Frau Liebmann. Das stürzte eines Tages von der Wand und hat einen schrecklich penetranten Gast erschlagen. Aber wenn ich es mir recht überlege, sollten wir es wieder aufhängen.«

Es dauert einen Moment, bis Frau Liebmann meinen zarten Witz begriffen hat.

»Also, Maggi! Also, das muss ich mir nicht bieten lassen. Ich will mit dem Geschäftsführer sprechen. Sofort.«

»Wie es aussieht, Frau Liebmann, tun Sie das gerade eben. Und zwar nicht besonders höflich«, belehrt Valentine sie in ihrer hochnäsigsten Art.

O Mann!

Klirrende Schwerter

Ich zog mich um, und aus Dankbarkeit für das, was ich im Steinkreis erlebt hatte, steckte ich mir die Silberdistel an den Kragen meiner Bluse.

Tante Henrietta machte mir keine Vorwürfe. Nicht einen. Sie sah eher aus, als erwarte sie Vorwürfe von mir. Aber dazu hatte ich nun wirklich keinen Grund.

»Komm, wenigstens ein kräftiges Abendessen sollten wir uns heute gönnen, Tante Henrietta. Oder ziehst du eine Diät aus Whisky und Keksen vor?«

»Nein. Aber besonders gut geht es mir nicht.«

»Das kann ich mir denken. Aber pass auf, nach einer schönen Portion *Haggis* geht es dir gleich viel besser.«

»Urrgh!«, sagte sie, aber sie lächelte schon wieder.

»Na also. Komm, Watte-Sandwich tut's auch. Oder etwas gegrillter Lachs. Unsere Königsfischer waren wieder unterwegs, habe ich in der Halle vernommen.«

Ich sah Ken allein an einem Tisch sitzen, aber ich nickte ihm nur kühl zu. Warum sich noch eine Abfuhr einfangen.

»Willst du dich nicht zu dem jungen Mann setzen? Ich kann auch allein essen.«

»Ich muss auf dich aufpassen, Tante Henrietta. Du neigst in letzter Zeit etwas zu Ausschweifungen.«

»Dummes Zeug. Wir setzen uns gemeinsam zu ihm hin. Wenn er dich beleidigt hat, dann soll er mich kennenlernen.«

O nein! Tante Henrietta als Moralapostel war schon schlimm, als Kupplerin war sie eine traumatische Fehlbesetzung.

Ich blieb demzufolge äußerst wortkarg, als sie sich daranmachte, Ken zu den Einzelheiten aus seinem Leben zu befragen. Überraschenderweise war Ken gesprächig. Er brachte lustige Begebenheiten aus seiner Kindheit an, legte seine Familienverhältnisse bloß und erzählte von seiner Ausbildung. Ich war überrascht, zu erfahren, dass er, bevor er seinen Mastergrad an dieser *Business School* gemacht hatte, eine Ausbildung im Touristikbereich absolviert hatte. Er gab einige wirklich witzige Anekdoten aus seinen Ferienjobs als Fremdenführer zum Besten und war Tante Henrietta gegenüber charmant wie ein italienischer Cicerone. Mich ignorierte er geflissentlich.

Blöder Kerl.

Andererseits, ich war auch nicht besonders nett zu ihm. Als Tante Henrietta noch einmal zum Büfett ging, fragte er mich: »Was ist los, Giftzähnchen? Hab ich dich verärgert?«

»Nein, Ken.«

»Doch. Ich möchte nachher gerne ein paar Worte mit dir sprechen, allein, ohne Tante.«

»Gibt es noch etwas zu sagen?«

»Ja, Margita, das gibt es. Ich weiß, dich ärgert mein Verhalten in der Sache mit dem Falschgeld, darum lassen wir das ruhen. Aber ich habe heute etwas … na ja, in die Wege geleitet, das ich ganz gerne mit dir besprechen möchte. Etwas Berufliches.«

Prima, ein Fachgesimpel.

»Mal sehen. Später vielleicht.«

»Gut, ich komme drauf zurück.«

Tante Henrietta stellte einen Teller *Scones* vor mich hin. Ein süßer Trost.

Es war ein heller Abend, die Sonne stand noch über den Bergen, als wir von unserem Abendessen aufstanden.

»Mittsommer«, sagte Tante Henrietta mit einem Lächeln. »Und die Wolken haben sich doch noch verzogen. Wie schön. Komm, wir gehen noch ein Stück zum See hinunter.«

Ich war einverstanden. Die Halle erschien mir heute Abend eigenartig ungemütlich.

»Der junge Mann ist ganz nett«, tastete sie sich vorsichtig vor. Ich wollte aber nicht darüber sprechen, also zog ich mich auf mein ursprüngliches Benehmen zurück und antwortete nüchtern: »Ja, Tante Henrietta.«

Sie nickte und schien das zu akzeptieren.

»Du hast heute Nachmittag wieder sehr unüberlegt gehandelt. Bei Nebel ins Moor zu gehen. Zumindest hast du wenigstens so viel Verstand bewiesen, mir eine Nachricht auf den Nachttisch zu legen.«

»Als ich aufbrach, schien noch die Sonne, Tante Henrietta.«

»MacDuffnet war entsetzt, als ich ihm sagte, du seist zum Steinkreis gegangen. Dieser Nebel kann völlig unerwartet einbrechen.«

»Armer MacDuffnet. Ich bin ein Nagel zu seinem Sarg.«

»Na, die Whiskyflasche und sein cholerisches Temperament werden dazu noch eine größere Handvoll Nägel beisteuern. Der Mann hatte eine Fahne.«

»Dabei hat er gar keine Brennerei besichtigt, wie zum Beispiel seine Gäste …«

»Margita!«

»Schon gut, schon gut.« In friedvollem Schweigen schlenderten wir am Seeufer entlang, bis Tante Henrietta bemerkte: »Wir wollen zurückgehen, es wird doch etwas kühl.«

Die Sonne war hinter den Bergen verschwunden, und die kahlen Felsgipfel ragten schwarz und drohend vor dem lavendelfarbenen Himmel auf. Ein Schauder kroch über meine Arme. Was war nur los mit mir? Noch vor kurzer Zeit hatte ich gedacht, der Aufenthalt im Hain hätte meine Nervosität gemildert, trotzdem fühlte ich mich wieder unruhig und seltsam überreizt.

Ken unterhielt sich mit einer Gruppe jüngerer Gäste, er nickte mir kurz zu. Aber ich setzte mich mit Tante Henrietta und den Halbachers zusammen, die noch eine vierte Person für ihr Kartenspiel suchten. Vielleicht würde diese öde Beschäftigung mein aufgewühltes Gemüt besänftigen.

Aber die drei hatten keine große Freude an mir als Partnerin. Ich war fahrig, machte dumme Fehler und vergaß die Hälfte der Regeln. Schließlich gab ich auf und setzte mich zu den anderen Gästen an den Kamin. Es war vielleicht von den Temperaturen her nicht mehr unbedingt nötig, das Feuer brennen zu lassen, aber der glosende Torf hatte unbestreitbar eine Ausstrahlung von Gemütlichkeit. Ich starrte in die Glut und lauschte dem Stimmengewirr im Raum. Auf dem Kaminsims standen zwei dicke weiße Kerzen, und ihr Licht spiegelte sich in dem Stahl des mächtigen Breitschwerts wider, das darüber aufgehängt war. Die Luft wurde schwer und dumpf, und vor meinen Augen flimmerte es.

Die Leute um mich herum legten plötzlich höchst unpassende und ungehobelte Manieren an den Tag. Flegelten sich über Bänke und Tische, stopften sich mit dem Brot und dem Fleisch voll, das von dem großen Braten auf dem derben Holztisch geschnitten wurde, tranken schlürfend und rülpsend den Whisky, der aus dem Fass am Ende das Saals ausgeschenkt wurde. Es war laut, raue Stimmen übertönten den Dudelsack, das Klappern der tönernen Teller und der Zinnbecher. Aber es war kein fröhliches Gelage. Ja, ich erinnerte mich. Wir waren erstaunt, als Vater die Besucher ankündigte. Lagen wir doch seit Jahren im Streit mit den MacLeods. Aber der Burgfriede machte einen Nachbarschaftsbesuch möglich, hatte Mutter gesagt und mir aufgetragen, mein bestes Gewand anzuziehen. Es bestand aus einem langen Rock aus unserem handgewebten blauen Tartan mit den hellen Querfäden und einer spitzenverzierten weißen Bluse. Darüber eine Schärpe aus dem gleichen Tartan-Stoff, die an der Schulter mit einer Brosche befestigt war. Heute hatte Mutter mir diese wunderschöne Silberdistel übergeben, die zu ihrem Trousseau gehört hatte. Sie selbst, in ihrem dunklen Gewand mit ihren langen schwarzen Haaren, hatte würdevoll die unerwarteten Gäste begrüßt und die Küche beauftragt, ein reiches Gastmahl zu richten.

Als ich dem alten MacLeod vorgestellt wurde, musterte er mich mit harten Augen, die so gar nichts mit den sanften Blicken seines Sohnes Alasdair gemeinhatten. Mary, der kleine Feuerkopf, versteckte sich ungewöhnlich schüchtern hinter meinen Röcken. Und MacTiger hatte sich hurtig vor den vielen unachtsamen Füßen in Sicherheit gebracht. Ich konnte mir allerdings denken, wo er sich aufhielt. Oben, in der Kornkammer, lauerte er auf seine Beute.

Schon Stunden dauerte das Gelage, doch ich spürte, wie die Höflichkeit zwischen unserem Gast und meinem Vater immer gezwungener wurde. MacLeod trank Becher um Becher, sein grobes Gesicht rötete sich, seine Augen glitzerten böse.

Und dann brach es plötzlich aus ihm heraus. Er habe gehört, dass ich, MacIains Tochter, seinen Sohn Alasdair behext habe. Man habe uns zusammen im Eichenhain gesehen, in enger Umarmung.

Meine Eltern starrten den grollenden MacLeod sprachlos an und leugneten, dass ihre Tochter eine solche Liebelei beginnen würde. Und von Hexerei wollten sie schon überhaupt nichts wissen.

Doch ich, ich, die ich Alasdair von Herzen lieb hatte, ich stand auf, und die Worte kamen wie von selbst über meine Lippen. Ich gestand meine Liebe. Ewige Liebe hatten wir uns geschworen, allen Hindernissen zum Trotz. Liebe bis in den Tod hinein.

Und MacLeod, trunken und besinnungslos vor Zorn, riss sein Schwert von der Seite und stürzte auf meinen Vater zu.

»Bis in den Tod hinein. Das könnt Ihr haben!«, brüllte er.

Mit Grauen erkannte ich seine Absicht, hob abwehrend die Hände, doch schreien konnte ich nicht. Meine Mutter warf sich vor meinen Vater und brach unter dem gewaltigen Hieb des Schwertes zusammen. Mit dem Dolch versuchte Vater den Rasenden zu treffen, doch der sprang, das Schwert in beiden Händen, über den blutenden Leichnam hinweg. Der Kampf war ungleich. Vor Entsetzen starr, sah ich meinen Vater fallen, sah ich die Mannen der MacLeods unsere treuen Bediensteten metzeln, sah ich meine Kinderfrau mit Mary unter einem Tisch zusammenbrechen und erwartete mit schreckgeweiteten Augen den Hieb, der mich mitten in die Brust traf.

Es krachte, es klirrte gewaltig, die Schreie gellten in meinen Ohren.

»Margita. Margita, wach auf. Mein Gott, Margita, was ist? Was hast du gesehen? Du bist blass wie der Tod. Du atmest ja kaum noch. Atme wieder, Margita, bitte. Dieses verdammte Schwert. Komm, raus hier! O nein!«

Mühsam blinzelte ich. Wo war ich? Warum brüllten die alle so herum?

Dann sah ich das Schwert. Das Breitschwert lag vor meinen Füßen, die Klinge geborsten bis zum Griff.

Endlich konnte ich schreien.

Kröten in Champagner

Ich hatte Ken unterschätzt, das musste ich mir eingestehen. Er reagierte wirklich gut. Mitten in dem Tumult des herabstürzenden Schwertes, mit dem zusammen auch die beiden Kerzen herunterfielen und das Sofa in Brand steckten, hob er mich, ein hysterisch schreiendes Bündel bloß liegender Nerven, hoch und brachte mich auf dem schnellsten Wege in sein Zimmer.

Dort legte er mich auf sein Bett, flößte mir ein Glas Wasser ein und streichelte meinen Magen, bis das krampfartige Schlucken endlich nachließ. Er ließ mich auch wortlos um meine Haltung ringen, bis ich schließlich tief Luft holte und mich aufsetzte.

»Geht's wieder?«, fragte er besorgt.

Das tat mir wohl.

»Ja, es ist in Ordnung.«

»Du hast eine Vision gehabt?«

»Ja, in Vollfarbe und vertont. Es war der Höhepunkt des Entsetzens.«

»Das war nicht zu übersehen. Hatte es etwas mit deiner Margaret zu tun?«

»Mit ihrem Tod, ja.«

»Willst du es mir nicht erzählen? Oder ist das zu furchtbar für dich?«

Ich schwieg und ließ die Szene noch einmal vor meinem inneren Auge ablaufen. Bei vollem Bewusstsein, ohne selbst teilzuhaben mit allen Gefühlen der Todesangst, war es zwar noch immer grauenvoll, aber schon erträglicher.

»Ich erzähle es dir, Ken. Aber lach mich bitte nicht aus.«

»Ganz bestimmt nicht. Mein Gott, Margita, ich hab doch gesehen, wie es dir ergangen ist.«

Ich berichtete also.

»Und dann lag plötzlich dieses Schwert vor mir. Ken, ich konnte nicht anders. Tut mir leid wegen des Schreikrampfs. Oh, was sollen nur die anderen denken? Die müssen mich für vollends abgedreht halten.«

»Mit Sicherheit nicht. Die haben doch selbst wie die angestochenen Kälber geblökt, nur weil dieses blöde Schwert von der Wand gescheppert kam. Daran ist übrigens dein kleiner Freund schuld gewesen.«

»Mein kleiner Freund?«

»Der Geisterkater. Er schwebte, wenn ich das richtig gesehen habe, als ein kleines Nebelwölkchen über dem Kaminsims und stupste das Mordwerkzeug herunter.«

»Du hast ihn auch gesehen? Ehrlich?«

»Vielleicht hast du mir die Augen dafür geöffnet. Oder er wird immer materieller, je länger du hier bist. Wart ab, du schaffst es noch, ihn zu einem leibhaftigen Tiger zu machen.«

Ich fand es lieb, wie Ken versuchte, eine lockere Note in das Geschehen zu bringen und mich damit abzulenken. Es ging mir auch wieder besser. Alles, was ich gesehen hatte, war vor zweihundertfünfzig Jahren geschehen. Es war einem Mädchen passiert, das auf irgendeine Weise mit mir in Verbindung stand. Vielleicht war die Vision so gewaltig gewesen, weil ich die Brosche trug? Ich berührte sie leicht mit einer Hand.

»Das ist die berühmte Silberdistel, nicht wahr?«

»Ja, das ist sie. Ein ausgesprochen hübsches Schmuckstück, wenn man bedenkt, wie alt sie ist.«

»Sie ist hübsch, ja. Aber noch hübscher ist ihre Trägerin. Auch wenn man bedenkt, wie alt die ist.«

»Bin ich in den letzten Stunden ergraut? Wundern würde es mich nicht.«

»Nein, nein, die Loderlocken sind rot wie vorher. Aber da ist ein neuer Zug in deinem Gesicht. Nicht älter, Liebste, eher ein wenig weiser. Dieser Urlaub stellt die wundersamsten Dinge mit uns an, scheint mir. Ich werde uns eine Flasche Champagner organisieren, denn ich möchte mit dir trotz alledem noch etwas bereden.«

»Und dazu braucht es Champagner?«

»Damit rutschen Kröten leichter.«

»Na, du machst mir Mut.«

Während er weg war, ging ich ins Badezimmer, um einen kritischen Blick in den Spiegel zu werfen. Zerzaust sah ich aus, graue Haare hatte ich wirklich nicht bekommen, obwohl die Erlebnisse Anlass genug gewesen wären. Aber von Weisheit erkannte ich ebenfalls keine Spur. Vielleicht war Ken klarsichtiger als ich?

Gläser klirrten. Ich war gespannt darauf, was als Nächstes kommen würde.

»Ich sehe nur Champagner, wo sind die Kröten?«

»Werden sofort serviert. Auf, süße Margita. Lass uns auf diesen Urlaub trinken.«

»Ist er das wert?«

»Auf jeden Fall.«

Wir tranken, und er legte den Arm um mich.

»Stell das Glas hin, ich möchte dich bitte küssen.«

»Und wenn ich das nicht mag?«

»Du magst nicht?«

»Du hast schon genügend Küsse von anderen Frauen bekommen.«

»Nein, habe ich nicht.«

»Lüg nicht, Ken. Ich hab dich mit Morrigan herumturteln sehen.«

»Turteln? Ich habe sie heute Morgen gefragt, ob ich das Fax im Büro benutzen kann. Das nennst du turteln?«

»Es sah zumindest sehr turtelig aus. Gehst du mit Bürokräften immer auf diese Weise um? Das muss ein traumhaftes Arbeitsklima bei euch sein.«

»Sicher, wir knutschen uns am laufenden Band. Bist du ein bisschen eifersüchtig, mh?«

»Mh.«

»Zu diesem Thema habe ich doch eine Bemerkung eines kleinen Giftzahns in Erinnerung. Etwas wie ›Eifersucht lohnt sich doch nur, wenn man selbst ein Interesse hat‹. Hast du?«

»Mh.«

»Ein wenig einsilbig, die Dame. Darf ich nun, oder darf ich nicht?«

»Mmhh!«

So führte irgendwie eins zum anderen, und plötzlich lag ich neben ihm, fühlte seine Haut auf meiner, seine sanften, suchenden Hände, und wir versanken in den Wogen der Zärtlichkeit.

Viel später, eingewühlt in einem Knäuel von Decken, Armen und Beinen, angelte ich nach meinem Glas. Der Champagner war warm geworden, und das Sprudeln war ihm auch vergangen. Aber ich nahm dennoch einen Schluck und erinnerte mich an die Kröten.

»Ken?«

»Ja, Liebste?«

»Was wolltest du eigentlich mit mir besprechen? Ich meine, bevor diese grässliche Sache hier passiert ist?«

»Fandest du es so grässlich?«

»Aber ganz und gar. Ihhh, hör auf. Ich bin kitzelig!«

»Na gut. Werden wir ernst. Also …«, er holte tief Luft.

»Also? Du machst es spannend.«

»Na ja, so spannend ist es auch wieder nicht. Ich habe einfach in den letzten Tagen Zeit zum Nachdenken gehabt. Daran bist du natürlich nicht ganz schuldlos, denn du hast mir mein Verhalten und meine Situation ziemlich deutlich unter die Nase gerieben. Jedenfalls habe ich ein längeres Gespräch mit meinem Chef, Ermesmühle, geführt. Er wollte mal wieder irgendwelche Analysen ganz schnell und ganz dringend von mir haben. Ich bin, glaube ich, ziemlich wütend geworden. Ich habe ihm die Sachen aufbereitet, aber dann habe ich ihn noch einmal angerufen und ihm gesagt, für mich würden die beiden Wochen nicht als Urlaub gelten. Hat der Mann mir eine Predigt gehalten. Wenn ich weiterkommen wollte, dann müsse ich damit rechnen, auch in meiner Freizeit den einen oder anderen Gedanken an die Firma zu verschwenden, und solchen Käse. Weißt du, wenn es eine Ausnahme wäre, würde ich das sogar akzeptieren. Aber er hat jeden Tag eine neue Aufgabe angebracht, die ich unbedingt erledigen sollte. Ganz davon zu schweigen, dass ich kaum ein Wochenende freihabe und meine Abende in der Woche auch noch in diesen Besprechungen verbringen darf, die er immer erst für achtzehn Uhr ansetzt. Weil man da doch mehr Ruhe habe.«

»Ken, ich dachte, wenn man so denkt, bricht die Karriereleiter unter einem zusammen.«

»Soll sie doch. Ich habe ihm klipp und klar gesagt, dass er gerne meine Kündigung entgegennehmen kann, wenn das so weitergeht. Das allerdings war ihm auch wieder nicht recht. Seine Alternative war, mir die Zukunft schmackhaft zu machen. Offensichtlich sind meine Leistungen doch nicht ganz schlecht. Jedenfalls sprach er von Karriereplanung und Führungskräfteförderung, von Entwicklungsmöglichkeiten und Tantiemen, mit dem Ziel, irgendwann als ausgelaugter Abteilungsleiter an seinem Stuhlbein sägen zu können und zu hoffen, dass ihn in den nächsten zehn Jahren endlich ein Herzanfall hinwegrafft.«

»Du liebe Zeit, da ist aber etwas in dir hochgekocht. Was wäre denn gewesen, wenn er deine Kündigung mit einem hämischen Grinsen angenommen hätte?«

»Dann wäre ich bei Carl mit eingestiegen. Er hat mir das angeboten.«

»Puh! Ernsthaft?«

»Ja, ernsthaft. Wir haben uns gut verstanden, und während ihr Giggelhennen euch mit Gespenstern herumgetrieben und den Schlamm der Vergangenheit aufgerührt habt, haben wir einen höchst interessanten Gedankenaustausch betrieben.«

»Und, wirst du es machen, das mit Carl, meine ich? Oder hatte dein Chef noch andere Alternativen für dich ausgeheckt?«

»*Ich* habe geheckt, Margita. Ich habe das Gespräch nicht ganz unvorbereitet geführt. Ich habe ihm gesagt, er könne sich seine Karriereplanung an den Hut stecken – na gut, nicht in diesen Worten, aber sinngemäß. Ich möchte einen Auftrag haben, bei dem ich selbstständig agieren kann. Du weißt, wir haben in unserem Konsortium etliche Möglichkeiten. Es gibt Feriensiedlungen, ein Kreuzfahrtschiff, ein Busreiseunternehmen und vor allem Hotels. Ich möchte nicht als der ewige Hansel des Geschäftsführers herumlaufen und auf die berüchtigten Brosamen warten. Ich habe ihn gebeten, mich zu versetzen. In eine der Gesellschaften. Am liebsten würde ich eine Feriensiedlung managen oder ein Hotel. Die Ausbildung dazu habe ich ja.«

»Und, hat er das geschluckt?«

»Hat er. Ich muss ungeheuer überzeugend gewirkt haben. Er hat sich bereit erklärt, die Angelegenheit mit seinen Kollegen zu diskutieren und mir nach meiner Rückkehr ein paar Möglichkeiten aufzuzeigen. Wie findest du das?«

»Mutig! Das war ein gewagtes Spiel, selbst mit Carls Angebot im Hintergrund. Und ich hatte schon gedacht, du seist ein verbissener Workaholic, der ohne Stress nicht leben kann.«

»Oh, ich glaube nicht, dass eine Stelle im operativen Bereich wie Urlaub ist. Aber man macht sich den Stress wenigstens selbst. Und die Zeiteinteilung, denke ich mir, kann man auch etwas eigenständiger vornehmen. Denn ich hatte mir überlegt, ich sollte demnächst ein wenig Zeit für den Ausbau meiner privaten Beziehungen aufbringen.«

»Gina wird es dir danken.«

»Gina? Welche Gina? Oh… Nun ja, Gina. Die wird sich bedanken, ja.«

»Dein Gedächtnis lässt aber auch ein wenig nach, was? Oder hast du den Loft in Chrom und Schwarz und das weiß gekachelte Schlafzimmer schon so schnell vergessen?«

»Hui, da beißt aber der Giftzahn wieder zu. Vielleicht doch nicht ganz so viel Zeit?«

»Wieso? Sollte der Giftzahn dabei eine Rolle spielen?«

»Aber ja, eine denkwürdige. Komm her, ich zeig sie

dir. Und wenn du sie nicht auf Anhieb behältst, dann wiederholen wir sie, bis sie sitzt.«

Ich glaube nicht, dass ich ein völliger Reinfall war in dieser Rolle, trotzdem gab es ein Dacapo.

Als ich dann wieder aufwachte, war es später Vormittag, und ein strahlender Tag spiegelte meine Gemütslage wider.

Gespenstische Gewissensbisse

Arme Margita. Arme, süße Margita. Ich merkte es zu spät, ich sah es einfach nicht kommen. Es war der Jahrestag des schändlichen Überfalls, des Mordes an den MacIains und des Mordes an mir. Und ausgerechnet da muss Margita sich in die Halle vor den Kamin setzen. Genau an der Stelle, wo Margaret sterbend niedersank. Es hätte mir klar sein müssen. Sie durchlebte zu der schicksalhaften Stunde, was ihrer Vorfahrin geschah. Ich hätte ihr so gerne geholfen. Sie saß da, den Blick in die Ferne gerichtet, blasser und blasser werdend, und kein Mensch bemerkte ihre Pein. Und ich, ein jämmerliches Häufchen Geist, fand keinen Zugang zu ihr.

Darum musste ich einfach drastisch werden. Weiß der Himmel, ich entwickelte ungeahnte Kräfte in diesem Augenblick. Ich konzentrierte meinen ganzen Willen auf das vermaledeite Schwert, dieses üble Werkzeug des Todes, dem auch ich zum Opfer gefallen war.

Es flog mit einer solchen Wucht durch den Raum, dass es auf den Steinplatten vor dem Kamin aufschlug und die Funken stoben. Dann schlitterte es weiter bis vor Margarets Füße, wo es – Wunder über Wunder – barst.

Leider gab es danach noch einen kleinen Zimmerbrand, worunter ein Teil des furchtbaren Teppichbodens zu leiden hatte.

Ich hingegen war fix und fertig. Ich war ausgelaugt bis in den letzten Schwanzzipfel und hatte noch nicht einmal die Kraft, bis an die Decke zu levitieren. Also hängte ich mich unter einen Tisch und brütete eine lange Zeit einfach vor mich hin. Die Nacht verging, ein neuer Tag brach an, ein goldener Sonnentag – und doch so trügerisch und voll Verderben. So hinterhältig wie's kalte Moor. Thrilled me – filled me with fantastic terrors never felt before.[25]

Alte Gräber

MacDuffnet beobachtete leider, wie ich aus Kens Zimmer schlüpfte. Er grinste schmierig, dieser alte Widerling. Ich würdigte ihn keines Grußes.

Tante Henrietta war ausgeflogen, ein Brieflein informierte mich, sie sei bis zum Mittagessen in Tainwick. Mir war das ganz recht. Im Augenblick mochte ich nicht mit ihr sprechen, denn meine frisch aufgeblühte Liebe konnte in ihr nur schmerzliche Erinnerungen wecken. Ich war mir sicher, dass man sie mir ansah, die

---

25 Erfüllte mich mit Schrecken, wie ich ihn noch nie verspürt.

Liebe. Als ich aus der Dusche kam, funkelten die Wasserperlen auf meiner Haut in der Sonne wie ein Kleid aus Diamanten, und meine Haare knisterten feurig, als ich sie trocken föhnte. Ich sang und pfiff vor mich hin, übermütig und voller Lebenslust. Dann öffnete ich das Fenster und sah hoch zu dem blauen Himmel. Ich hätte die Welt umarmen mögen, die schroffen Berge, die schattigen Täler, den grün leuchtenden Loch Naw, die silbergrauen Mauern des alten Schlosses, die Eibenhecke und die verschwenderisch blühenden Rosen davor.

Das brachte mir die Erinnerung zurück. Dort unten, unter den Ranken der blutroten Rosen, lag das Grab von Margaret. Zu ihr zog es mich. Margaret, die mutig ihre Liebe erklärt hatte, mutig bis in den Tod hinein. Mit ihr war ich verbunden, sie war gestern ein Teil von mir gewesen.

Als ich vor dem Rosenbusch stand, entdeckte ich, dass Arthur weitere Steine freigelegt hatte. Einfache Feldsteine, die Schrift unbeholfen eingeritzt. Nicht nur Margaret, auch Rory und Flora MacIain ruhten hier. Und »Her Cat«. Ihre Katze.

Mir liefen die Tränen über die Wangen, als ich das las. Jemand hatte Margarets Katze mit ihr begraben und es sogar auf dem Stein vermerkt. Armer MacTiger. Armer, unschuldiger Kater, ein unbedachtes Opfer in dem wahnsinnigen Blutrausch des betrunkenen Mörders. Kein Wunder, dass er ruhelos im Schloss umging.

»Weint Ihr um Margaret und ihren Clan?«

»Ja, Arthur. Gestern Nacht habe ich erlebt, was ihr

geschah. Sie hatten recht – das Grauen begegnet einem auf den Wanderungen.«

Arthur, in seiner üblichen Gärtnerkluft aus Cordhosen und Wollhemd, stand mit der Heckenschere in der Hand neben mir.

»Aber Ihr habt es überwunden, sehe ich. Denn Eure Augen leuchten, und Eure Wangen sind rosig unter den Tränen.«

Sein Lächeln wies eindeutig Spuren von Schalk auf.

»Ja, ich habe es – mit ein bisschen Hilfe – überwunden.«

»Hilfe von einem schwarzhaarigen Mann, denke ich?«

»Und einem kleinen Katergespenst, das im entscheidenden Moment das Schwert von der Wand gefetzt hat. Das Breitschwert des MacLeod. Und wissen Sie was – es ist geborsten. Ich verstehe das nicht ganz, es ist doch nur von der Wand gefallen. Ein Breitschwert sollte gewöhnlich ein bisschen mehr aushalten, oder?«

»Größere Gewalten mögen da im Spiel gewesen sein als nur die Schwerkraft, Kind«, sagte Arthur mit sehr ernstem Gesicht. »Es ist großes Unrecht geschehen. Doch seit Ihr hergekommen seid, sind die alten Kräfte stärker geworden. Ihr habt die Verbindung hergestellt. So mögen durch Euch die Spuren des furchtbaren Unrechts aus der Welt geschafft werden.«

»Durch mich? Ich bin ein solches Nichts, Arthur. Ich hab nur manchmal ein paar seltsame Träume und Visionen. Das ist kein Potenzial, um altes Unrecht zu tilgen.«

»Nicht das Unrecht selbst, Margita. Das bleibt bestehen. Aber seine sichtbaren und unsichtbaren Spuren.«

Ich verstand seine Worte nicht, aber dann fiel mein Blick auf die drei Steine. Ob er das meinte?

»Sie sind hier begraben worden. Die Opfer dieses schändlichen Mordes. Vermutlich ohne kirchlichen Segen, ohne Feierlichkeit. Meinen Sie, man sollte sie auf dem Friedhof beisetzen? Es gibt doch hinter dem Hotel einen, der zu dem alten Drumnadruid Castle gehört hat.«

»Wenn Ihr glaubt, es sei das Richtige für Margaret und ihre Eltern, so tut es. Ich werde mit dem Pfarrer darüber sprechen, wenn Ihr wollt.«

Arthur klang etwas eigenartig, auch wenn er seine Hilfe anbot. Und mit einem Mal zweifelte auch ich an der Richtigkeit dieses Vorgehens. Ich kniete nieder und fuhr die Form der einfachen Silberdistel nach, die eine mitfühlende Seele neben Margarets Namen geritzt hatte. Dann entschied ich.

»Nein, Arthur. Hier liegen sie seit zweihundertfünfzig Jahren. Was ist ihnen damit geholfen, wenn ihre zu Staub gewordenen Gebeine noch einmal in ihrer Ruhe gestört werden? Sie liegen unter diesen wundervollen Rosen. Umhüllt von Duft und Blüten. Kein Grab könnte schöner sein. Und sie sind zusammen. Vater und Mutter, Tochter und ihr geliebter Kater. Arthur, hier sollen sie bleiben. Aber ich will ihnen einen Gedenkstein setzen lassen, damit alle, die in dieses Schloss kommen, erfahren, dass sie hier ruhen. Einen ganz schlichten Stein. Mit einer Silberdistel als Zierde.«

»Folgt mir, Kind.«

Verwundert sah ich Arthur in Richtung seines Hauses verschwinden und beeilte mich, ihm hinterherzulaufen. Er ging nicht zum Eingang, sondern verschwand um die Ecke, wo getrocknete Torfblöcke und Holzscheite aufgeschichtet waren.

Auf einem Polster von zierlichem Wollgras stand ein weißer Stein, der mit silbrigen Quarzadern durchzogen war. Er war etwa kniehoch und oben schräg abgeflacht.

»Wundervoll. Arthur, genau so muss der Stein aussehen. Bitte, kann ich Ihnen den abkaufen?«

»Margita, Kind, seid nicht dumm. Diesen Stein könnt Ihr nicht kaufen. Denn diesen Stein habe ich gefunden. Wir wollen gemeinsam überlegen, wie ich ihn bearbeiten soll.«

»Aber …«

»Doch, Margita. Denn auch ich habe an Margaret etwas wiedergutzumachen. Hört die Geschichte meiner Vorfahren.«

Ich setzte mich auf einen Baumstumpf, der zum Holzhacken diente, und ließ mir in Arthurs blumiger, altmodischer Sprache mit den rollenden Rrrs berichten. Er sprach von Duncan Dougal, der einst auf der fernen Insel der Äußeren Hebriden lebte und der elf Töchter besaß. Er war so arm, dass er einem jeden ledigen Mann eine von ihnen mitgab, woher sie auch kamen, wohin sie auch reisten. Eine davon, so erzählt man sich noch heute, zog mit einem schwarz gelockten, ungestümen jungen Mann an den Loch Naw. Sie blieb ihnen deshalb im Gedächtnis, weil sie silberhelle graue Augen hatte. Ihr Name war Branwen, und das Haus, in das sie ziehen sollte, nannte sich Blair Rath Castle. Die Menschen auf Barra fragten sich lange Zeit, ob sie glücklich geworden sei.

»Darum habt Ihr Euch hier niedergelassen?«

Ich verfiel auch schon in seine altertümliche Anrede, aber es schien mir irgendwie passend.

»Ja, darum habe ich mich hier niedergelassen. Ich habe verstaubte Aufzeichnungen entziffert und den alten Leuten gelauscht. Ich habe ihre Balladen gelernt und ihre Geschichten aufgeschrieben. Branwen Dougal war es, die Kenneth MacLeod nach Blair Rath Castle gefolgt war und ihm einen Sohn, Alasdair, gebar.«

»Alasdair, Margarets Liebster.«

»Ja. Margarets Liebster.«

Ich nickte. Wie seltsam alles zusammenhing.

»Ja, ein Stein wie dieser mit ihrer aller Namen, der Distel und ...«, ich sah ihn bittend an. Hoffentlich verstand er mich. »Bitte auch den Namen von MacTiger. Denn das Mädchen und der Kater haben sehr aneinandergehangen.«

»Natürlich, Kind. Große Liebe muss man immer würdigen. Und seht, da ist auch Liebe im Anmarsch.«

Ken stand an der Hecke und blickte suchend um sich. Ich sprang auf und winkte ihm zu. Arthur lachte. Ich wollte loslaufen, aber dann fiel mir ganz plötzlich noch etwas ein.

»Arthur, ich weiß inzwischen, wer das kleine rothaarige Mädchen war, das ich im Steinkreis gesehen habe. Das war Margarets kleine Schwester Mary. Komisch, sie liegt hier nicht begraben. Ob sie entkommen ist?«

»Wer weiß, Kind?«, sagte er sanft.

Geister im Nebelmoor

Ken teilte mir nach dem Essen mit, er habe noch etwas in Inverness zu tun. Da er mir nichts Näheres dazu sagen wollte, fragte ich ihn auch nicht. Vermutlich wollte er seinem Hobby, der Falschgeldjagd, nachgehen. Und weil er wusste, wie albern ich das fand, schwieg er lieber darüber.

»Ich komme mit dem Bus um vier Uhr zurück, Margita. Wir können anschließend noch einen Spaziergang machen. Ich möchte doch wenigstens einmal, solange wir hier sind, ganz um den See herumgehen.«

»O ja, eine gute Idee. Ich werde mich bis dahin meiner Tante widmen. Sie ist in der letzten Zeit sehr zutraulich geworden.«

»Zutraulich? Wie ein zahmes Eichhörnchen? Frisst sie Nüsse aus deiner Hand?«

»Ach, Blödsinn. Mir fällt kein anderes Wort ein. Aber sie erzählt mir Sachen aus der Vergangenheit, von denen ich nie gedacht hätte, dass solche Dinge passiert sein könnten. Sie kennt Arthur schon von früher her.«

»Oh, eine Romanze lebt auf?«

»Spotte nicht. Ich finde das irgendwie rührend. Außerdem mag ich Arthur.«

»Ja, das habe ich auch schon gemerkt. Er ist ein bisschen geheimnisvoll. Ähnlich wie ihn stelle ich mir die alten Druiden vor, die hier gelebt haben.«

»Das ist kein ganz schlechter Vergleich. Ich werde nach einer goldenen Sichel Ausschau halten. So, aber da kommt Tante Henrietta. Tschüss, bis später.«

Tante Henrietta war blendend gelaunt und zeigte keinerlei Missfallen darüber, dass ich Ken zum Abschied einen Kuss gab. Wir unterhielten uns eine Weile über das Städtchen Tainwick, wo sie ebenfalls einige Einkäufe getätigt hatte, und ich konnte inzwischen einigermaßen gelassen über die Ereignisse am vergangenen Abend berichten.

»Keine ganz einfache Gabe, die du besitzt, Margita«, meinte sie dazu. »Aber vielleicht hast du es überwunden, nachdem du das schreckliche Ende dieses Mädchens erlebt hast.«

»Zumindest passiert mir inzwischen nichts mehr, wenn ich das Grab sehe oder die Brosche anfasse. Du wirst recht haben. Ich muss unbedingt Valentine davon schreiben. Sie wird ungeheuer begeistert sein, denke ich.«

»Tu das. Ich werde heute Nachmittag noch ein paar Worte mit Arthur wechseln.«

Damit war ich entlassen.

Mit einigen Bogen Briefpapier setzte ich mich an meinen Tisch und schrieb an Valentine, solange die Eindrücke noch ganz frisch waren. Darüber verging die Zeit, und als ich wieder auf die Uhr sah, war es schon kurz nach vier. Gleich würde Ken kommen, und wir könnten zu unserem Spaziergang aufbrechen. Ich freute mich, doch als ich ans Fenster trat, war das Schloss schon wieder in diese ekelhafte Nebeldecke gehüllt. Man konnte kaum noch die Nebengebäude erkennen, und feuchte Kälte drang durch die Ritzen der undichten Rahmen. Der Nebel erschien mir sogar noch undurchdringlicher als am Vortag. Schade, aber da konnte man nichts machen. Das Wetter in dieser Gegend war eben unberechenbar.

Trotzdem hoffte ich, Ken würde bald an meine Tür klopfen, damit wir den Nachmittag miteinander verbringen konnten. Und ein klein wenig sehnsüchtig dachte ich daran, dass man, statt einen Spaziergang zu machen, sich auch gemeinsam unter eine warme Decke verkriechen konnte.

Es wurde halb fünf, und noch immer kein Ken. Ob der Bus später kam?

Ungeduldig ging ich nach unten und klopfte an Kens Zimmertür. Niemand öffnete. Seltsam. Aber vielleicht wusste Morrigan an der Rezeption, ob der Bus Verspätung hatte.

»Der ist trotz des Nebels pünktlich gewesen«, erklärte sie mir.

Daraufhin wurde ich wirklich unruhig. Der nächste Bus würde erst um achtzehn Uhr eintreffen.

»Ist vielleicht ein Anruf für mich gekommen?«, fragte ich sie deshalb, obwohl mir das peinlich war, denn sie hatte meiner Meinung nach wirklich heftig mit Ken geflirtet. Ihr mitleidiges Lächeln zeigte mir, dass ich mit meinen Vermutungen richtiglag.

»Nein, kein Anruf. Aber Mr. Mackey ist mit dem Vier-Uhr-Bus zurückgekehrt, wenn Sie das wissen wollen.«

Trotz meiner heißen Ohren bedankte ich mich sehr kühl.

Wo war dieser Mann? Ich schlenderte noch einmal zu seinem Zimmer. Vielleicht hatte er sich einen Moment hingelegt und war eingenickt? Er hatte schließlich in der Nacht genauso wenig Schlaf gehabt wie ich.

Die Tür war abgeschlossen, und auch lautes Klopfen brachte keine Reaktion. Ich eilte zurück in meinen Raum und versuchte es mit dem Zimmertelefon. Auch nichts.

In aufkeimender Verzweiflung drückte ich meine Nase an das kalte Fenster. Nebelschwaden, nichts als Nebelschwaden. Als ob wir mitten in einer Wolke lebten.

Ein Nebelwölkchen drang durch die Scheiben und blieb als Katzengestalt auf der Fensterbank sitzen.

»Hallo, MacTiger. Na, hast du dich von deinem Auftritt gestern Nacht erholt?«

MacTiger sah mich mit seinen rot leuchtenden Augen an. Aber er reagierte nicht auf meine Frage, sondern schwebte zu dem Kaminsims und ließ die Pfote wieder über dem Ornament der Silberdistel baumeln.

»Willst du die Brosche sehen, Kater?«, fragte ich und streckte meine Hand aus, um ihn zu kraulen.

Er schüttelte heftig den Kopf und sauste wieder zum Fenster.

Nanu? Er verhielt sich wirklich eigenartig.

»Du willst mir etwas mitteilen?«

Heftiges Kratzen am Ohr.

»Wegen gestern vielleicht?«

Kopfschütteln. Zurück zur Distel.

»MacTiger, was ist nur los? Ist es, weil ich wegen Ken nervös bin?«

Ohrenkratzen. Aha. Nun, einen Versuch war es wert.

»Weißt du, wo er ist?«

Ohrenkratzen.

Mir kroch die Angst den Rücken hoch. Wenn der Geist sich schon bei mir einfand, um mir etwas von Kens Unternehmungen mitzuteilen, dann musste es wichtig sein.

»Ist Ken in Gefahr?«, fragte ich und bekam kalte Hände.

Kopfschütteln, Ohrenkratzen.

»Nein, ja?«

Verflixt, warum hatten wir uns nicht auf mehr Wörter verständigt! Ich überlegte. Nein, nicht in Gefahr, ja, doch in Gefahr?

»Noch nicht, aber bald?«, versuchte ich.

Erleichtertes Ohrenkratzen.

Ich hingegen war nicht erleichtert.

»Wo ist Ken?«

MacTiger schwebte wieder zum Fenster und verschwand halb durch die Scheibe. Es sah unmöglich aus, aber es konnte nur eines bedeuten. Ken war da draußen. Im Nebel! Im Moor? Was immer ihn dazu getrieben hatte, er musste doch wissen, wie gefährlich das war.

»MacTiger, das geht nicht. Es muss ihn jemand finden und zurückholen.«

Ohrenkratzen.

»Ich werde Arthur suchen.«

Ohrenkratzen.

Hastig zog ich mir feste Schuhe an und streifte einen weiteren Pullover und meine Jacke über. Dabei vergaß ich ganz die Brosche, die noch an meiner Bluse steckte. Dann lief ich nach unten, MacTiger als Nebelwölkchen in Gesichtshöhe vor mir her.

In der Halle war niemand, auch die Rezeption war verwaist. Ich hatte keine Zeit, jemanden zu suchen, um zu hinterlassen, was ich vorhatte.

Als ich die Tür öffnete, schlug mir die kalte Feuchtigkeit wie ein nasses Tuch entgegen. Das Nebelwölkchen MacTiger löste sich darin auf. Das Einzige, was noch an ihn erinnerte, waren die beiden roten Augen.

Ich lief geradewegs zu Arthurs Haus. Hier war alles still, nichts rührte sich auf mein Klopfen. Arthur verschloss seine Tür nicht, also öffnete ich. Aber nur Silver lag in einem Sessel und putzte sich. Mir fiel ein, dass meine Tante sich mit ihm hatte treffen wollen. Wahrscheinlich waren die beiden unterwegs. Und jetzt? Ratlos machte ich die Tür hinter mir zu.

Mir war unheimlich in den weißen Schwaden. Es war zwar nicht dunkel, man konnte eine blasse Sonne über dem undurchsichtigen Dunst erahnen. Milchig, wie opaleszierend, wirkte der Nebel. Und alle Geräusche schienen unwirklich. Nah oder fern, man konnte es nicht unterscheiden.

»MacTiger? MacTiger, wo bist du? Ich kann dich nicht mehr sehen.«

Die roten Augen tauchten nahe an meiner Nase auf.

»MacTiger, kannst du in diesem Nebel etwas erkennen?«

Ob sich der Nebel am Ohr kratzte oder nicht – es war nicht zu unterscheiden.

»MacTiger, so geht das nicht. Ich kann nur deine Augen sehen, sonst nichts. Wenn du also ›ja‹ meinst, dann musst du mit einem Auge zwinkern. Und bei ›nein‹ mit beiden. Geht das?«

Ein Auge verschwand. Wunderbar, ein Fortschritt. Ich wiederholte meine letzte Frage, und MacTiger gab mir zu verstehen, er könne den Nebel durchdringen. Wie auch immer Geister das machten.

»Hilf mir, Ken zu finden, MacTiger. Bitte.«

Ein Auge verschwand.

»Gut, gib die Richtung an. Aber denk daran, ich kann nicht schweben, ich muss auf festen Wegen bleiben, um nicht im Moor zu versinken.«

Ein Auge verschwand, dann setzte der kleine, hilfsbereite Geist sich in Bewegung. Ich folgte den beiden Lichtpunkten, die in regelmäßigen Abständen vor mir auftauchten. Die erste Wegstrecke schien mir noch vertraut. Wir gingen abwärts zum See, dorthin, wo der Fußweg begann. Hier waren noch keine Probleme mit dem Moor zu erwarten, und ich schritt zügig aus. Doch dann erreichten wir die Gabelung, wo er auf der einen Seite zum Bootssteg und dem Golfplatz führte und auf der anderen Seite zur Ruine.

MacTiger schlug die Richtung zur Ruine ein und bestätigte damit meine schlimmsten Befürchtungen. Dort war das Moor.

Was, um Himmels willen, hatte Ken dazu getrieben, allein hinauszugehen?

Ein Rabe flog krächzend aus den Mauerresten der alten Kate auf. Ich zuckte zusammen. Es war unheimlich hier. Mit bangem Herzen folgte ich den roten Augen und achtete sorgfältig darauf, wohin ich meine Füße setzte. Hin und wieder blieb ich stehen und lauschte. Das Plätschern der kleinen Wellen des Sees war zu hören. Rascheln in den Zweigen, hoch oben das Brummen eines fernen Flugzeugs. Sonst nichts. Ob ich rufen sollte?

»Ken!« Die Angst schien mir die Kehle zuzuschnüren, ich brachte nur ein heiseres Flüstern hervor. Ich räusperte mich und wollte noch einmal rufen, aber heftig zwinkernde Augen belehrten mich eines Besseren. Natürlich, wenn er mich irgendwo hörte, würde er in meine Richtung gehen und dabei vielleicht vom Weg abkommen.

Schweigend setzten wir unsere Suche fort. Eine Brombeerranke verfing sich in meinem Hosenbein, ich riss mir beim Lösen einen blutigen Kratzer in die Hand. Bald hatten wir die halbe Strecke zur Ruine hinter uns gebracht. Hier zweigten weitere Wege ab. Wege, die ich noch nicht betreten hatte, die mitten ins Moor führten. Neben mir verlief der niedrige Steinwall, der den befestigten Pfad von der feuchten Wiese dahinter trennte. MacTiger blieb vor mir in der Luft hängen. War da etwas?

Ich lauschte. Die feuchte Luft verzerrte die Töne, doch mir war, als würde ich jemanden atmen hören. Ein schmatzendes, saugendes Geräusch erklang. Dazu ein ärgerliches: »Verdammt!«

»Ken! Ken, bist du das?«, rief ich.

Von irgendwoher links von mir kam die Antwort.

»Margita! Wo bist du! Bleib, wo du bist, hier ist alles matschig. Der Boden scheint sich zu bewegen!«

»Ken, ich komme, um dir zu helfen.«

»Das geht nicht, man sieht doch nichts.«

»Ich… du wirst es nicht glauben, ich habe MacTiger bei mir. Er kann im Nebel sehen. Er wird mich führen.«

»Margita, du bist verrückt. Das ist wahnsinnig gefährlich. Ich bin mit einem Bein schon mal eingesunken. Das zieht einen sofort nach unten.«

»Du bist ganz nahe an einem befestigten Weg, Ken. Rühr dich nicht.«

Ich überlegte. Ken musste einen der Seitenwege eingeschlagen haben und danebengetreten sein. Man konnte wahrhaftig jede Orientierung verlieren. Vor allem, wenn man sich ein paarmal umgedreht hatte. Ich sah MacTigers Augen vor mir. Er wollte mir etwas mitteilen, ich wusste es. Aber ach, warum konnte ich nicht seine Gedanken lesen.

»Kater, Ken kann nicht weit entfernt sein, höchstens fünf, sechs Meter. Führ mich, MacTiger.«

Augenzwinkern.

»Nein? O Mann, was willst du denn?«

MacTiger drängte sich näher an mich, als wolle er meine Hand stupsen. Erst war ich irritiert, dann blitzte die Erkenntnis auf. Durch meine Berührung konnte er sich irgendwie aufladen. Gut, ich streichelte den Kater, wo ich seine Gestalt vermutete, und siehe da, die Augen schienen aufzuglühen. Sie wirkten wie die Rückstrahler eines Autos.

»Ken, ich schicke dir MacTiger. Du musst ihm folgen.«

»Margita, ich kann den doch nicht sehen. Und schon gar nicht im Nebel.«

»Doch, wir haben hier gerade einen kleinen Zauber gemacht. Pass auf, gleich tauchen zwei glühend rote Augen bei dir auf.«

Ich folgte den Lichtern noch ein paar Schritte, dann

bedeutete mir der Geist, neben einem entlaubten alten Busch stehen zu bleiben. Als ich Kens Stimme das nächste Mal hörte, war sie deutlich näher und voller Staunen.

»Ich sehe sie wirklich.«

»Dann folge ihnen.«

Es raschelte, dann kam ein unangenehm saugendes Geräusch, und Ken ließ ein deftiges Schimpfwort hören. Doch schon tauchten seine Umrisse neben dem Weg auf.

Dann beging ich einen Fehler. Ich wollte ihm entgegeneilen, rutschte aus und sank mit den Knien in das weiche, morastige Zeug, das sich unter dem niedrigen, rauen Gras verbarg. Das war ja entsetzlich. Ich fühlte überhaupt keinen Widerstand mehr. Bei jeder Bewegung sank ich tiefer in den Matsch. Plötzlich machte sich wirklich Panik in mir breit. Verzweifelt klammerte ich mich an einen Ast des Busches und stöhnte auf.

Ich hatte Glück, denn eben hatte Ken den rettenden Sprung gewagt und stand neben mir.

»Gib mir deine Hand, Margita. Komm, das schaffen wir schon.«

Er zog mich hoch und hielt mich ganz fest. Wir beide zitterten. Nicht nur vor Kälte, sondern vor dem Schrecken, dem wir entgangen waren.

»W… w… w… warum bist d… d… du nur hierhin g… g… gegangen?«

Mir klapperten noch immer die Zähne.

»Das könnte ich dich genauso fragen, Margita.«

»Wieso mich? Ich habe im Hotel auf dich gewartet.«

»Gewartet? MacDuffnet kam völlig aufgelöst zu mir, als ich aus dem Bus stieg, und hat gesagt, du seist allein zur Ruine gegangen.«

»So ein Quatsch, warum sollte ich das? Was hat den Dummkopf nur dazu getrieben?«

»Oh, da drängt sich mir ein Verdacht auf.«

»Ken, hat das was mit dem Falschgeld zu tun?«

»Das hat es wohl. Komm, lass uns einen Moment ausruhen. Diese Steinmauer scheint sicher zu sein. Ich möchte dir das lieber hier erzählen als im Hotel.«

Wir setzten uns eng nebeneinander, und ich hörte mir Kens Bericht an.

»Mir hat es keine Ruhe gelassen, Margita, auch wenn die Geschichte dich genervt hat. Ich habe von zweien meiner Freunde erfahren, dass sie auch Blüten angedreht bekommen hatten. Und einem anderen Gast war es ebenfalls passiert. Immer dann, wenn Leute längere Besichtigungstouren machen oder abreisen, bekommen sie das Zeug mit. Nur bei mir muss es ein Versehen gewesen sein. Vielleicht hatte Morrigan in die falsche Kasse gegriffen, als sie Geld gewechselt hat. Jedenfalls habe ich gestern einen Vorwand gesucht, um in das Büro hineinzukommen. Darum habe ich die Farce mit Morrigan und dem Fax aufgeführt. Ich müsse ganz dringend Unterlagen an meine Firma schicken und so. Sie gab sich zuerst etwas unwillig, deshalb habe ich wahrscheinlich ein bisschen zu stark meinen Charme spielen lassen und dich damit gekränkt.«

Ich konnte schon wieder leise kichern und schmiegte mich dichter an ihn.

»Jedenfalls war ich ein paar Minuten allein in dem

Büro. MacDuffnet ist nicht der Größte, was Sicherheitstechnik anbelangt. Er hat eine zweite Registrierkasse, und solche Geräte sind mir kein besonderes Geheimnis. Ich hab mir also zwei Zehnpfundnoten daraus genommen und sie später untersucht. Sie waren genau das Stückchen zu kurz.«

»Mit denen bist du heute zur Polizei gegangen?«

»Nein, noch nicht. Aber ich habe einen Tipp von einem meiner Studienkollegen bekommen, der einen Bankdirektor in Inverness kennt. Mit dem hatte ich heute Nachmittag einen Termin. Er kannte das Problem auch schon. Und weißt du, was das Witzige ist? Die ganze Affäre hatte hier vor fünf Jahren mal zu großer Aufregung geführt, weil ein bescheuerter Druckereibesitzer sein Taschengeld aufbessern wollte. Sie haben ihn damals geschnappt und verurteilt. Einer seiner Mitarbeiter ist allerdings untergetaucht. Wenn ich das richtig beurteile, mit einem Köfferchen druckfrischer Blüten.«

»Und landete im Hotel Drumnadruid Castle, wo ihm der Dorf-Bobby von Tainwick auf die Spur kam.«

»Genau. Von hier hat er unter Zurücklassen besagten Köfferchens das Weite gesucht.«

»Was MacDuffnet, den alten Geizknochen, natürlich dazu animiert hat, das schöne Geld nicht etwa bei den Behörden abzuliefern, sondern seine eigene Geldwäscherei damit aufzuziehen. Womit hast du dich verraten? Woran hat er gemerkt, dass du ihm auf der Spur bist?«

»Keine Ahnung. Vielleicht wusste er es von Morrigan. Oder er hat mich gesehen, als ich aus dem Büro kam, wer weiß? Ist das wichtig?«

»Er hat dich ins Moor gelockt, und das kann nur dem Wunsch entsprungen sein, dich aus dem Weg zu räumen. Wie geschickt. Wahrscheinlich hat kein Mensch gehört, wie er dir von meinem Spaziergang erzählt hat. Und wieder wurde ein unvorsichtiger Tourist das Opfer der schlammigen Wiesen. Mein Gott!«

»Du sagst es. Lass uns zurückgehen. Ich möchte ein ernsthaftes Gespräch mit dem guten Mann führen.«

»Warum das? Ruf doch lieber die Polizei an.«

»Natürlich, aber die Wartezeit werde ich mir mit heiterem Geplauder verkürzen.«

»Na dann! Auf in den Kampf! MacTiger, bist du noch da?«

Vor meiner Nase blinzelte ein Auge.

»Wir gehen zurück.«

MacTiger greift ein

Der Rückweg gestaltete sich einfacher als der Hinweg. Einerseits war der Nebel etwas dünner geworden, zum anderen kannte ich den Weg.

Wir mussten allerdings einen prächtigen Anblick bieten, denn Ken und ich waren bis zu den Knien schwarz verschmiert, und ich vermutete stark, dass auch mein Gesicht den einen oder anderen Streifen abbekommen hatte. Aber das war plötzlich unsere geringste Sorge. Denn als wir in die Halle traten, standen wir zu unserem Entsetzen MacDuffnet in voller Highlander-Tracht gegenüber. Und der reagierte teuflisch schnell. Er riss den Dolch aus dem Strumpf und hatte mich, ehe ich auch nur einen Mucks von mir geben konnte, in einem Klammergriff und hielt den scharfen Stahl an meine Kehle.

»Ins Büro mit euch!«, befahl er und gab mir einen bösen Schlag in die Nieren. Ich hatte keine Chance. Ken auch nicht, wollte er nicht mit ansehen, wie mir die Kehle durchgeschnitten wurde.

»Tür zu!«, fauchte MacDuffnet.

Ken knallte die Tür so laut zu wie nur irgend möglich. Eine hoffnungsvolle, aber wenig Erfolg versprechende Tat – draußen war niemand gewesen.

»Sie waren nicht bei der Polizei, sonst wären die schon längst hier gewesen.«

MacDuffnet mochte wahnsinnig sein, ausgerastet war er nicht. Die Schlussfolgerung war blendend. Es blieb Ken nichts anderes übrig, als von der Bank zu erzählen, denn Leugnen hätte nichts genutzt.

»Da steht das Telefon. Rufen Sie Ihren Freund an und sagen Sie, Sie hätten den Irrtum aufgeklärt.«

»Wie soll ich ihm das weismachen?«

»Ihnen wird schon was einfallen, schauen Sie genau hin.«

Der Dolch ritzte die Haut an meinem Hals auf, und ich spürte Blut in meinen Pulloverkragen tröpfeln. Doch seltsam, ich fürchtete mich nicht besonders. Es war ein eigenartig abgehobenes Gefühl, als stünde ich bereits jenseits der Angst. Aus dem Augenwinkel nahm ich wahr, wie Ken heimlich nach einem Briefbeschwerer aus dem berühmten Edinburgher Granit griff. Dann wandte er sich zum Telefon um. Ich ahnte, was er vorhatte, und in einer verrückten Anstrengung stieß ich meinen Ellenbogen rückwärts.

In dem Moment, in dem MacDuffnet der Dolch von meinem Hals glitt, warf Ken den Stein. Er traf ihn – knapp an der Schläfe. Doch MacDuffnet war hart im Nehmen. Er ließ mich los, gab mir einen weiteren brutalen Stoß, und ich landete neben einem Stuhl an der Wand, wo ich mir schmerzhaft den Kopf anschlug und benommen liegen blieb.

Das Nächste, was ich sah, war Ken, der sich verzweifelt gegen den Dolchangriff wehrte. Ken war geschickt und geschmeidig, er konnte dem behäbigeren Angreifer noch ausweichen, aber MacDuffnet war inzwischen völlig übergeschnappt. Sein Gesichtsausdruck erinnerte mich an MacLeod, als er das Schwert schwang. Mord stand darin. Blut!

Und dann geschah das Unglaubliche.

Plötzlich durchdrang mich ein Schauder, und ich erkannte MacTiger neben mir.

Er sah mich an.

Ich wusste inzwischen, was sein Blick bedeutete. Ich nahm meine ganze Kraft zusammen und legte meine Hand zwischen seine Ohren. Schloss die Augen und dachte an … ja, ich dachte an Arthur. Ich dachte an meine Mutter. Ich dachte an Margaret und die Alte im Steinkreis, und wie von selbst schloss sich meine Hand um Margarets Silberbrosche unter meinem Pullover. Ich spürte, wie ein Energiestrom von mir zu MacTiger floss. Dann öffnete ich die Augen wieder. MacTiger war fort, und MacDuffnet grunzte, denn Ken hatte ihm einen Tritt ans Schienbein verpasst, der mit der

Wucht von Wut und Angst gleichermaßen ausgeführt worden war. Doch der Schmerz machte dem Hotelbesitzer offenbar nichts aus, im Gegenteil, mit neuer Gewalt drang er auf Ken ein.

Ich schrie auf, als Ken stürzte und MacDuffnet mit dem Dolch auf ihn einstechen wollte.

In diesem Moment sprang eine gewaltige Wildkatze auf ihn zu. Groß wie ein Luchs, mit flammenden Augen, mit weit aufgerissenem Maul, aus dem ein Fauchen kam, das nicht von dieser Welt schien.

MacDuffnet erstarrte buchstäblich in der Bewegung. Der Dolch fiel aus seiner Hand, sein Gesicht wurde blaurot, und er brach röchelnd auf dem Boden zusammen.

MacTiger setzte neben ihm auf und legte seine Pfote auf den Hals seines Opfers. Ein tiefes Grollen aus seiner Kehle brachte die Scheiben zum Klirren.

Ken rappelte sich hoch und schüttelte ungläubig den Kopf – in diesem Moment flog die Tür auf. Arthur und Tante Henrietta standen schwer atmend in der Öffnung.

»Ist alles in Ordnung, Kind?«

»Ja, Arthur. Bis auf den da. Der braucht einen Arzt und einen Richter.«

Tante Henrietta sah mich an und dann mit einem seltsamen Lächeln MacTiger. Den wiederum schien die Aufmerksamkeit zu stören. Er stand auf und sprang an meine Seite. Ich sah ihn an und strich über seinen grauschwarz getigerten Rücken. Er hatte wieder seine normale Katergröße angenommen.

»Danke, alter Freund«, flüsterte ich. Und er, er legte

seinen dicken Kopf in meine Hand und drehte ihn zärtlich hin und her. Dabei schnurrte er sein geisterhaftes Schnurren. Dann wurde er durchsichtiger und durchsichtiger, ein blasser Nebelschimmer noch, ein Hauch von roten Augen. Er löst sich auf, der Raum wird leer – er ward gesehen nimmermehr.

Wir trafen uns später am Abend in Arthurs Kate, Ken, Tante Henrietta und ich. Arthur hatte Tee gemacht. Starken, heißen Tee mit Milch und Zucker, das Allheilmittel in diesem Land. Nicht zu Unrecht, wie ich merkte. Die Anspannung ließ nach, ich fühlte mich gewärmt und vergaß sogar beinahe die Prellungen und blauen Flecke.

MacDuffnet war mit einem Herzanfall ins Krankenhaus gebracht worden, die Polizei hatte uns befragt und angeordnet, dass wir das Hotel nicht verlassen durften. Aber danach stand uns sowieso nicht der Sinn.

Ich legte meine beiden Hände um die warme Steinguttasse und fragte: »Wo wart ihr eigentlich? Ich habe euch gesucht, bevor ich aufbrach, um Ken aus dem Moor zu retten.«

»Wir waren zum Uykel gegangen. Aber als der Nebel aufzog, kurz vor vier, haben wir uns auf den Rückweg gemacht.«

»Dann muss ich euch knapp verfehlt haben.«

»Wahrscheinlich.«

»Aber wieso seid ihr dann so plötzlich in das Büro gestürzt?«

Arthur lächelte mich über den Rand seiner Tasse an.

»Ihr seid nicht die Einzige, die ein ausgeprägtes Wahrnehmungsvermögen besitzt, das wisst Ihr doch, Margita.«

»Ja, Arthur und ich standen schon vor seinem Haus, als er sich auf einmal umdrehte und mir ziemlich barsch befahl: ›Wir müssen sofort ins Hotel. Das Kind ist in Gefahr!‹ Ich muss schon sagen, er war ganz schön heftig, hat mich praktisch am Arm mitgeschleift.«

»Arme Tante Henrietta.«

»Es war beängstigend. Aber vollkommen verständlich. Und außerdem habe ich dadurch wenigstens noch deinen Geist gesehen. Das war er doch, nicht wahr?«

»Natürlich. Das war MacTiger. Euch kann ich es erzählen, welche Rolle er in dem ganzen Drama gespielt hat. Bei den Aussagen wollte ich das dem Officer nicht antun, sonst hätten sie mich wahrscheinlich gleich mit eingeliefert.«

»Ja, berichtet uns von MacTigers Taten.«

Also füllte ich die Lücken, die ich bei der Schilderung des Nachmittags gegenüber den Gesetzeshütern gelassen hatte. Arthur und Henrietta lauschten fasziniert, doch Ken, der neben mir saß, rutschte immer tiefer und tiefer in die Polster und lehnte schließlich schlafend seinen Kopf an meine Schulter.

»Erstaunlich, Margita. Und nun ist er fort, der kleine Katzengeist. So habt Ihr denn getan, was getan werden musste – die Spuren eines großen Unrechts aus dieser Welt getilgt.«

»Habe ich das, Arthur? Ich hoffe es. Aber ich bin ein bisschen traurig darüber. Er war so ein netter Geist. Hoffentlich fühlt er sich im Katzenhimmel wohl.«

Ich sah mich um. Da fehlte doch was?

»Übrigens, wo ist Silver? Sie sitzt doch sonst so gerne am Kamin.«

»Auf Jagd, vermute ich. Ihr Bein ist geheilt, ich habe heute den Verband abgenommen.«

»Hoffentlich kommt sie wieder zurück.«

»Gewiss.«

Tante Henrietta gähnte unterdrückt und sah den schlummernden Ken an.

»Wir sollten zu Bett gehen. Der Tag war anstrengend.«

»Ja, Tante Henrietta. Obwohl, ich bin komischerweise noch gar nicht müde.«

»Seid Ihr nicht? Nun, dann lasst uns noch ein paar Schritte gehen. Ich möchte mich eine kleine Weile mit Euch unterhalten, wenn es recht ist, Margita.«

Tante Henrietta sah plötzlich auf und schüttelte fast unmerklich den Kopf. Aber sie meinte nicht mich, sondern Arthur.

»Doch, Henrietta. Es ist an der Zeit.«

»Es ist schon spät, Arthur. Das Kind muss schlafen.«

Er lächelte sie an und meinte: »Ich nenne sie auch Kind, aber sie ist keines mehr. Und mit einem hast du recht – es ist spät, doch nicht zu spät, hoffe ich. Kommt, junger Mann, noch eine kleine Anstrengung, und Ihr seid im Bett.«

Sacht rüttelte er Ken wach, der etwas verwirrt um sich sah. Henrietta kümmerte sich um ihn, während Arthur seinen braunen Umhang überwarf und mir ein dunkelblaues Plaid reichte.

»Der Nebel ist fort, doch die Nacht ist kühl. Nun kommt.«

Er zündete eine altmodische Sturmlaterne an und hielt mir die Tür auf. Schweigend verließen wir den Schlosshof und schlugen den Weg zur Straße ein. Nach wenigen Metern bog ein Fußweg ab, der uns zu dem Flüsschen führen würde.

Ein Schicksalsfädchen

Es war eine sternklare Nacht. Der Himmel spannte sich dunkelblau von den Bergen über das Tal, und ein voll gerundeter Mond erhob sich über den Zinnen des Schlosses. Er warf einen Lichtpfad über den stillen See, der glatt und spiegelnd vor uns lag. Wir näherten uns den Felsen am Ufer des Uykel, dort, wo wir uns vor fast zwei Wochen zum ersten Mal getroffen hatten.

Noch immer schweigend, kletterten wir hinauf und setzten uns nebeneinander auf die rauen Steine. Das Flüsschen rauschte unermüdlich zwischen den Felsbrocken dem Loch Naw entgegen, weiß schäumend im Mondlicht. Die Nacht war erstaunlich hell, und die Landschaft schimmerte blau und silbern in einem fast unwirklichen Licht. Nur die Laterne von Arthur, die neben uns stand, verbreitete einen golden leuchtenden Schein.

»Seht, der Mond hat sich gerundet, wie ich Euch versprochen habe.«

»Ein leicht zu erteilendes Versprechen, nicht wahr?«

»Ja, Kind. Doch als Ihr hier eintraft, wart Ihr müde

und uneins mit Euch selbst. Dann ist es manchmal schwer, selbst die einfachen Dinge zu glauben.«

»Das stimmt. Es ist seltsam, nicht wahr? Seit ich hier bin, hat sich viel getan. Ich scheine in eine Art Gewebe geraten zu sein, dessen Fäden sich über Raum und Zeit erstrecken. Aber ich kann das Muster nicht erkennen, damit es ein Bild für mich ergibt.«

Ich verstummte, überrascht von meinen eigenen Worten.

»Ein schöner Vergleich, Kind. Ja, es ist ein wunderbares Gespinst, das durch Euch offenbar wurde. Und es sind noch weitere Fäden darin, die zueinandergehören. Darum habe ich Euch hinausgebeten.«

»Haben Sie noch mehr herausgefunden? Zu den alten Clangeschichten?«

»Nein, nicht zu diesen. Nein, es ist eine Verbindung, die sich bis in die Gegenwart erstreckt, Margita.«

Er sah über den See hinaus, und sein bärtiges Gesicht hatte einen traurigen Ausdruck. Spontan legte ich meine Hand auf die seine. Er drehte sich um, und ein solch liebevoller Blick streifte mich, dass sich ein Kloß in meiner Kehle bildete.

»Ich habe mich mit Eurer Tante lange unterhalten, Margita. Über die Zeit vor sechsundzwanzig Jahren. Ich habe Henrietta sehr geliebt, auch wenn Ihr das vielleicht nicht glauben mögt. Sie war eine ernsthafte Frau, nicht leichtherzig und fröhlich. Aber sie war, und ich denke, sie ist es noch heute, sehr tiefer Gefühle fähig. Sie ist auch stolz. Beides zusammen hat sie empfindlich gemacht, verletzbar.«

»Ja, das habe ich inzwischen auch herausgefunden.

Sie hat eine raue Schale um sich herum aufgebaut, damit sie sich nicht ständig Wunden reißt.«

Arthur nickte.

»Die Schuld liegt zu einem großen Teil bei mir, denn ich habe ihr in meinem Leichtsinn einen furchtbaren Schmerz zugefügt.«

»Die Tänzerin mit den Flammenhaaren?«

»Ja. Es war auf einer dieser wilden Partys, die damals gefeiert wurden. Wir besuchten sie gemeinsam, verloren uns aber vom ersten Augenblick an im Gedränge. Dort traf ich diese übersprühende, quecksilbrige junge Frau. Wir tanzten, wir plauderten, später baten sie mich, die alten Balladen zu singen, und sie saß wie anbetend zu meinen Füßen.

Wir tranken, wir redeten, ich vergaß Henrietta für Stunden, ja, ich sah sie nicht einmal mehr in der Menge. Ich wachte auf in einem fremden Bett, die flammenhaarige Frau neben mir. Meine Gewissensbisse waren nicht sonderlich groß, so etwas passierte eben. Doch Henrietta weigerte sich von Stund an, mich überhaupt nur zu sprechen. Kein Brief erreichte sie, am Telefon ließ sie sich verleugnen, wenn ich sie irgendwo traf, drehte sie mir den Rücken zu. Ich nannte sie für mich albern und überspannt. Und ging bald darauf wieder auf Reisen.«

»Ja, aber …«

»Lasst mich zu Ende erzählen, Kind. Denn es hat lange gedauert, bis ich den Grund für ihr Verhalten herausfand. Erst ein paar Jahre später fragte mich ein Bekannter aus jener Zeit, ob ich denn Angela, Henriettas Schwester, je wiedergesehen hätte. Ich hatte es nicht.

Ich wusste nicht einmal, wen er meinte. Aber er war einer von denen, die nichts für sich behalten können, und erzählte es mir. Er merkte nicht, wie mich das Entsetzen packte. Er erwähnte auch das Kind, eine Tochter namens Margita, das Angela bekommen hatte.«

Das Mondlicht warf noch immer seinen silbernen Pfad über den See, die Berge ragten weiter schwarz gegen den nachtblauen Himmel auf, und die Sterne funkelten unbeeindruckt von den kleinen Menschenwesen auf diesem Planeten.

»Es hätte auch ein anderer Mann sein können?«

»Natürlich.«

»Aber Sie glauben es nicht.«

»Nein, Kind. Ich möchte es nicht glauben. Bist du entsetzt?«

»Nein, aber … Ich muss ein bisschen nachdenken.«

»Sicher.«

Nahmen die Wunder kein Ende? Es konnte Zufall sein. Doch eigentlich wollte ich es zu gerne glauben. Es gab Tests, die die Vaterschaft beweisen würden oder nicht. Aber da war auch noch mein Gefühl. Und so mochte denn noch ein weiterer Faden das Muster des Schicksals gestalten, das ich das meine nenne. Ein Muster von Trauer, Schmerz, Leidenschaft und Liebe.

Ja, auch Liebe und Vertrauen. Meine Gefühle für den alten Barden waren vom ersten Tag an warm gewesen, vertraut und liebevoll. Ich legte meinen Kopf an seine Schulter und meinte: »Wir haben viel gemeinsam, Arthur. Vielleicht überrascht es mich darum nicht besonders. Aber ich bin sehr glücklich, in dir meinen Vater gefunden zu haben.«

»Das Glück, mein Kind, liegt auch auf meiner Seite.«

Es gab in diesem Augenblick nicht viel zu sagen. Er legte den Arm um mich, und wir sahen den Fluss hinauf. Dort, wo zwischen den Büschen und Gräsern zierliche Elfen tanzten.

Das Ende der Ballade

Dann ging dieser Urlaub doch zu Ende. Tante Henrietta und ich beschlossen einmütig, nicht mit der Busreisegesellschaft zurückzufahren, sondern einen Flug zu buchen. Ein Zusammentreffen mit den bildungshungrigen Damen war etwas, das uns nach allem, was geschehen war, eine Gänsehaut über den Rücken laufen ließ.

Überhaupt, Tante Henrietta wirkte wie ausgewechselt. Die harte Schale hatte nicht nur Risse bekommen. In den langen Gesprächen, die Arthur, sie und ich in den letzten drei Tagen geführt hatten, war sie in großen Stücken abgefallen. Ken hatte einige Unterredungen mit der Polizei führen müssen, aber wann immer er Zeit fand, gesellte er sich zu uns. Es waren wundervolle Tage, selbst das Wetter spielte mit. Kein Nebel, kein Regen, nur klare, warme Sonnentage, an denen ein frischer Wind manchmal eine Herde Wolkenschafe über den Himmel trieb und sie an den Berggipfeln versammelte.

Dann, nachmittags am letzten Tag, bat mich Arthur – ich konnte mich nach sechsundzwanzig Jahren vaterlosen Zustands nicht an die familiäre Anrede gewöhnen, darum hatten wir uns darauf geeinigt, uns weiter beim Vornamen zu nennen – zu sich.

»Schau, Kind, ich habe ihn fertiggestellt.«

Der weiße Stein mit den silbrigen Adern war auf der abgeschrägten Seite geglättet, aber ansonsten unbearbeitet gelassen worden. Oben auf der ebenen Fläche war eine wunderschön ausgearbeitete Silberdistel zu sehen, darunter standen die Namen der drei MacIains und natürlich auch der von MacTiger.

»Schön ist er geworden. Können wir ihn nicht heute noch aufstellen?«

»Das hatte ich vor. Wir werden uns zum Sonnenuntergang im Garten treffen und ihn mit der gebührenden Feierlichkeit neben das alte Grab setzen. Es wird ein schöner Abschluss für euren Aufenthalt sein.«

Ich nickte, und ein Hauch von Trauer flog mich an. Wie schade, dass wir nach Hause mussten. Ich wäre gerne geblieben. Hätte gerne die Heide blühen, das Laub sich verfärben, die Gipfel der Berge weiß von Schnee werden sehen. Aber die Pflicht rief.

Dann, als ich zurückging und an dem duftenden Rosenbusch haltmachte, kam mir eine Idee.

Um sie auszuführen, benötigte ich ein paar Kleinigkeiten. Ich suchte mir aus meinem Gepäck einen alten Jutebeutel heraus, in den ich meine Schuhe einzupacken pflegte, und entwendete Arthur eine Gartenschaufel, die er hinter dem Haus hatte liegen lassen. Mit diesen Utensilien machte ich mich auf den Weg. Vorbei an der verfallenen Kate, die im Sonnenschein nur romantisch und nicht bedrohlich wirkte, vorbei an dem hakeligen

Brombeergestrüpp, dessen weiße Blüten zwischen dem dunkelgrünen, glänzenden Laub blinzelten, entlang der Steinmauer, hinter der das saftig grüne Gras die schwarze, morastige Tiefe des Moores bedeckte, vorbei an der Ruine von Blair Rath Castle, durch den stillen Eichenhain bis hin zu dem alten Ring der Steine.

Die tanzenden Maiden standen schweigend in ihrem Rund.

Ich hielt ein in meinem schnellen Schritt und ließ die Ruhe auf mich wirken. Die Schatten der Steine fielen auf weiches Moos und Waldgräser, der Wind wisperte im Laub der Eichen leise Zauberworte, es duftete nach sonnenwarmer Erde, Blüten, harzigem Holz. Ein Eichelhäher glitt blau blitzend in niedrigem Flug zwischen den Stämmen entlang, eine Lerche trillerte hoch oben im Himmelsblau ihr Lied.

Es schien mir nur recht, ein paar Worte zum Gruß der Maiden zu sagen, bevor ich andächtig in ihren Kreis trat. Friede umfing mich, heiterer Friede und das Gefühl eines lang ersehnten Einsseins mit mir und der Welt. Ich wandte mich zur Mitte des Kreises.

Sie war noch da, die Silberdistel. Ein gefallener Stern, beschützt von kratzigen, bizarr geformten Blättern. Sie war so schön, dass ich schwankend wurde in meinem Entschluss. Dieses kleine Wunderwerk konnte ich doch nicht einfach ausgraben und mitnehmen. Es gehörte hierhin, in das Zentrum des Henge. Ich kniete nieder und strich sacht über die silbrig-weißen Blütenblätter, versunken in ihre Schönheit.

Ein dunkler Wolkenschatten fiel über mich und die Distel. Ich blickte auf – und zuckte erschrocken zusammen. In ihrem schwarzen Umhang wartete die Alte neben mir, gestützt auf ihren knorrigen Stab. Sie sah zu mir hinunter. Doch ihr Gesicht trug bei aller Strenge einen gütigen Ausdruck. Sie sprach kein Wort, doch sie machte einen Schritt von der Distel weg und deutete mit ihrem Stab auf den Boden.

Dann war die Wolke vorbeigezogen, das Sonnenlicht erfüllte die Lichtung erneut mit seiner Wärme und Helligkeit. Die Alte war verschwunden. Ich richtete mich auf und suchte die Stelle, auf die sie gedeutet hatte. Denn sie hatte mir dieses Zeichen nicht ohne jeden Sinn gegeben.

Und als ich sie näher betrachtete, entdeckte ich ihr Geschenk. Dort zwischen den schwankenden Gräsern breitete sich am Boden ein junges, stacheliges Pflänzchen aus. Eine kleine Silberdistel, noch ohne Blüte, hatte hier Wurzeln geschlagen. Sehr vorsichtig grub ich sie aus und legte sie bedachtsam in meinen Beutel. Und mit leisen Worten des Dankes verließ ich dann das schützende Rund, um heimzukehren.

Ich beeilte mich auf dem Rückweg, denn ich hatte niemandem hinterlassen, wo ich hingehen wollte. Ken empfing mich auch mit leiser Missbilligung, aber dann erzählte ich ihm von meinem Vorhaben, und gemeinsam machten wir uns an die Arbeit.

Die Sonne ließ den Himmel hinter den Felsgipfeln golden aufflammen. Arthur hatte seinen langen braunen Umhang übergeworfen und seine Harfe in der Hand. Tante Henrietta und ich trugen dunkle Röcke und weiße Blusen, das Feierlichste, das wir dabeihatten. An meinem Ausschnitt schimmerte die Distelbrosche. Ken hatte sich ebenfalls umgezogen. So standen wir an dem Rosenbusch, den Arthur zuvor zurückgebunden hatte. Der Boden darunter war von Unkraut befreit und geglättet, die alten Steine frei von Moosen und Flechten. Der weiße Stein ragte an der Wegeinfassung aus hellen Kieseln, und eine einzelne Ranke voller blutroter Rosen schwankte darüber.

Die Harfe erklang, zart wehten die Töne über die Sommerblüten.

Arthur spielte eine lange Zeit, ohne ein Wort zu singen. Die Melodie hingegen erzählte von Liebe und Kummer, von Kampf und Streit. Dann wurde sie wieder sanft, melancholisch und getragen von Trauer. Die Bilder, die ich gesehen hatte, stiegen dabei noch einmal vor mir auf. Die verbotene zarte Liebe der beiden jungen Schotten, der wütende Vater, der Verrat, die böse Bluttat. MacTiger, das unschuldige Opfer großer Gefühle. MacTiger, der so einsam zwischen den Welten geistern musste, ohne Hoffnung auf Erlösung. MacTiger, der doch in zärtlicher Anhänglichkeit zu einer gewaltigen Tat bereit war.

Große Ruhe breitete sich in mir bei den schwebenden Tönen der Saiten aus.

Arthur wechselte die Melodie und begann die Ballade von MacTiger.

Und er endete:

»Die Maid lag in vergossenem Blute.
Nur im Mondlicht schimmert's Geschmeide.
Auf silberner Distel ruhte
ihr Haar wie gebrochene Seide.

Und angesichts ihres Schlafes –
MacTiger, MacTiger, den traf es.«

»Spiel weiter, Arthur. Es gibt noch eine neue Strophe.«

Ich bemühte mich, im selben Ton zu rezitieren, was wir vor Stunden gedichtet hatten:

»Es spukte für viele Jahre
ein trauriger Geist in den Stiegen.
Dann half er dem jungen Paare
den Bösewicht zu besiegen.
Ein jeder Bewohner erfahr' es –
MacTiger, MacTiger, der war es!«

Mit hoch aufgerichtetem Schwanz stolzierte Silver daher und setzte sich mit der Miene größter Zufriedenheit hoheitsvoll neben den Stein. Das entlockte uns allen ein Lächeln.

Dann übergab ich Arthur den Beutel.

»Arthur, du hast eine Hand für Pflanzen. Ich habe dies … geschenkt bekommen. Es wird mit deiner Pflege auch hier gedeihen, glaube ich.«

Arthur sah sich die kleine Silberdistel lange an.

»So, so, geschenkt bekommen. Nun, ich will sie gut pflegen, mein Kind.«

Der Himmel hatte sich inzwischen brennend rot gefärbt, und ein paar Wolken glühten dramatisch auf, während ein blasser, runder Mond sich über den Horizont erhob.

Am nächsten Morgen sollte uns einer der Jeeps zum Flughafen fahren. Unser Gepäck stand schon in der Halle, Morrigan hatte die geschäftlichen Dinge abgewickelt. Doch bevor wir hinausgingen, blieb Ken noch einmal stehen. Ich hielt ebenfalls inne. Wir sahen in die sonnige Halle zurück.

»Könnte schön aussehen, mit einem einfarbigen, hellen Teppich und schlichteren Möbeln.«

»Mh.«

»Ein paar alte Flaggen vielleicht über dem Kamin.«

»Mh.«

»Nichts gegen ein bisschen Tartan-Muster.«

»Nein. Die Plaids vielleicht. Oder schmale Streifen an der Rezeptionstheke.«

»Mir würde das gut gefallen.«

»Ja, mir auch.«

»Margita?«

»Ja?«

»Ich habe eine Idee. Es wird nicht leicht sein, aber es ist auch nicht unmöglich.«

»Nein, das denke ich auch.«

»Es ist ein sehr fernes Ziel.«

»Ja, aber Ziele muss man haben …«

»Meinst du, wir könnten versuchen, gemeinsam dieses Ziel …«

»Gemeinsam geht das bestimmt leichter.«

»Dann wollen wir es versuchen, ja?«

Ich sah ihn an, und das Glück ließ mich fast wie MacTiger schnurren.

Das Ende der Geschichte

Es dauerte dann wirklich nur ein gutes Jahr, bis wir unser Ziel erreicht hatten. Drumnadruid Castle musste verkauft werden, denn MacDuffnet, der nicht nur wegen der Falschgeldaffäre, sondern vor allem wegen des Anschlags auf Ken und mich für lange Zeit hinter Gitter kam, konnte natürlich das Hotel nicht mehr halten. Kens Firma übernahm es, und er hatte alle möglichen Hebel in Bewegung gesetzt, damit ihm die Leitung übertragen wurde.

Während der ganzen Zeit blieben Tante Henrietta und ich natürlich in Kontakt mit Arthur, der auch mit Ken zusammen die Renovierungsarbeiten überwachte.

Ich sah meinen Vater wieder, als Ken und ich heirateten. Bei dieser überwältigenden Feier, die die Ausmaße eines echten Clan-Gelages angenommen hatte und an der selbstverständlich auch Valentine und Carl teilnahmen, verkündeten wir der erstaunt lauschenden Gästeschar, dass wir beide im folgenden Monat abreisen würden, um die Führung des Hotels im schottischen Hochland zu übernehmen. Auch Tante Henrietta hatte sich entschlossen mitzukommen. Sie und Arthur verband inzwischen eine tiefe Freundschaft, ich vermutete sogar, dass es sich um eine späte, erfüllte Liebe handelte.

Wir trafen im vorigen Sommer ein, pünktlich zur Sonnenwende. Unser Jeep kroch die schmale Straße hinab, am Loch Naw entlang. Wir überquerten diese schmale Brücke, bei der ich noch immer das Gefühl hatte, gleich über die Seite in den schäumenden Uykel zu stürzen.

Die Berge begrüßten uns, die Türme und Zinnen von Drumnadruid Castle leuchteten wie altes Silber, und die weißen Fensterrahmen bildeten eine zierliche Spitzenapplikation auf dem grauen Granit.

Ken hielt mitten auf der Straße an und sah mich an.

»Es ist, als ob man nach Hause käme, nicht, Liebste?«

Ich lachte ihn an. Seine Bemerkung bedurfte nur einer kleinen Korrektur.

»Ken, wir kommen nach Hause.«

Tante Henrietta und Arthur empfingen uns zusammen mit dem ganzen Stab. Und dann betraten wir unser Schloss.

»Es sieht wirklich so aus, wie ich es mir beim Abschied vor einem Jahr vorgestellt habe.«

»Na ja, du hattest sehr genaue Vorstellungen. Wir haben uns natürlich bemüht, sie buchstabengetreu einzuhalten. Die Zimmer sind renoviert worden, aber der blumenreiche Stil ist erhalten geblieben. Wir sehen sie uns später an. Über dem Kamin haben wir allerdings nicht die Fahnen aufgehängt, sondern eine kleine Überraschung vorbereitet, Margita. Sieh es dir an, ob es dir gefällt.«

Es war wirklich eine Überraschung. Ein beinahe lebensgroßes Porträt einer jungen Frau in Tartan-Rock und weißer Bluse mit langen goldblonden Zöpfen schaute sehnsüchtig über die Betrachter hinweg. An ihrer Schulter steckte die Brosche in Form einer Silberdistel. Den Hintergrund bildete der Eichenhain mit seinem sonnenflirrenden Laub. Zu Füßen von Margaret MacIain jedoch saß ein Kater. Grauschwarz getigert mit weißen Pfoten und weißem Schnäuzchen. Er sah äußerst heldenhaft drein.

»Das ist herrlich, Ken. Genau das, was hier immer gefehlt hat. Oh, Arthur, du wirst abends die alten Geschichten erzählen, und die Gäste werden den schönen neuen Boden mit ihren Tränen netzen.«

Ich lachte meine Familie glücklich an, dann sah ich mich noch einmal um. An einer leeren Stelle über der dunklen, schweren Anrichte blieb mein Blick hängen.

»Ken, sie ist weg! Wo zum Kuckuck ist diese göttliche Kuckucksuhr geblieben?«

»Willst du sie wirklich wieder aufhängen? Dem Innenarchitekten haben sich die Zehennägel gekräuselt. Er wollte sie sofort wegwerfen, aber Arthur hat sie gerettet.«

»Was hat der Innenarchitekt dazu zu melden? Die Uhr muss wieder an die Wand.«

»Er fand sie morbide«, kicherte Tante Henrietta und zog eine Schublade auf. »Hier ist sie. Ich ziehe sie auf. Arthur, du kannst inzwischen einen Nagel in die Wand schlagen.«

Die kleine Handwerksarbeit war schnell erledigt. Dann hing die Uhr wieder an ihrem angestammten Platz. Tante Henrietta hatte sie auf kurz vor zwölf gestellt, und gebannt warteten wir darauf, dass sich das Törchen öffnete.

Sie zeigte genau eine Minute vor zwölf, als ich plötzlich etwas Weiches um meine Beine streifen fühlte.

»Huch!«, entfuhr es mir.

* * *

Lediglich ein Jahr hatte es gedauert, bis man mir die Erlaubnis erteilte, die goldenen Steppen wieder zu verlassen. Zweihundertfünfzig Jahre Zwischenreich wurden mir wohlwollend angerechnet. Und sogar den alten Pelz hatte man geflickt und aufgebürstet, sodass ich in neuer Pracht das Licht der irdischen Welt erblickte. Ich wuchs in der Obhut meiner Mutter, einer netten Stallkatze, gesund und munter auf, und als ich selbstständig mausen konnte, machte ich mich daran, mir mein altes Revier zurückzuerobern.

Ich fand zunächst Unterschlupf bei Arthur und Silver. Ahh, Silver …

Pardon, ich schweife ab.

Im Schlosshotel herrschte Chaos, von dort hielt ich mich fern. Hämmern, Bohren, kreischende Sägen, nein, das behagte mir nicht. Aber dann kehrte Ruhe ein, und ich erkundete auf leisen Pfoten die leeren, scheußlich neu riechenden Räume. Aber der schwarzhaarige Mann hatte etliche Kribbelkisten unterschiedlichster Art aufgestellt, an denen ich meine Fähigkeiten erproben wollte. Doch was für eine Enttäuschung! Weder Pfotenstipp noch Schwanzwischer erzeugten auch nur die kleinste Irritation bei Computer, Kasse oder Telefon.

Aber dafür schmeckten die Leckerbissen von Peggy aus der Küche wieder, und Silver …

Pardon, ich schweife ab.

Jedenfalls dauerte es nicht lange, da kehrte auch meine Margita heim. Ich sah sie von dem hübschen weißen Stein, auf dem ich mich so gerne sonne, eintreffen und machte mich sofort auf die Pfoten, um sie zu begrüßen.

Gerade als sie alle gebannt auf diese grauenvolle Rabenuhr starrten, wickelte ich mich um ihre Beine.

Sie war erstaunt, aber nicht lange.

Ich sprang auf die Kommode, drückte meinen Kopf in ihre Hand und schnurrte, was die Kehle hergab.

»MacTiger?«, flüsterte sie, kaum fähig, zu atmen.

Mit einem heftigen Ohrenkratzen bestätigte ich das.

In diesem Augenblick schnarrte das Uhrwerk, sprang der Zeiger auf die Zwölf, öffnete sich knarrend das Törchen, der Rabe streckte seinen Kopf hervor …

Und meine Kralle zuckt hervor – quoth the raven: »Evermore!«[26]

Das nenne ich Genugtuung!

Der Anfang der Geschichte

Valentine und Carl haben ihr Zimmer bezogen, Frau Liebmann ist beleidigt abgezogen. Arthur und Henrietta gehen ihrer Leidenschaft nach und wühlen nach Herzenslust im Garten herum. Der Schlossgarten gehört inzwischen zu einer unserer größten Attraktionen. Und alle Besucher bleiben vor dem schlichten weißen Stein stehen, neben dem sich das Prachtexemplar einer Silberdistel ausbreitet.

Für einen kleinen Moment bin ich allein. MacTiger liegt wieder bei Klein-Alasdair in der Wiege – übrigens die alte Wiege, die uns die Bewohner von Tain-

26 Sprach der Rabe: »Immerdar!«

wick zur Geburt unseres Sohnes geschenkt haben. Im Gegenzug hat das Museum von uns das schreckliche Schwert erhalten. Wir haben auch wieder eingeführt, dass bei den örtlichen *Highland Games* im Schlosshof Stände aufgebaut werden und in der Halle abends getanzt wird.

Oft kommen sogar die Dorfbewohner bei uns vorbei. Sie sitzen in der Bar, trinken den einen oder anderen Malt, und wenn sie die entsprechende Stimmung überkommt, und das ist nicht selten, dann singen sie die alten Lieder und tanzen mit stampfenden Schritten dazu. Unsere Gäste sind jedes Mal vollkommen fasziniert und fragen immer wieder nach, wen wir da engagiert haben.

Mein Sohn scheint ausgeschlafen zu haben, die Wiege schaukelt beängstigend, denn MacTiger und er führen einen kleinen Ringkampf auf. Ich schaue nach dem Rechten, und Jung-Alasdair lacht mich an. MacTiger hingegen begibt sich würdevoll, ganz der Schlossherr, auf die Theke der Rezeption und beginnt, an der Rolle zu kratzen, die Valentine mir übergeben hat.

Derzeit verlangt niemand meine Aufmerksamkeit, also kann ich sie endlich anschauen. MacTiger knurrt unwillig, als ich sie seinen Pfoten entziehe und aufrolle.

Zwei Bäume, verästelt, verschlungen, verwurzelt, wachsen darauf empor.

Stammbäume.

Sie beginnen bei Margaret MacIain auf der einen und bei Alasdair MacLeod auf der anderen Seite. Ein sauber getipptes Blatt liegt dabei.

»Bei dem Überfall auf Drumnadruid Castle und dem Mord an den MacIains waren wie durch ein Wunder die kleine Mary und ihr Kindermädchen Morri verschont geblieben. Sie verließen noch in der Nacht die zerstörte Burg. Sie flohen vor den MacLeods Richtung Süden, und auf dem tagelangen Marsch durch Moore, über windige Hochebenen und durch dunkle Wälder war Mary still geworden. Sie aß fast nichts und wurde immer schwächer. Doch schließlich kam ihnen das Glück zu Hilfe. Sie trafen auf eine fahrende Gauklertruppe. Von der grausamen Geschichte gerührt, nahm die bunte Gesellschaft sie auf, und die beiden zogen mit den Feuerschluckern und Seiltänzern, den Zauberern und Akrobaten hinunter in den Süden der Insel bis London. Hier im bunten Gewühl fiel eine wortkarge Schottin mit einem stummen Kind nicht auf.

Morri, die Mary als ihre eigene Tochter ausgab, fand eine Anstellung als Küchenhilfe in einem großen eleganten Haus. Sie durfte sogar zusammen mit dem Kind in einer winzig kleinen Dachkammer leben. Mary war zufrieden damit, langsam schien sie die Vergangenheit zu vergessen. Sie war klug und lernte schnell von den Herrschaften, erwarb sich gute Umgangsformen, war höflich und geschickt. So kam es, dass sie nicht wie viele andere ihr Leben als Arbeiterin in einer der düsteren Manufakturen fristen musste, sondern einen kleinen Hutladen eröffnete. Mitte zwanzig war sie, als ihr der Besitzer einer Zinnmine aus Cornwall begegnete. Auch seine Vorfahren hatten sich aus einfachen Verhältnissen emporgearbeitet. Es gefiel ihm, wie Mary das Leben meisterte. Mary heiratete ihn und zog zusammen mit Morri nach Cornwall. Sie führte, allem Vernehmen nach, eine glückliche Ehe.

Auf der Kinderfrau aber lastete schwer das Wissen um die Vergangenheit. Sie wollte dem Mädchen das Erbe sichern, wollte vor ihrem Tod Zeugnis darüber ablegen, dass Mary die letzte Überlebende der MacIains war und rechtmäßige Erbin von Drumnadruid Castle. Inzwischen gab es kein eigenständiges Schottland mehr. Die Engländer hatten ein Jahr nach der Flucht der beiden das Hochland endgültig unterworfen. Die Burgen waren zerstört, die stolzen Clan-Chefs gefangen, verfolgt oder getötet worden. Trotzdem war der Anspruch auf das Land nach wie vor rechtens. Daher machte sich die alte Frau auf den Weg zu dem Pfarrer, der das junge Paar getraut hatte. Ihm vertraute sie Marys wahre Herkunft an und bat um seinen Rat. Er versprach Morri, ihre Erzählung im Kirchenbuch aufzuschreiben und sie bei passender Gelegenheit nach Morris Ableben an Mary zu übergeben.

Aufgeschrieben wurde die Geschichte, doch Mary hat sie nie zu lesen bekommen. Vielleicht war der Pfarrer im tiefsten Innern auch nicht von der Wahrheit der Erzählung überzeugt, vielleicht wollte er das Glück der Familie nicht durch Rechtsstreitigkeiten beeinträchtigt sehen, oder er vergaß einfach, das Versprechen einzulösen.

So blieb das wahre Geschehen für lange Zeit verborgen.

Alasdair MacLeod fand seine Liebste in den Trümmern von Drumnadruid Castle. Er wusste, wer für den

Überfall verantwortlich war, und wie von Sinnen vor Trauer und Wut wandte er sich von seinem Vater ab. Viele Jahre lebte er einsam im Moor. Erst spät fand er eine Frau, eine arme Kätnerin, mit der er einen Sohn zeugte. William, der Junge, wuchs zu einem kräftigen Mann heran. Er war fleißig und half seinen Eltern bei der Schafzucht. Doch dann kam die Katastrophe. Der Landbesitzer verkaufte an einen neuen Herrn. Dieser sah ein gewinnbringendes Geschäft in der Schafzucht. Noch mehr Tiere sollten auf den mageren Weiden des Hochlandes grasen. Die kleinen Katen und winzigen Dörfer störten ihn, Pachtverträge wurden widerrechtlich gekündigt. Wer sich weigerte, das Land zu verlassen, wurde mit Gewalt vertrieben. Die Dörfer wurden niedergebrannt und bis auf die Grundmauern zerstört.

So erging es auch Alasdair, Anne und William. Innerhalb weniger Tage mussten sie ihre Hütte räumen, wurden gezwungen, fortzugehen mit dem Wenigen, das sie tragen konnten. Es gab nur einen Weg aus dem Elend – sie buchten eine Überfahrt in die Neue Welt. Die Überfahrt war stürmisch, und in der bedrückenden Enge unter Deck starb Alasdairs Frau am Fieber.

Ein barscher Hafenbeamter registrierte die Auswanderer, und als Vater und Sohn an der Reihe waren, nannte Alasdair sich trotzig MacLeod of Blair Rath Castle. Der Beamte schüttelte den Kopf über diesen komplizierten Namen und trug die beiden als Al und Will Mackey in das Papier ein. Mit diesen Namen bekamen sie ihren Passierschein.

William erhielt eine Beschäftigung als Träger im Hafen, sodass er seinen Vater ernähren konnte. Er fand eine Frau und gründete mit ihr eine Familie. Alasdair starb bald danach. In seiner letzten Stunde war er nicht mehr bei Verstand. Er stammelte von einer großen Liebe namens Margaret, von Feen und Elfen, von Mord und Blut. William konnte sich keinen Reim darauf machen, aber sein Weib schrieb getreulich die letzten Worte auf, um sie in die Familienbibel zu legen. Einige Jahre später zogen sie mit einem der großen Trecks nach Westen. Hier gab es noch Land in Hülle und Fülle für wenig Geld. William, der von Kind auf mit der Landwirtschaft vertraut war, wurde ein reicher Farmer. Er wusste zwar, dass er ein MacLeod war, doch sein Leben hatte in Amerika neu begonnen, weshalb er mit dem Name Mackey zufrieden war.«

Mit stillem Erstaunen fahre ich den von Valentine sorgfältig gezeichneten Verästelungen des Stammbaums nach – von Mary MacIain und Alasdair MacLeod bis hin zu Margita und Ken und Jung-Alasdair.

Der Schlosskater aber, der aufmerksam neben mir sitzt, schnurrt zufrieden. Mit Recht, denn ein ganz feines Ästchen zieht sich wie ein roter Faden gradlinig durch alle Zeiten und Generationen.

Es beginnt und endet mit MacTiger.